Über dieses Buch »Arthur Koestlers Roman ›Die Herren Call-Girls‹ kann man als das Produkt einer jahrelangen Beschäftigung mit den Möglichkeiten – vor allem aber auch den Grenzen – der modernen Wissenschaft bezeichnen. Nicht von ungefähr ist das Buch ›den Herren Bouvard und Pécuchet seligen Angedenkens‹ gewidmet, den von Flaubert geschaffenen Forschern, die mit unermüdlicher Pedanterie eine Enzyklopädie der menschlichen Dummheit zusammentragen wollen.
Koestlers ›Call-Girls‹ sind Mitglieder des akademischen Jet-Sets, die von Kongreß zu Kongreß eilen, um immer wieder von neuem ihre Thesen vorzutragen. Koestler läßt sie antreten zu einem Symposium über das Thema ›Methoden des Überlebens‹. Es ist selbstverständlich, daß jeder der angereisten Wissenschaftler seinen engen, begrenzten Fachbereich als den einzigen Weg zur Rettung der Menschheit ansieht: Eine Verhaltensforscherin empfiehlt die Lebensformen von Menschenaffen zur Nachahmung, ein Professor sieht das Heil der Welt in einer ›Revolution in der Wiege‹, ein anderer in einer ›Technologie des Verhaltens‹, die er aus der Beobachtung von Ratten ableitet – eine, wie ein zynischer Kongreßteilnehmer meint – ›rattomorphe Erforschung der Menschheit‹.
Koestlers Satire ist beißend und treffend: Spezialisierung und damit verbundene Entfremdung der Wissenschaft werden auf amüsante Weise deutlich gemacht. Dabei spürt man aber auch Koestlers Betroffenheit über diese Entwicklung, die er als verhängnisvoll ansieht.«

Hamburger Abendblatt

Der Autor Arthur Koestler, 1905 in Budapest geboren, studierte in Wien Naturwissenschaften, Philosophie und Literaturwissenschaft. 1926 ging er als Siedler nach Palästina und war dann als Auslandskorrespondent im Nahen Osten tätig. 1931 nahm er als Redakteur der ›Vossischen Zeitung‹ am Nordpol-Flug des Luftschiffs ›Graf Zeppelin‹ teil. Von 1931 bis 1937 war Arthur Koestler Mitglied der KP. 1932 ging er für ein Jahr als Journalist in die Sowjetunion, 1936/37 war er Berichterstatter des englischen ›News Chronicle‹ im Spanischen Bürgerkrieg, wurde zum Tode verurteilt und nach vier Monaten Kerkerhaft schließlich ausgetauscht. Bei Kriegsausbruch wurde er in Frankreich interniert und diente nach seiner Flucht in der britischen und der französischen Armee. Bis 1940 schrieb Arthur Koestler in deutscher, später in englischer Sprache Essays, psychologische und naturwissenschaftliche Sachbücher und zahlreiche Romane. Weltberühmt machten ihn vor allem sein Spartakus-Roman ›Die Gladiatoren‹ (1939; deutsch 1948) und sein Roman über die Säuberungswelle in der Sowjetunion ›Sonnenfinsternis‹ (1940; deutsch 1946). Arthur Koestler lebte bis zu seinem Freitod am 3. 3. 1983 als freier Schriftsteller in London.
Im Fischer Taschenbuch Verlag sind außerdem erschienen: ›Ein Spanisches Testament‹ (1938; Bd. 2252); ›Ein Mann springt in die Tiefe‹ (1943; Bd. 5332).

Arthur Koestler

Die Herren Call-Girls

Ein satirischer Roman

Aus dem Englischen
von Gert Woerner

Fischer Taschenbuch Verlag

Alle Personen der Handlung sind frei erfunden —
die von ihnen zitierten Autoren,
Publikationen und Exprimente jedoch authentisch.

Ungekürzte Ausgabe
Veröffentlicht im Fischer Taschenbuch Verlag GmbH,
Frankfurt am Main, Juli 1985

Lizenzausgabe mit freundlicher Genehmigung des
Scherz Verlags, Bern und München
Titel des Originals: ›The Call Girls‹
Copyright © 1971, 1972 by Arthur Koestler
Deutsche Übersetzung: © 1973, Scherz Verlag, Bern und München
Umschlaggestaltung: Rambow, Lienemeyer, van de Sand
Umschlagillustration: Roswitha Könitz
Druck und Bindung: Clausen & Bosse, Leck
Printed in Germany
880-ISBN 3-596-28168-7

Den Herren
Bouvard und Pécuchet
seligen Angedenkens

Sonntag

«Von Rechts wegen müßte er hier doch hupen!» meinte Professor Burch nervös, als der Bus nach einer Haarnadelkurve ohne Vorwarnung in ein schwarzes Tunnelloch hineinfuhr und sich dann im ersten Gang durch den Bauch eines versteinerten Walfisches vorantastete, dessen Wände mit scharfen Basaltzacken gespickt waren. Der Schacht war beklemmend eng, und jeden Augenblick drohte eine der vorspringenden Felskanten die Fenster zu zerkratzen oder gar zu zertrümmern. Der Motor des klapprigen Fahrzeugs machte ein solches Geknatter, daß der apfelbäckige junge Klosterbruder, der neben Burch saß, mit seiner Antwort warten mußte, bis sie am anderen Ende aus dem Tunnel herauskamen.

«Das ist ein erfahrener Bursche», sagte er mit beruhigender Stimme. «Schließlich fährt er die Strecke von Schneedorf ins Tal und zurück dreimal täglich.»

«Trotzdem sollte er hupen», wiederholte Burch, aber seine Worte gingen unter im Rauschen eines Wasserfalls, der eine Steilwand herabdonnerte und in dem Abgrund unter der schmalen Brücke verschwand, über die sie gerade fuhren. Dann tauchten sie in einen zweiten Tunnel, der ihnen nicht nur noch enger, sondern auch noch viel länger vorkam als der erste.

Bruder Tony Caspari vom Orden der Kopertiner genoß den Nervenkitzel dieser Tour wie eine Himmelfahrt, obwohl er nicht ganz so sicher war, daß sie oben heil ankommen würden, wie er Burch gegenüber tat. Weder der geistliche noch der weltliche Gelehrte wußten, daß die Schneedorfer, die für ihren saftigen Humor bekannt waren, die drei Tunnels auf der einzigen Zufahrtstraße zu ihnen hinauf die «Eisernen Jungfrauen» nannten und daß in der mittleren ab und zu einmal ein Bus dort, wo er zu beiden Seiten nicht mehr als drei Zentimeter Spielraum hatte, steckenblieb. Sooft das passierte, eilte eine Gruppe allzeit einsatzbereiter Straßenarbeiter — denn gearbeitet wurde an der Straße fortwährend, dafür sorgten Wolkenbrüche, Steinschlag und Erdrutsche —, alarmiert von den SOS-Hupsignalen, die von den Felswänden widerhallten, dem in die Klemme geratenen Bus und den eingeschlossenen Insassen zu Hilfe. Die Männer waren mit kerzengrade gewachsenen, geschälten Jungfichtenstämmen bewaffnet, die sie, je nachdem, unter die Vorder- oder Hinterachse des Wagens schoben. Mit beängstigend wild klingenden «Hauruck»-Rufen hoben sie dann den Bus von der Felswand weg, indem sie die Stangen als Hebel benutzten. Interessanterweise war es die gleiche Methode, mit der die Ureinwohner der Osterinsel in grauer Vorzeit ihre gigantischen steinernen Statuen aufgerichtet und wahrscheinlich auch die alten Ägypter die mächtigen Quader zum Bau der Pyramiden von der Stelle bewegt hatten.

Im Winter transportierte der Bus hauptsächlich weibliche Fracht mit dem dazugehörigen Sperrgut von Skiern und Skistöcken. Die Damen gerieten hin und wieder in Panik, obwohl man ihnen zuvor ausdrücklich versichert hatte, daß die vereiste Fahrbahn dick mit Kies, Asche und Salz bestreut sei und die Fahrt daher völlig ungefährlich. Das größte Kontingent an mehr oder weniger jungen Fräuleins, meist Lehrerinnen und Posthalterinnen, stellten Schweden und England. Zu Beginn der Wintersaison verwandelten sich die Schneedorfer Bauernburschen, die man im Sommer auf den ersten Blick nicht unbedingt für ausgesprochen clever und attraktiv gehalten hätte, in schneidige Skilehrer, deren knallrote Anorak-Uniformen mit blauen Abzeichen geschmückt waren. Bei der Ankunft einer jeden neuen Busladung machten sie untereinander aus, wer von ihnen welches der halbwegs verheißungsvoll aussehenden Fräuleins verführen durfte. Nie gab es deswegen Zank und Streit. Die Jungmänner teilten die Jungfrauen ebenso christlich untereinander wie ihre Altvordern die Kriegs- oder Jagdbeute, und man schob gelegentlich sogar die besten Exemplare großzügig einander zu, so wie es Brauch war, Hochzeitsgeschenke auszutauschen und sich gegenseitig an den Beerdigungskosten für einen Familienangehörigen zu beteiligen. Man dachte eben traditionsgemäß praktisch und sozial.

Im Sommer zeigte sich das Dorf von einer anderen Seite. Es gab sich als internationales Zentrum für wissenschaftliche und kulturelle Kongresse. Statt kichernder Mädchen brachte der gelbe Bus Gruppen von ältlichen Eierköpfen aus dem Tal herauf. Das Programm der neuen Saison, die gerade angebrochen war, sah fünfzehn Kongresse, Konferenzen und Symposien vor; sie waren allesamt in einem Prospekt verzeichnet, den Professor Burch mit der ihm eigenen unbeirrbaren Konzentration studiert hatte, bevor sie in den ersten Tunnel eingefahren waren. Es standen da zur Auswahl ein Kongreß der Gesellschaft zur Erforschung der Stimmbändererkrankungen, ein Weltkongreß über die Technologie künstlicher. Gliedmaßen, ein Symposium über die Verantwortung der Wissenschaftler in einer «Freien Gesellschaft», ein anderes über das Ethos der Wissenschaft und das Wesen der Demokratie; ein Seminar über den Gebrauch von festem Treibstoff für Raketenantriebssysteme; ein Kongreß der Europäischen Psychiatrischen Vereinigung über die Wurzeln der Gewalt und eine Tagung der Internationalen Organisation der Psychiater über die Wurzeln der Aggression. Die Gesellschaft für das quantitative Studium des Sozialverhaltens hielt ein Seminar über die sich selbst regulierenden Mechanismen zwischenmenschlicher Beziehungen; die Alpenländische Gesellschaft für Dichtung veranstaltete eine Vortragsreihe über archetypische Symbole in der Volkskunst des Dachsteingebiets; und schließlich wurden drei interdisziplinäre Symposien angekündigt, die allesamt die Wörter «Umwelt», «Verschmutzung» und «Zukunft» im Titel führten, natürlich in leicht abgewandelter Reihenfolge.

Der junge Klosterbruder hatte ebenfalls den Prospekt studiert. «Ich wundere mich», fragte er seinen Nachbarn arglos, «warum die ‹europäischen Psychiater› und die ‹internationalen Psychiater› sich nicht zusammensetzen, wenn sie über das gleiche Thema diskutieren.»

«Verschiedene Schulen», erklärte Burch schroff. «Analytische Richtung gegen pharmakologische Richtung. Die würden einander an die Gurgel gehen.»

«Ja, jetzt erinnere ich mich», sagte Tony treuherzig. «Ich habe gelesen, daß sie sich sozusagen gegenseitig exkommuniziert haben. Jammerschade, daß es so was gibt.»

«Die Methoden der Kirche, mit ihren Gegnern fertig zu werden, waren noch viel bejammernswerter», mokierte sich Burch.

«Aber auch viel wirksamer», erwiderte Tony mit einem unschuldigen Blick seiner wasserblauen Augen.

«Das ist für ein Mitglied Ihres Ordens eine recht zynische Bemerkung.»

«Wir sind dazu erzogen worden, zynisch zu sein», sagte Tony strahlend. «Jeden Freitag halten wir in unserem Seminar ein besonderes Exercitium, bei dem wir unsere Illusionen dem Scheiterhaufen überantworten.«

Professor Burch hatte keine Lust, sich auf theologisches Glatteis führen zu lassen, und griff ostentativ in seine Aktentasche, um die Fahnenabzüge der neuesten Auflage seines Lehrbuchs *Die quantitative Messung des menschlichen Verhaltens unter sozialem und genetischem Aspekt* herauszuholen. Es war Pflichtlektüre für alle Prüfungskandidaten. Leider war jedesmal, wenn eine neue Auflage erschien, eine Menge Daten schon wieder überholt, und Burch mußte sogleich die nächste revidierte Auflage vorbereiten — eine ebenso frustrierende wie einträgliche Beschäftigung.

Der Bus hatte die romantische, aber auch irgendwie düster und bedrohlich wirkende Paßstraße mit Müh und Not überwunden. Die Bergmassive zur Linken und Rechten öffneten sich, nahmen gewissermaßen sanftere Kurven an, die den armen Tony unweigerlich an wohlgeformte weibliche Brüste mit einem lieblichen senkrechten Taleinschnitt dazwischen denken ließen. Der Himmel, der im Tal fast ganz mit Wolken bedeckt gewesen war, wechselte allmählich über zu einem intensiven, satten Blau, wie man es nur in großer Höhe sieht. Der Rest der Welt war in verschiedene Grüntöne getaucht: Almen, Abhänge, Kiefernwälder, Gras, Moos und Farn. Es waren keine Kornfelder zu sehen, keine Anzeichen bestellten Bodens, nur Weiden und Wälder, die ihre verschiedenen Grüntöne zur Schau stellten.

«Ich hasse Grün.» Dr. Harriet Epsom, die vor Burch saß, drehte ihren kräftigen Hals um hundertfünfunddreißig Grad, um bei dieser Gelegenheit mit dem schräg hinter ihr sitzenden jungen Mönch ins Gespräch zu kommen. Von ihren sommersprossigen, sonnenverbrannten Schultern pellte in großen Fetzen die Haut ab — was einer an tropische Sonne gewöhnten Verhaltensforscherin eigentlich nicht passieren dürfte, dachte Tony.

«Und welche Farbe lieben Sie?» fragte er höflich.

«Blau. Genauer gesagt, das Blau Ihrer Augen.»

«Oh, Verzeihung», stammelte Tony errötend. Daß er so leicht rot wurde, war eine lästige Angewohnheit, oder vielmehr, wie Tony natürlich wußte, ein physiologischer Reflex, gegen den sogar er, der von Yoga bis zur Selbsthypnose mit allen Methoden der psychischen Beeinflussung herumgespielt hatte, machtlos war.

«Stuß! Warum entschuldigen Sie sich deswegen?» forschte Harriet Epsom, von ihren Freunden kurz H. E. genannt. Eine ihrer Busenfreundinnen saß neben ihr. Helen Porter kam aus Los Angeles und war Schülerin der berühmten Kinderpsychologin Melanie Klein. Tony starrte wie gebannt auf

Helens ausrasierten Nacken unter dem kurzgeschnittenen schwarzen Haar. Er stellte sich vor, daß sie sich das Genick mit einem altmodischen Barbiermesser rasiert hatte, und das wiederum erinnerte ihn an Maria Stuart.

«Verzeihung — es ist nur eine dumme Angewohnheit», erklärte Tony, als er sich wieder in der Gewalt hatte. «Haben Sie sich den Sonnenbrand in Kenia geholt — oder wo immer Ihre Paviane leben?»

«Stuß. Im Hyde Park. Die hatten da tatsächlich mal 'ne Hitzewelle.»

«Was haben Sie denn in London gemacht?»

«Was soll ich schon gemacht haben? Mich tödlich gelangweilt — bei einem Symposium über die hierarchische Ordnung in Primatengesellschaften. Ich wußte im voraus, was jeder Teilnehmer sagen würde — Konrad Lorenz, die Russell-Anhänger und der ganze Rest —, und sie alle wußten, was ich sagen würde, aber ich mußte ran, wie alle andern auch. Warum? Weil ich ein akademisches Callgirl bin. Alle in diesem Bus sind Callgirls. Sie sind noch ein Neuling, aber es wird nicht lange dauern, und Sie sind auch einer von uns — ein akademisches Callgirl, meine ich.»

«Ich nehme zum erstenmal an einem Symposium dieser Art teil», gestand Tony. «Ich bin wahnsinnig gespannt.»

«Stuß. Es wird schnell zur Gewohnheit, vielleicht sogar zur Manie. Man bekommt einen Anruf von einer Stiftung oder einer Universität, und irgend so ein Organisationsgenie gurrt: ‹Wir würden uns aufrichtig freuen, wenn Sie diesen Termin noch einplanen könnten; es wäre wirklich eine große Ehre, Sie bei uns zu sehen; selbstverständlich Flugticket hin und zurück Economy-Klasse, darüber hinaus leider nur ein bescheidenes Anerkennungshonorar› — oder vielleicht auch gar kein Honorar, und am Ende zahlt man noch drauf. Das kommt davon, wenn man süchtig ist.»

«Sie wollen mich wohl auf den Arm nehmen», protestierte Tony.

«Mag sein, daß diese Show hier in Schneedorf etwas weniger zirkushaft abläuft, denn schließlich stammt die Idee von Solowjew, und ich habe eine Schwäche für seine Ideen, obwohl seine Neider sagen, er wird alt. Aber er sorgt noch immer für Überraschungen. Sie werden sehen!»

Dr. Epsom wandte ihren Kopf zurück bis zum Halbprofil. «Ich war schon immer verrückt nach blauäugigen Babys», raunte sie ihrer Nachbarin deutlich hörbar zu. Die junge Frau mit dem ausrasierten Nacken erwiderte etwas im Flüsterton, worauf beide losprusteten.

Nach einer letzten Steigung um zwei Haarnadelkurven herum, die durch eine S-Kurve miteinander verbunden waren, fuhr der Bus plötzlich mit Karacho in das Dorf hinein. Es lag auf einem Hochplateau, umgeben von wogenden Wiesen, bewaldeten Bergrücken, und aus der Ferne grüßten — wie es in dem Prospekt hieß — «die ewigen Gletscher», allerdings nur bei klarem Wetter. Das Dorfzentrum bildete ein weiter Platz, flankiert von einer weißen Kirche in romanischem Stil, dem Rathaus mit dem Postamt unterm gleichen Dach und zwei wuchtigen alten zu Wirtshäusern umfunktionierten Bauernhöfen. Von dem Platz führten drei schmale Straßen in drei verschiedene Richtungen. Jede begann verheißungsvoll mit einigen Läden und Pensionen, doch nach kaum fünfzig Metern verliefen sie im Sande und schlängelten sich zwischen Weiden und Bauernhöfen nur noch wie Hindernisstrecken für Motorradsportler hin. Die Bauernhäuser wirkten breit, behäbig und wetterfest; sie waren aus knochentrockenem, leicht brennbarem Holz gebaut, umgeben von Balkons mit liebevoll geschnitzten Gittern und gekrönt von Glockentürmchen, die den Leuten auf dem Felde verkündeten, daß der Tisch gedeckt war oder daß es brannte. In der weiten offenen Landschaft des Hochplateaus standen immer zwei oder drei Bauernhöfe eng beieinander, jede Gruppe jedoch ein paar hundert Meter von der nächsten entfernt.

«Wo ist denn hier das Kino?» fragte Harriet mit lauter Stimme den Chauffeur, als sie über den Kirchplatz fuhren, der zu dieser Stunde in der brütenden Sonne flimmernd weiß und menschenleer dalag.

«Das Kino?» wiederholte der Chauffeur, als habe er nicht richtig verstanden, und drehte sich um. Sein honigfarbener, martialischer Schnurrbart war schraubenzieherförmig gezwirbelt, und die gewichsten Enden reichten bis auf Augenhöhe hinauf. Sein kehliges Englisch klang wie Arabisch. «Kino gibt's nur unten im Tal, Miss. Schneedorf ist ein rückständiger Ort. Wir haben kein Kino, nur Farbfernsehen.»

H. E. wandte sich zu Tony um. «Dieser Bilderbuch-Hinterwäldler hält sich wohl für witzig.»

«Ich meine —», fing Tony an, kam aber nicht weiter, denn der Schnauzbart verkündete mit der Würde eines Herolds: *«Ladies and gentlemans, we are now arrived before the Kongress-Building.»*

Und da stand es, wie hingezaubert, hinter der nächsten Wegbiegung, genau dort, wo die Straße zu Ende war. Wie man bisher feststellen konnte, hatte sich der einheimische Baustil in den letzten drei oder vier Jahrhunderten nicht merklich verändert, doch nun hielten sie unversehens vor einem barbarischen, sadistisch kalt wirkenden Glas-und-Beton-Kasten, den sich irgendein skandinavischer Architekt in einem Anfall von Lebensüberdruß ausgedacht haben mußte.

«How like you it?» fragte der Chauffeur erwartungsvoll, kaum daß der Bus stillstand.

Eisiges Schweigen. Dann war Dr. Wyndhams dünnes Stimmchen zu hören, der von einer der rückwärtigen Bänke her professoral krächzte:

«Sieht aus wie ein Stahl-Aktenschrank mit einer riesigen Glasscheibe davor.»

Dieses nachsichtige Urteil löste milde Heiterkeit aus, verdrängte die unbehagliche Erinnerung an die «Eisernen Jungfrauen» und ließ unter den Callgirls, als sie jetzt die Stufen zu der betonierten Terrasse vor dem Kongreßhaus-Ungetüm heraufstiegen, eine gewisse Kameraderie entstehen.

«Hier kommt unser allseits verehrter Nikolai Borissowitsch Solowjew», rief Harriet aus, als ein Bär von einem Mann in zerdrücktem dunklem Anzug aus dem Gebäude trat und mit bedächtigen Schritten auf die Gruppe zuging.

«Unser Nikolai in seiner ganzen melancholischen Größe», fügte sie hinzu.

Schlecht sieht er aus, dachte Wyndham traurig, streckte ihm seine dicke Patschhand hin und sagte überschwenglich: «Sie sehen wirklich blendend aus!»

Solowjew schob sein zotteliges Haupt vor und betrachtete Wyndham kritisch wie eine Probe unterm Mikroskop.

«Er lügt — wie immer», sagte er mit tiefer, brüchiger Stimme.

«Es ist fast zwei Jahre her, seit wir uns in Stockholm gesehen haben», meinte Wyndham.

«Und Sie haben sich nicht verändert.»

«Ich kann es mir nicht mehr leisten», stieß Wyndham mit verlegenem Lachen hervor.

2

Der geistige Vater des Kongreßhauses war ein abenteuerlicher Unternehmer, dessen Leben für immer von Geheimnis umwittert bleiben wird. Als Sohn eines Postbeamten in einem entlegenen Alpental aufgewachsen, war er dazu bestimmt, das Amt seines Vaters zu übernehmen. Statt dessen aber brannte er nach Südamerika durch und wurde dort Millionär. Ein Gerücht will wissen, daß er sein Vermögen durch Waffenschmuggel erwarb, ein anderes besagt, daß er eine Reihe von Bordellen unterhielt, in denen die Dirnen Dirndlkleider trugen und im entscheidenden Augenblick jodeln mußten. Wie dem auch sei, nach dem ersten Herzinfarkt machte er eine geistige Wandlung durch und überschrieb sein Vermögen einer von ihm ins Leben gerufenen «Stiftung zur Förderung der Liebe zwischen den Völkern». Die Botschaft dieser Institution sollte von einem Glaspalast aus, den der Gründer in seinen geliebten heimatlichen Bergen bauen ließ, durch die ganze Welt gehen; aber er starb vor der Fertigstellung des Gebäudes. Nach seinem Tod entdeckten die Kuratoren, daß die Zinsen des Stiftungskapitals gerade für ihre Gehälter reichten, aber nichts übrigblieb, um auch noch die Verbreitung der Botschaft zu finanzieren. Darum beschlossen sie, den Bau so rentabel wie möglich zu nutzen und ihn für Kongresse und Symposien an Institutionen zu vermieten, von denen man annehmen konnte, daß sie der Botschaft Gehör zu verschaffen wußten. Ursprünglich hatte das Gebäude den Namen «Maison des Nations» — Haus der Nationen — erhalten, aber als jemand darauf kam, daß dies der Name des einst berühmtesten Freudenhauses von Paris gewesen sei, beschloß man, den Bau umzubenennen.

Wenngleich das Geschäft mit den Skiurlaubern lukrativer war, spielten die Dorfbewohner den Sommer hindurch mit nicht geringem Stolz Gastgeber erlauchter Versammlungen von Koryphäen der Wissenschaft und anderer Prominenz. Freilich fehlten ihnen die Vergleichsmaßstäbe, sonst wäre ihnen aufgefallen, daß die Busladung, die soeben in das Kongreßgebäude einzog, es gewissermaßen in sich hatte und drei Nobelpreisträger darunter waren sowie einige, die Aussicht hatten, es zu werden.

Nicht alle trafen an diesem Sonntag nachmittag mit dem Bus ein. Einige kamen im Mietwagen oder mit dem Taxi von der Bahnstation im Tal herauf. Insgesamt waren es nur zwölf, eine ungewöhnlich geringe Zahl von Teilnehmern für ein sogenanntes interdisziplinäres Symposium, aber Solowjew war der Überzeugung, daß ein Dutzend die Höchstzahl sei, wenn konstruktive Diskussionen und Beschlüsse zustande kommen sollen — sehr zum Bedauern der Internationalen Akademie für Wissenschaft und Ethos, die als Schirmherrin der Veranstaltung fungierte.

Die Akademie, finanziert von einem anderen bußfertigen Krösus, wurde von Public-Relations-Experten geleitet, die der Meinung waren, daß der Erfolg eines Symposiums und des repräsentativen Sammelbandes, in dem die Vorträge anschließend veröffentlicht wurden, einzig und allein von einer möglichst großen Zahl illustrer Gäste abhing. Am liebsten stopften sie vierzig bis fünfzig Referate in eine Fünftagekonferenz und machten sich nichts daraus, daß die Teilnehmer nach zweieinhalb Tagen angeschlagen waren wie ein Boxer, der mit deutlicher Mattscheibe in die fünfte Runde geht. Ganz abgesehen davon, blieb natürlich keine Zeit mehr für Diskussionen, obwohl diese der eigentliche Zweck solcher Zusammenkünfte waren. «Es tut mir außerordentlich leid», pflegte der geplagte Vorsitzende zu sagen, «aber die drei letzten Redner haben die ihnen zur Verfügung stehende Zeit erheblich überschritten, so daß wir unseren Zeitplan nicht einhalten können. Wenn wir vor dem nächsten Referat noch zu Mittag essen wollen, müssen wir die für jetzt vorgesehene Diskussion bis zum Ende der Nachmittagssitzung verschieben.» Aber wenn der letzte Vortrag der Nachmittagssitzung endlich aufhörte, war es bereits höchste Zeit für die Cocktailstunde.

«Zwölf ist mein Limit», hatte Solowjew dem Programmdirektor der Akademie erklärt. «Wenn Sie einen Zirkus veranstalten wollen, müssen Sie sich an einen Zirkusdirektor wenden.»

«Aber Sie haben einige der spektakulärsten Leute gar nicht eingeladen!»

«Zielen wir denn auf das Spektakuläre?»

«Zwölf Vorträge in fünf Tagen», rechnete der Direktor stirnrunzelnd nach, «da bleiben achtzehn bis zwanzig Stunden für Diskussionen, die alle auf Tonband aufgenommen werden müssen, und die Abschrift dieser Bänder kostet einen Haufen Geld, Professor.»

«Wenn Sie an Diskussionen nicht interessiert sind, hat das Ganze überhaupt keinen Sinn.»

«Ihre Logik ist überzeugend», meinte der Direktor, «aber fünfzehn Jahre Erfahrung haben mich gelehrt, daß es Diskussionen an sich haben, in ein Blindekuhspiel auszuarten. Das ist der Grund, warum ich einen gut organisierten Zirkus vorziehe, wo einer nach dem andern seine Solonummer vorführt und dafür vom Publikum mit höflichem Beifall bedacht wird.»

«Und was ist der Zweck der Übung?»

«Sie kennen doch das Parkinsonsche Gesetz. Stiftungen müssen nun einmal gewisse Summen stiften. Schirmherren müssen Projekte finden, die sie beschirmen können. Programmdirektoren müssen Programme haben, die sie dirigieren können. Es ist ein Perpetuum mobile, das blauen Dunst aufwirbelt. Blauer Dunst hat die Tendenz sich auszubreiten. Für einen der brillantesten Atomphysiker unserer Zeit sind Sie erstaunlich naiv.»

Solowjew ließ ihn ruhig weiterreden. Seine buschigen Brauen und die schweren Tränensäcke bildeten einen sonderbaren Kontrast zu dem unschuldigen Ausdruck seiner Augen. Er war nicht imstande, dem Direktor klarzumachen — obwohl Gerald Hoffman durchaus nicht zu der übelsten Sorte von Stiftungsbossen gehörte —, was ihn dazu bewogen hatte, diese Konferenz einzuberufen, das Gefühl der Verzweiflung, das ihn dazu zwang wie zu einem letzten Rettungsversuch, und seine Befürchtung, daß es am Ende nur eine hirnverbrannte Idee sein könnte.

«Wie dem auch sei», sagte Hoffman resignierend, «Sie haben gewonnen — wie üblich. Sie wollen nicht mehr als zwölf, also werden es genau zwölf sein, die gleiche Zahl wie die der Apostel. Aber ändern Sie um Himmels willen wenigstens die Formulierung Ihres Themas. Wir können das Symposium unmöglich einfach nur ‹S.O.S.› nennen. Womöglich sogar noch mit einem Ausrufungszeichen dahinter! Das ist übertrieben, unakademisch, klingt nach billiger Sensationsmache und irgendwie nach Jüngstem Gericht. Genausogut könnten wir es gleich ‹Die Trompeten von Jericho› nennen.»

«Oder ‹Die vier apokalyptischen Reiter›. Das würde Ihrer Zirkusidee entsprechen.»

«Ich flehe Sie an, seien Sie doch einen Augenblick lang ernst. Was halten Sie von ‹Strategien für das Überleben›?»

«Nichts. Das klingt nach Computer-Planspielen. Nennen wir es doch ‹Methoden des Überlebens›.»

«Gut. Sagen wir ‹Wissenschaftliche Methoden —›.»

«Ich weiß ·nicht, was ‹wissenschaftlich› bedeutet. Wissen Sie es? Bleiben wir einfach bei ‹Methoden›.»

«Also schön. METHODEN DES ÜBERLEBENS. Mit einem Seufzer der Erleichterung und müder Miene schrieb Hoffman die Worte in großen Buchstaben auf ein Blatt Papier.

Eine kurze Pause entstand. Hoffman fiel auf, daß Solowjews kompakte, athletische Schultern sich zu krümmen begannen. Und doch waren die Frauen noch immer verrückt nach ihm — die seine, Mrs. Hoffman, eingeschlossen, hahaha! Und zwar wegen dieses dunklen, zerklüfteten Gesichts, das sie, offenbar unbeschadet der schweren Tränensäcke, an die Donkosaken gemahnte, und wegen dieser tiefen Stimme mit dem aufregenden russischen Akzent, der sie angeblich an Schaljapin erinnerte. Solowjew drückte seine Zigarre aus, was den ganzen Aschenbecher verwüstete. Er wollte aufbrechen, doch dann besann er sich anders, setzte sich wieder und fragte scheinbar beiläufig:

«Meinen Sie, daß sich die Sache überhaupt lohnen wird?»

Hoffman sah ihn überrascht an, dann beschäftigte er sich intensiv mit seiner eigenen Zigarre.

«Das müssen Sie selbst am besten wissen», sagte er

schließlich. «Jedem anderen, der mir vorgeschlagen hätte, zwölf gelehrte Burschen — selbst die gelehrtesten ihres Fachgebiets — zusammenzurufen, um mit ihnen einen Plan zur Rettung der Welt auszuarbeiten, hätte ich ins Gesicht gesagt, daß er nicht ganz richtig im Kopf sei und sich zum Teufel scheren solle.»

Solowjew spielte mit einem Bleistift von Hoffmans Schreibtisch.

«Vielleicht hätten Sie mir einen Dienst erwiesen, wenn Sie das auch zu mir gesagt hätten.»

«Vielleicht — aber Sie sind kein Narr. Also was kann schon passieren? Schlimmstenfalls haben Sie Ihre Zeit vergeudet, und wir haben ein bißchen Geld zum Fenster rausgeschmissen.»

«Und bestenfalls?»

«Verlangen Sie nicht von mir, daß ich meine Phantasie überanstrenge. Ich hab nämlich keine. Das ist Ihre Domäne.»

Und damit nahmen die Dinge ihren Lauf.

3

Eines der angestammten Rituale aller Kongresse, Konferenzen, Symposien und Seminare ist der Begrüßungscocktail am Vorabend des offiziellen Tagungsbeginns. In diesem Fall war es kaum nötig, die einzelnen Teilnehmer miteinander bekannt zu machen, denn die meisten von ihnen kannten einander bereits von mehreren ähnlichen Anlässen. Die Cocktailstunde war auf sechs Uhr angesetzt, und mit wenigen Ausnahmen waren alle Teilnehmer pünktlich zur Stelle. Callgirl-Gattinnen, die Repräsentanten und Hilfskräfte der Akademie eingeschlossen, waren es dreißig Personen, die im Aufenthaltsraum herumstanden, Gläser mit Sherry oder Scotch in den Händen balancierten und Erinnerungen an das letzte Zusammentreffen irgendwo in Europa oder Amerika austauschten. Die meisten schienen das Alpenpanorama vor der riesigen Glaswand gar nicht wahrzunehmen. Zu Beginn des Empfangs war die Atmosphäre noch ziemlich förmlich. Aber jeder wußte aus Erfahrung, daß sie ohne Übergang plötzlich laut und animiert werden konnte.

«Man könnte meinen, es handle sich um eine Schar von braven Provinzlern, die gerade aus der Kirche kommt», bemerkte Harriet Epsom übertrieben laut zu Tony. «Das liegt an den Weibern. Nehmen Sie sich in acht vor Professorengattinnen. Die gehören zu einer besonderen Spezies: fade, bissig und immer müde. Von was nur, frage ich Sie?»

H. E. selbst wirkte allerdings weder fade noch müde. Sie stützte sich auf einen dicken Spazierstock mit einer Gummispitze und trug einen Minirock aus irgendeinem exotischen Stoff, unter dem sie stattliche Rubensschenkel zur Schau stellte, deren Reiz durch eine wahre Flußlandschaft blauer Venen noch erhöht wurde.

«Sehen Sie sich diese trübsinnigen Gestalten an — ausgelaugt und verwelkt. Wer kann die so fertiggemacht haben?»

«Vielleicht ihre Ehemänner?» äußerte Tony zögernd.

«Sie könnten recht haben. Aber Wissenschaftler fliegen nun einmal auf diesen Typ der kleinen Märtyrerin.»

«Hüten Sie sich vor Verallgemeinerungen, meine Liebe», flötete eine Stimme hinter ihr. H. E. fuhr etwas erschrocken herum. Claire Solowjew, die Harriets letzte Bemerkung noch gehört hatte, drückte ihr liebevoll einen Kuß auf die sonnenverbrannte, gepuderte Wange. «Ich fühle mich keineswegs ausgelaugt, und ich eigne mich ganz und gar nicht zur Märtyrerin», erklärte sie. «Wie würden Sie mich beschreiben, Tony?»

«Als — eine hinreißende Südstaaten-Schönheit», stieß Tony zwar errötend, aber überraschend spontan hervor, wenn man bedenkt, daß sein galantes Vokabular verständlicherweise beschränkt war.

«Sie schlimmer Junge!» Claire war einigermaßen verblüfft und gleichzeitig einigermaßen erfreut. Sie hatte gerade die Hürde der Vierzig genommen und konnte an guten Tagen tatsächlich noch hinreißend aussehen, obwohl sie, kurz vor ihrer Abreise aus Harvard, leider schon Großmutter geworden war. Das schien die Strafe dafür zu sein, daß sie Nikolai geheiratet hatte, als sie gerade erst achtzehn war, er jedoch doppelt so alt. Aber warum mußte Clairette, ihre Tochter, ebenfalls mit achtzehn heiraten, und ausgerechnet einen Chirurgen, der doppelt so alt war wie sie? Es liegt offenbar in der Familie und ist vorbestimmt in diesen winzigen Genen, dachte Claire.

«Verräterin! Wie eine Schlange hast du dich an mein Ohr geschlichen», reagierte Harriet unerwartet liebenswürdig auf den Kuß. Sie hatte nun einmal ein Faible für Claire.

«Und nun werde ich Ihnen Bruder Tony entführen», sagte Claire. «Er kennt ja die meisten von uns noch gar nicht.» Das war der eigentliche Grund, warum sie sich in die Unterhaltung der beiden eingemischt hatte.

«Nehmen Sie ihn und werden Sie selig mit Bruder Tony», giftete Harriet. «Aber halten Sie mir dafür wenigstens den Halder vom Halse.»

Dabei wußte sie natürlich so gut wie jeder, der Otto von Halder kannte, daß es keinen wirksamen Schutz vor ihm gab. Mit seiner wilden weißen Mähne, die hoch über den Köpfen der herumquirlenden Menge wehte, näherte er sich der Gruppe, jeder Zoll ein König Lear. Sein unnachahmlicher Gang war eine interessante Kombination zwischen Stechschritt und sachtem Heranpirschen. Man konnte nicht umhin, seine Beine zu betrachten: Mokassins, Trachtenstrümpfe, behaarte Waden, knubbelige Knie, wieder Haare, Khakishorts — in dieser Reihenfolge.

«Hallo allerseits!» brüllte er. «*When men and mountains meet*, geschehen große Dinge, wie es bei Blake zu lesen steht!»

In letzter Sekunde gelang es Claire durch ein geschicktes Manöver, Tony in die andere Richtung zu steuern, indem sie so tat, als habe sie Halders Herannahen nicht bemerkt.

«Danke», sagte Tony, als sie Halder entkommen waren. «Ich kam mir vor wie ein Ozeanriese im Schlepptau eines wendigen Lotsenbootes.»

«Das habe ich von meinem Papa gelernt», sagte Claire. «Er stand im Auswärtigen Dienst. Seine Hauptaufgabe war, als eine Art diplomatischer Rausschmeißer zu fungieren, wenn die Gäste bei den Empfängen zu lange blieben ... Sie kennen ja Halder. Er ist ein Exhibitionist, aber nicht ganz so dumm, wie er sich gibt, wenn er das *enfant terrible* spielt.»

«Das wäre nicht das schlimmste», sagte Tony. «Aber ich habe sein Buch über den *Homo homicidus* gelesen, und ich bin ganz und gar nicht seiner Meinung.»

«Nikolai ebensowenig. Geben Sie acht, da ist Cesare Valenti. Begeben wir uns lieber in die entgegengesetzte Richtung. Wenn es nach mir gegangen wäre, hätte Nikolai den Valenti nicht eingeladen. In seinem Valentino-Blick — wenn Sie mir das Wortspiel verzeihen — ist irgend etwas Unheimliches. Und dazu noch dieses Seidentuch in seiner Brusttasche!»

«Ist er nicht angeblich *die* Kapazität auf dem Gebiet der Neurochirurgie und Nobelpreisträger?»

«Stimmt. Und zugleich auch der größte Lolita-Jäger. Wenn ich ihn sehe, schaudert's mich.» Sie dirigierte Tony auf Dr. Wyndham zu, den untersetzten Herrn mit dem unproportioniert großen Schädel und den niedlichen Grübchen in den Wangen, der geduldig der Bohnenstange mit dem ausrasierten Nacken zuhörte, die ihm weiß Gott was erzählte.

«Hier bringe ich Ihnen Bruder Tony, der bei unserem Symposium den Allmächtigen vertritt», unterbrach Claire die Unterhaltung. «Tony, das ist Dr. Wyndham, der, wie Sie gewiß schon gehört haben, alle Säuglinge in Genies verwandeln wird — und Dr. Helen Porter, die sie vor der Tyrannei verfrühter Stubenreinheit schützen will.»

«Jede christliche Mutter wird Sie zum Dank für diese Anstrengung segnen», sagte Tony feierlich zu Helen Porter. «Aber ich wußte gar nicht, daß wir auch eine Dame bei unserem Symposium haben — außer Dr. Epsom, meine ich natürlich.»

«Ich bin keine offizielle Teilnehmerin», erklärte Helen Porter. «Harriet hat mich nur als eine Art Reisebegleiterin mitgebracht.»

«Sie Ärmste», sagte Claire. «Nikolai wird sich erweichen lassen und Sie zu einer der Sitzungen wenigstens als Diskussionsrednerin zulassen.»

«Ich muß energisch protestieren», krächzte Dr. Wyndham und streckte mit gespielter Empörung seine Hände aus. «Ich habe keine Lust, mich von einer Klein-Schülerin in Stücke reißen zu lassen.»

«Ich habe mir schon immer gewünscht, einer Melanie-Klein-Schülerin zu begegnen», sagte Tony artig.

«Warum?»

«Weil mir der Gedanke gefällt, daß wir alle als Paranoiker geboren wurden und uns dann zu Melancholikern entwickeln.»

«Ich finde das nicht besonders witzig», antwortete Helen und wandte ihre Aufmerksamkeit ostentativ wieder Dr. Wyndham zu. «Sie sagten vorhin —»

Claire und Tony blieb nichts anderes übrig als weiterzugehen. «Ich habe da, scheint's, eine Abfuhr bekommen», sagte Tony strahlend.

«Sie ist ein Aas. Aber gescheit! — Hallo, Professor Burch. Kennen Sie schon —»

«Er saß neben mir im Bus», fiel ihr Burch durchaus nicht begeistert ins Wort.

«Helen Porter, dieses Aas von einer Klein-Schülerin, hat dem Armen gerade eine Abfuhr erteilt.»

24

«Ich wußte nicht, daß auch eine Klein-Schülerin eingeladen worden ist», sagte Burch. «Hätte ich das gewußt, hätte ich mir meine Zusage noch einmal überlegt. Solowjew hat manchmal wirklich merkwürdige Ideen.»

«Beruhigen Sie sich, sie ist nicht offiziell eingeladen. Harriet hat sie sozusagen als Schlachtenbummlerin mitgebracht.»

«Was haben Sie gegen Melanie-Klein-Schüler?» wollte Tony wissen. «Lehnen Sie sie im besonderen ab oder Freudianer im allgemeinen?»

«Ich kenne da keinen Unterschied», sagte Burch und peilte scharf über seine goldgerändert Brille. «Genausowenig wie ich an Disputen zwischen Jansenisten und Jesuiten interessiert bin. Ich bin nun mal Wissenschaftler und als solcher mit demonstrierbaren Fakten befaßt. Zeigen Sie mir ein Stück von Ihrem Über-Ich unter dem Mikroskop, und ich bin bereit, an seine Existenz zu glauben.»

«Mich interessiert weder das Über-Ich noch der Kastrationskomplex», sagte Tony. «Die schenke ich Ihnen beide. Aber Sie leugnen in Ihren Büchern doch auch die Existenz der Psyche, nicht wahr?»

«Ich kann unter dem Mikroskop nur Partikel des Gehirngewebes erkennen. Zeigen Sie mir ein Partikel der Psyche, und ich werde an ihr Vorhandensein glauben. Sind Sie dazu nicht imstande, muß ich die Existenz der Psyche, im Unterschied zu der des Gehirns, für eine müßige Hypothese halten, der man sich entledigen sollte.»

«Aber das Gehirn ist doch bloß ein Klumpen Materie, und wie es heißt, haben die Physiker die Materie dematerialisiert, in kleine Energiewirbel aufgelöst.»

«Sie wiederholen nur ein Lieblingsargument der sich wissenschaftlich gebärdenden Halbgebildeten.»

Tony änderte seine Taktik. «Oder nehmen Sie die Hypnose. Beweist sie nicht die Macht der Psyche über die Materie?»

«Hypnose ist die Variante einer wissenschaftlichen Technik, die wir Konditionierung nennen. Sie zeitigt nachweisbare Veränderungen des Verhaltens, hervorgerufen durch die Konditionierung der Reaktionen einer Versuchsperson.»

«Ich kenne aber einen Hypnotiseur, der eine alte Frau innerhalb einer Woche von ihren Warzen befreit hat. Würden Sie eine Warze als Verhalten bezeichnen?»

«Ich bezeichne weder eine Warze als Verhalten, noch vergeude ich meine Zeit mit solchem Unsinn.» Er deutete auf ein lederartiges, linsenförmiges Gewächs an seinem Kinn. «Können Sie auch so was wegbringen?»

«Ich bin kein Hypnotiseur, könnte mir aber denken . . .»

«Ist mir völlig egal. Wie ich schon sagte: Ich habe keine Zeit für solchen Hokuspokus.»

Claire fragte sich besorgt, ob Tony, trotz seiner lächelnden Miene, auch diese zweite Abfuhr lächelnd einstecken würde, als sie Nikolai erblickte, der durch einen glücklichen Zufall auf sie zusteuerte, den breiten Schädel mit dem dichten grauen Haar gesenkt wie ein angreifender Stier im Zeitlupentempo. Aber konnte man es wirklich «Zufall» nennen? Sie wußte — ganz gleich, wie empört Professor Burch über eine solche Behauptung gewesen wäre —, daß Nikolai es untrüglich spürte, wenn sie ihn brauchte, ob er nun am anderen Ende des Raumes war oder am anderen Ende der Welt. «Streitet ihr euch schon?» fragte er seine Frau und legte dabei seine Hand väterlich, aber mit festem Griff, auf Tonys Schulter.

«Tony bemüht sich, Burch zum kartesianischen Dualismus von Geist und Materie zu bekehren.»

«Ich würde eher an kleine grüne Männer von der Venus glauben, die in fliegenden Teekannen durch den Kosmos kreuzen, als an eine Psyche oder eine Seele, die in Raum und Zeit nicht fixierbar ist, keine meßbare Temperatur hat und kein Gewicht», sagte Burch sichtlich erhitzt. Gegenüber Tony hatte er sich herablassend geäußert, in Nikolais Gegenwart wurde er aggressiv.

26

«In unseren Labors», sagte Solowjew und drohte mit dem Finger in Burchs Richtung, «beschäftigen wir uns mit den elementaren Partikeln der Materie, Elektronen, Positronen, Neutronen und was es da sonst noch alles gibt. Einige von ihnen besitzen weder Gewicht noch Masse noch einen festen Punkt im Raum.»

«Über diese Wunder haben wir alle zur Genüge gehört. Über mangelnde Publizität können sich die kleinen Dinger nicht beklagen. Aber was beweist das alles?»

«Es beweist, daß der Materialismus für den Physiker tot ist und schon seit hundert Jahren begraben. Nur ihr Psychologen glaubt noch an ihn. Eine sehr komische Situation, muß ich sagen. Wir wissen, daß das Verhalten eines Elektrons durch die Gesetze der Physik nicht vollständig erklärbar ist. Sie dagegen glauben, daß die Physik das Verhalten eines menschlichen Wesens vollkommen zu erklären vermag. Das Verhalten von Elektronen ist unvorhersagbar, aber das der Menschen soll vorhersagbar sein. Und das nennt ihr Psychologie!»

Er hielt seinen Kopf so dicht vor Burchs Gesicht, als sei er schwerhörig und darauf bedacht, sich kein Wort entgehen zu lassen, das der andere sagen würde — eine altmodische Geste höflicher Aufmerksamkeit, die sein Gegenüber eher durcheinanderbrachte als erfreute. Burch drehte nicht ganz durch, aber beinahe. Er sprach mit abgehackter Stimme:

«Meine Antwort ist, daß Physiker sich auf ihre Beobachtungen beschränken und darauf verzichten sollten, trügerische metaphysische Schlüsse zu ziehen.»

Solowjew schüttelte bedachtsam sein buschiges Haupt. «Die Philosophie ist eine zu ernste Angelegenheit, als daß man sie den Philosophen überlassen kann.»

«Wenn Sie mich fragen», meinte Burch, «so können Sie sie getrost den Theologen überlassen. Mich beschäftigt die experimentelle Untersuchung der Konditionierung niederer Säugetiere und die Anwendung der sich daraus ergebenden

Lehren auf unser Erziehungssystem. Das nennt man Sozialtechnik; sie basiert auf harten Fakten, nicht auf nebulosen Spekulationen.»

«Ich spekuliere gerade», sagte Claire dazwischen, «ob ich Ihnen noch einen Sherry besorgen soll oder was Ernsteres.» Miss Carey, die mit einem Tablett voll verschiedener Drinks kam, ließ sie dieses Dilemma für einen Augenblick vergessen. Irgendwie paßte das Tablett mit den Alkoholitäten nicht zu Miss Carey. Eine ältliche Nonne, die Cocktails auf einem Herrenabend herumreicht, hätte nicht viel deplacierter wirken können. Miss Carey trug ihr graues Haar zum Knoten gebunden, und der schmale Mund in ihrem ausgemergelten Gesicht war kaum noch sichtbar, so sehr preßte sie in konzentrierter Anstrengung ihre Lippen zusammen, um ja nicht die Kontrolle über das Tablett zu verlieren.

«Kennen Sie eigentlich schon Miss Carey?» rief Claire betont herzlich. «Es ist furchtbar nett, meine Liebe, daß Sie beim Servieren der Getränke helfen wollen, aber Sie sollten das wirklich nicht tun. Miss Carey ist Assistentin von Professor Valenti und Expertin für Tonbandaufnahmen, wie Sie morgen sehen werden. Aber Sie sollten lieber nicht — lassen Sie mich doch bitte —»

Als Claire versuchte, Miss Carey das Tablett aus den Händen zu nehmen, riß diese es mit einem so energischen Ruck an sich, daß mehrere Gläser überschwappten. Miss Carey wurde blaß. «Lassen Sie das!» zischte sie. «Es ist *mein* Tablett!»

Plötzlich stand Professor Valenti bei ihnen, wie stets verbindlich lächelnd und die Hände tief in den Taschen vergraben. «Aber, aber, was hat Sie denn so erregt, Eleanor?» fragte er sanft und erklärte den anderen: «Miss Carey hat in den letzten Monaten einfach zuviel gearbeitet.»

Aber Miss Careys Zorn war ebenso schnell verflogen, wie er ausgebrochen war. Sie lächelte schon wieder übers ganze Gesicht wie eine mildtätige Klosterschwester, und mit verklärter Miene bot sie weiter Drinks herum, als wären es Pfefferkuchen für artige Kinder.

«Nun muß ich Ihnen noch die Herren vorstellen, Miss Carey», säuselte Claire, als wäre nichts geschehen. «Meinen Mann kennen Sie ja bereits. Das hier ist Professor Burch, und hier haben wir Bruder Tony Caspari.»

«Sieht man doch gleich — ein Mann Gottes», sagte Miss Carey mit backfischhaftem Kichern und balancierte ihr Tablett zur nächsten Gruppe.

4

Die Begrüßungsparty dauerte schon eine halbe Stunde, und der Lärm war von Minute zu Minute größer geworden. Zwei Kellnerinnen in Dirndlkleidern, eine mürrische Brünette und eine fesche Blonde, beide mit unakademisch prallen Busen ausgestattet, hatten die Arbeit von Miss Carey übernommen, die unbemerkt verschwunden war, und reichten Cocktails herum. Hansi und Mizzie gehörten zum Inventar des Kongreßhauses, sie waren sozusagen im Preis inbegriffen, und es hieß, daß sie mehr Nobelpreisträger (von Chemie bis Literatur und Frieden) kannten als irgendein anderes lebendes weibliches Wesen, ausgenommen vielleicht die Mitglieder der schwedischen Königsfamilie. Aber sie protzten nie mit Namen, teils, weil sie als wohlerzogene Bauerntöchter wußten, daß es nicht ratsam ist, über die eigene Familie zu tratschen, teils, weil ihnen die Namen der Gäste sowieso nichts bedeuteten; es genügte, daß sie sich merkten, wer von ihnen Zwiebelrostbraten und wer Kalbsgulasch bevorzugte.

Ein Gong ertönte, zum Zeichen, daß es Essenszeit war, und alle stiegen eine halsbrecherisch aussehende Wendeltreppe aus poliertem Kiefernholz, mit einem Stahlgeländer, in den Speisesaal hinab. Weder beeilten sie sich, noch trödelten sie; vielmehr formierten sie sich unwillkürlich zu einer dicht aufgeschlossenen Riege, wie Schulkinder immer zwei nebeneinander. Die Wendeltreppe mußten sie natürlich einzeln hinuntergehen, doch unten angekommen, fanden sie sich wieder in Paaren zusammen. Die rituelle Ausschweifung der Cocktailparty war vorüber.

Der Speisesaal wirkte eher wie eine Cafeteria. Eine Menge kleiner quadratischer Tische mit schreiend buntem Kunststoffbelag und je vier Stühlen waren schachbrettartig über den ganzen Raum verteilt. Tische und Stühle waren aus Metall. Der Saal bot Platz für zweihundert Gäste, aber jetzt waren nur dreißig da, die sich alle in einer Ecke an benachbarten Tischen zusammendrängten.

Claire, die Hansi und Mizzie noch einige Instruktionen gegeben hatte, betrat den Speisesaal als letzte. Sie sah, daß Nikolai zwischen Harriet Epsom und Helen Porter saß; der vierte Platz am Tisch war noch frei. Obwohl er zwei Frauen an seiner Seite hatte, von denen eine verflixt attraktiv war, glaubte Claire festzustellen, daß ihr Mann wie abwesend vor sich hin starrte. Helen sprach mit der ihr eigenen Eindringlichkeit zu H. E., die sie ab und zu mit einer kurzen Bemerkung unterbrach. «Stuß!» las Claire von Harriets Lippen. Nikolai knetete mit seinen langen kräftigen Fingern ein Stück Brot zu einem Gebilde, das möglicherweise einen papuanischen Schrumpfkopf darstellte. Er tat es so geschickt, daß man kaum die schwarze Lederkappe bemerkte, die den Stumpf seines fehlenden Ringfingers bedeckte. Sie fing seinen geistesabwesenden Blick ein und entschloß sich, an seinem Tisch Platz zu nehmen statt an einem anderen, wie es sich für eine Gastgeberin eigentlich gehört hätte.

«Damit wäre Nikos Harem vollzählig versammelt», konstatierte Harriet, als Claire sich zu ihnen gesetzt hatte.

«Er braucht das», anwortete Claire. «Wenn er nicht wenigstens zwei Frauen um sich hat, die ihn bewundern, ist er deprimiert.»

«Was hat er denn für einen Grund, deprimiert zu sein?» fragte Harriet und hätte sich im selben Moment am liebsten die Zunge abgebissen: Sie erinnerte sich, daß sein Sohn Grischa vor kurzem einberufen worden war, um in dem Niemandskrieg für ein Niemandsland zu kämpfen, irgendwo im Fernen Osten. Unvermittelt wandte sich Nikolai ihr zu:

«Sagen Sie mir ehrlich, H. E.: Halten Sie diese Tagung hier nicht für eine Schnapsidee?»

«Stuß! Die große Stunde der akademischen Callgirls hat geschlagen: Sie werden die Menschheit retten ... oder zumindest ein paar Tage fruchtbar diskutieren ... auf alle Fälle diskutieren ... oder in den Bergen herumkraxeln.» Sie pochte mit dem Stock, der an ihren Stuhl gelehnt stand, auf den Fliesenboden. «Ich kraxle gern in den Bergen herum. Was halten Sie von der Szene, die Miss Carey vorhin abgezogen hat?»

Solowjew stellte die Kopfjägertrophäen, die er geformt hatte, in einer Reihe nebeneinander auf. Es waren ihrer fünf. «Etwas merkwürdig. Valenti hat darauf bestanden, seine Assistentin mitzubringen.»

«Sie sieht mehr wie seine Patientin aus», meinte Helen.

Miss Carey saß an einem Tisch mit ihrem Chef und Professor Otto von Halder, dessen Redefluß sie mit bescheidener Mißbilligung zuhörte, während Valenti lächelnd an seiner steifen Fliege zupfte. Beides, sein Lächeln und sein Binder, schienen eingefroren zu sein. Halder schloß seine Anekdote mit einem schallenden Löwengebrüll.

«*When men and mountains meet* —» wiederholte Claire kichernd. «Und ich dachte, er zitiere immer nur Goethe.»

«Was haben Sie gegen Goethe?» fuhr Harriet auf. «Der wußte bereits alles über das Unbewußte und die Persönlichkeitsspaltung. ‹Zwei Seelen wohnen, ach, in meiner Brust!› Ist das nicht die erste wissenschaftliche Definition der Schizophrenie?»

Claire sah H. E. von der Seite an und stellte fest, daß Harriets Brust gut und gern für vier Seelen Platz bot. Sie mußte sich das Lachen verkneifen. Dr. Helen Porter ergriff das Wort:

«Goethe litt unter *ejaculatio praecox* und war Bettnässer.»

Claire fragte so ernst, wie es ihr möglich war: «Wer hat das entdeckt? Eine Klein-Schülerin in Yale?»

«Nein, in Minnesota. Und das ist ganz und gar kein Witz!»

Man wünschte einander guten Appetit.

5

Später am Abend — sie waren alle früh zu Bett gegangen, müde von der Reise und der frischen Bergluft — widmete sich Claire der Aufgabe, den ersten der «langen Briefe» zu schreiben, die sie ihrem in Harvard zurückgelassenen Verehrer unvorsichtigerweise versprochen hatte.

«Die akademischen Callgirls wirken von Jahr zu Jahr vermotteter», beklagte sie sich. «Selbst die jüngsten von ihnen sehen aus, als hätten sie letzte Nacht auf einem Bücherregal in der Leihbibliothek geschlafen. Ich weiß nicht, warum sie so fade sind, und je mehr sie ihre diversen Marotten kultivieren, desto fader wirken sie. Könnte das die Folge der Überspezialisierung sein? Sie ist wohl unvermeidlich, führt aber anscheinend zu einer Verkümmerung der Persönlichkeit, wenn man sich immer leidenschaftlicher mit immer kleineren Fragmenten der Welt beschäftigt?» (Claire machte wie üblich verschwenderischen Gebrauch von Fragezeichen.) «Und doch, ohne prahlen zu wollen, muß ich sagen, daß Nikolai ein bemerkenswertes Team zusammengebracht hat. Ich hoffe nur, daß unsere Superstars sich nicht unversehens in Spiralnebel verwandeln und im leeren Raum verlieren?

Um nun in unserer Diskussion an dem Punkt fortzufahren, wo wir sie neulich abbrechen mußten: Du, mein lieber Guido, hast ein leichteres Leben als unsereins. Damit meine ich nicht, daß das, was Du hervorbringst, weniger wichtig ist, aber es erfordert nicht diese wahnsinnige, pedantische, frustrierende, nerventötende Konzentration auf irgendeinen unendlich kleinen Bruchteil der Realität, manchmal für Monate, manchmal sogar für Jahre, ja, manchmal auf Lebenszeit? Und der Ruhm, der den meisten Gelehrten am Ende bleibt, besteht aus ein paar Aufsätzen in wissenschaftlichen Zeitschriften oder aus einem Buch, das von einigen mißgünstigen Kollegen gelesen wird und sonst von niemandem. Ich weiß das, denn als ich das Glück hatte, Nikolai zu heiraten, war ich eine von der zahllosen Legion der Laborassistentinnen, eine hübsche Motte in einem weißen Kittel, äußerst tüchtig und ohne eine andere Zukunft vor mir als die oben erwähnte lebenslängliche Hingabe und heroische Plackerei ... Du dagegen, lieber Guido, hast eine beneidenswerte Existenz und wirst von den Göttern verwöhnt, denn Du kannst Deine Frustrationen in Musik verwandeln, Deine Ideen in Farbe (egal, ob gut oder schlecht) und Deine Empörungen in Poesie (egal, ob ...). Fangen nicht die Leute schon an, Deine barbarisch abstrakten Gemälde zu kaufen, Deiner verdammten Gitarre zu lauschen und sogar Deine unbedarften Gedichte zu lesen? Ich gebe zu, daß dies zusammengenommen schon eine ganz schöne Leistung darstellt — wenn sie Dich nur nicht dazu verleiten würde, Dich als Reinkarnation eines Renaissancemenschen zu fühlen und uns schwerarbeitende hochspezialisierte Pedanten zu verachten. Mit Deinem Kondottiereprofil und dem herausfordernden Schwingen Deiner schmalen Hüften wirst Du gewiß Deinen Weg nach oben machen und das Idol aller hysterischen Teenager werden. Ich weiß nicht, warum ich plötzlich so verbittert bin, aber wenn ich daran denke, wie Nikolai sich sorgt, ob diese oder jene seiner Hypothesen sich als richtig oder falsch erweisen wird, scheint es mir doch verdammt unfair, daß Deine ‹Arbeiten› weder bestätigt noch widerlegt werden können — höchstens von der Nachwelt, aber selbst die Toten unterliegen ja der Mode. Um auf unserem Arbeitsgebiet Ruhm zu erwerben, muß man ein Darwin oder Einstein sein. Aber Du brauchst kein Leonardo zu werden, um Dich in Ruhm baden zu können, ein paar rote Spritzer mit einer Klobürste auf Sackleinwand tun es auch. Verzeih, *caro Guido*, ich meine gar nicht Dich persönlich. Ich möchte Dir nur erklären, warum unsere Herren Callgirls so mottenzerfressen wirken und warum ihre Ehefrauen solche Biester sind — womit ich natürlich nicht mich meine.

Gute Nacht, *caro Guido*. Ich schreibe dies auf unserem Balkon vor dem Zimmer, bei Mondlicht wohlgemerkt. (Ich hätte beinahe geschrieben, daß wir hier gerade Vollmond haben, als ob das bei euch anders wäre, aber Boston, Massachusetts, ist eben gar so weit weg.) Das Dorf liegt im Schlaf und träumt süße inzestuöse Träume. Es müssen ein paar Kälber auf den Weiden sein, ich kann sie nicht sehen, nur hören — denn jedes hat eine Glocke um den Hals, die eintönig klimpernd einen unaufhörlichen Monolog hält, dem niemand zuhört. Genauso wie bei einem Symposium?»

6

Nikolai tat, als ob er schliefe, um Claire die Illusion zu lassen, daß sie mit sich allein sei. Durch das offene Fenster konnte er im Mondlicht die ausgeprägte Kurve ihres nach vorn geneigten Rückens sehen. Er wußte, daß sie einen Brief schrieb, und er vermutete auch an wen, an *caro Guido*, und verspürte einen Anflug von Eifersucht. Sie hatten nie ernsthaft über Guido gesprochen, ebensowenig wie über seine oder ihre früheren, flüchtigen Affären. Er hatte immer die Meinung vertreten, daß strenge Monogamie nur etwas für

Heilige sei. Für gewöhnliche Sterbliche war sie nachweislich ein pathogener Faktor. Die Mehrzahl der Ehepaare in Solowjews Alter lebte im Stadium einer akuten oder chronischen *misère en deux*; ihre Ehen glichen Paketen, die auf dem Postwege aufgeplatzt waren und mit Klebestreifen notdürftig zusammengehalten wurden. Die Solowjews galten als eine skandalöse Ausnahme. Sie hatten gelernt, ihre gelegentlichen Abenteuer gegenseitig zu tolerieren; Nikolai war nicht einmal sicher, ob Claire wirklich etwas mit Guido hatte oder ob sie ihn nur gern Gitarre spielen hörte. Die Ungewißheit ließ den Mückenstich der Eifersucht indessen noch etwas mehr jucken. Die Vernunft sagte ihm, er müsse dankbar sein, daß es einen Guido gebe. Er konnte vielleicht wenigstens einen Bruchteil der Leere füllen, die er, Nikolai, in Claires Leben hinterlassen würde, sollte ihm plötzlich etwas zustoßen. Und mit dieser Möglichkeit mußte er aufgrund der letzten Untersuchungsergebnisse rechnen. Claire schien darüber nichts zu wissen — jedenfalls hoffte Nikolai das. Er hatte ihr seine zunehmende Müdigkeit, die sich nicht verbergen ließ, als die hartnäckige Nachwirkung einer schweren Grippe erklärt. Und wenn sie ihm nicht glaubte, so ließ sie sich zumindest nichts anmerken.

Er drehte sich um und streckte seine Hand zwischen das Kopfkissen und das Laken. Beides fühlte sich angenehm kühl an. Er liebte solche simplen Empfindungen körperlichen Wohlbehagens: die Berührung frischer grober Leinenbettwäsche, das Brennen einer scharfgewürzten Soße, den Geruch von Teer, das Geräusch des Regens, die Konturen von Claires Rücken auf dem mondbeschienenen Balkon. Was für ein unverbesserlicher Sinnenmensch man doch war — ein «melancholischer Hedonist», wie Claire ihn zu nennen pflegte. Und warum auch nicht? Muß denn die Besorgnis um die gefährdete Menschheit die Freude ausschließen, zu leben — *noch* zu leben? Wäre Kassandra von den Göttern mit einem sonnigeren Temperament ausstaffiert worden, wäre es ihr vielleicht gelungen, den Trojanischen Krieg zu verhindern. Vielleicht lag es daran, daß die prophetischen Warner immer zugleich solche Miesmacher waren, angefangen mit jenen dürren Wüstenhebräern ... Wie dem auch sei: Da Claire praktisch vor seiner Nase an Guido schrieb, konnte sie wohl kaum ein Verhältnis mit ihm haben.

Nikolai knipste die Lampe an und notierte auf dem Schreibblock, den er vom Nachttisch nahm: «Schule für Kassandras». Er fühlte sich plötzlich gutgelaunt und voller Schaffenskraft.

Claire faltete ihren Brief und blieb in der Balkontür stehen, als sie sah, daß Nikolai wieder Licht gemacht hatte. «Du willst doch wohl jetzt nicht anfangen zu arbeiten, mein Lieber?» fragte sie und legte ihre Schreibsachen sorgfältig in eine Schublade.

«Da *du* bis jetzt gearbeitet hast —» meinte Nikolai bedeutungsvoll.

«Ich habe dem armen Guido geschrieben», sagte Claire. «Er fühlt sich einsam, weil er vorübergehend seine treueste Verehrerin entbehren muß. Machst du dir Notizen für morgen?»

Sie streifte ihren Morgenrock ab und schlüpfte in das andere Bett.

Nikolai, der ihr zusah, fand, daß ein Farbfoto von Claire in ihrem keuschen schwarzen Pyjama eine erfreuliche Abwechslung auf den Seiten des *Playboy* abgeben würde.

«Ich habe nachgedacht», sagte er.

«Schon wieder?»

«Über Propheten und Miesmacher. Man darf die beiden nicht verwechseln. Das ist ein schwerer Fehler. Die Warnung dient einem vorbeugenden, also einem positiven Zweck. Die Miesmacherei tut das nicht. Die Warnung ist grundsätzlich lebensbejahend. Die Gänse auf dem Kapitol waren keine Pessimisten, aber Kassandra war es. Deshalb hatten die Gänse mit ihrer Warnung Erfolg, Kassandra jedoch nicht.»

«Und du meinst, unsere Callgirls könnten in Gänse verwandelt werden?»

Nikolai stieg aus dem Bett und begann barfüßig im Zimmer auf und ab zu trotten.

«Der Brief, den Einstein 1939 an Präsident Roosevelt schrieb, umfaßte zweihundert Worte und änderte das Schicksal der Welt. Er ist der Beweis dafür, daß so etwas möglich sein *kann*. Kann! Ich weiß, ich weiß — uns wird es nicht gelingen, aber das ist kein Grund, es nicht wenigstens zu versuchen.»

Er bearbeitete die Eiderdaunendecke auf Claires Bett mit den Fäusten wie einen Punchingball; in seinem zerknitterten Schlafanzug glich er mehr denn je einem zottigen Bär. Plötzlich hielt er inne, sah Claire an, zunächst fast mürrisch — dann schien ein Gedanke in ihm zu dämmern.

«Wie wär's mit etwas Lebensbejahung?» brummte er und ließ seinen massigen Körper mit erstaunlicher Behendigkeit unter ihre Decke gleiten.

«Schön», sagte Claire. «Aber du willst morgen frisch und munter sein.»

«Ich kann mich ja in meiner Eröffnungsrede entschuldigen: ‹Ladies and Gentlemen! Ich hoffe, Sie haben Verständnis dafür, daß ich aufgrund legitimer ehelicher Forderungen meines verführerischen Weibes heute morgen ein wenig abgespannt bin.›»

«Das wäre ein guter Start für die Diskussion», bemerkte Claire sachlich, aber mit etwas kehliger Stimme. Seit *caro Guido* in ihr Leben getreten war, übten sich die Solowjews das erstemal wieder im «spezies-spezifischen Paarungsverhalten», wie Burch es in seinen Lehrbüchern nannte — und es ging recht gut. Vielleicht lag es an der Höhenluft.

«Ich mag nicht nach Hause gehen», sagte Nikolai und meinte damit sein eigenes Bett.

«Bleib.»

Nach einer Weile sagte er: «Was diesen Brief von Einstein betrifft: Er und seine Anhänger wußten, um welches Problem es ging, und sie suchten nach der Lösung. Wir aber können nicht einmal das Problem definieren. Jeder von uns definiert es anders. Und genau damit ist unser Problem definiert. So steht's.»

Aber Claire war schon eingeschlafen. Nikolai schloß die Augen. Nach einer Weile erschien Grischa im Niemandsland, knietief durch ein überschwemmtes Reisfeld watend. Dann kroch er auf dem Bauch durch einen Dschungel, dessen Baumkronen Freund oder Feind abzurasieren vergessen hatte. Nikolai kapitulierte und schluckte eine Schlaftablette.

Die meisten Callgirls taten das gleiche. Sie waren in den sogenannten mittleren Jahren oder schon darüber hinaus und hatten Schwierigkeit, ihr biologisches Uhrwerk, ihren Thermostat, Homöostat und die sonstigen Regelsysteme auf die Ortszeit, die ortsübliche Kost und die Höhenluft umzustellen — besonders auf diese ozonreiche, kribbelig machende Luft fünfzehnhundert Meter überm Meeresspiegel. Nur Gustav mit dem gezwirbelten Schnurrbart, der den Sonderbus mit den Callgirls gefahren hatte, war noch auf und saß im Souterrain des «stählernen Aktenschranks». Er war das Mädchen für alles des Kongreßhauses. Die Füße mit den Stiefeln auf dem Tisch, hörte er dem Radioprogramm des American Forces Network zu, um sein Englisch zu verbessern. Dann schaltete er die Mitternachtsnachrichten ein, denn er wußte, daß ihn die ausländischen Gäste in Ermangelung von Zeitungen am nächsten Morgen scherzhaft fragen würden, ob der Krieg vielleicht schon ausgebrochen sei. Und es hörte sich weiß Gott so an, als könne dies jeden Augenblick geschehen.

7

Einer der Gründe für Solowjews chronische Schuldgefühle war die Tatsache, daß er nie Armut kennengelernt hatte. Sein Vater, ein Bankier aus St. Petersburg, hatte vorausgesehen, wie sich die Dinge entwickeln würden, und war mit seiner Familie vor Ausbruch des Ersten Weltkriegs rechtzeitig nach Genf emigriert. Daß Nikolai am Tag der Kriegserklärung auf die Welt kam, hatten seine Eltern nie als ein böses Omen betrachtet.

Sie hätten dazu auch gar keinen Grund gehabt. Mit zehn galt er als musikalisches Wunderkind. Mit fünfzehn gab er sein erstes öffentliches Klavierkonzert, dem das *Journal de Genève* eine lobende Besprechung widmete. Doch der Erfolg stieg dem jungen Mann nicht zu Kopf; weder die Bewunderung, die ihm seine beiden Schwestern zollten, noch die Schwärmerei ihrer Freundinnen, die er mit mürrischem Wohlwollen hinnahm. Er war ein gutgebauter Junge mit dunklen Locken und neigte zu plötzlichen Jähzornausbrüchen, die schnell und ohne Nachwirkungen vorübergingen. In mancher Hinsicht war er etwas zu kindlich für sein Alter, in anderer Hinsicht ungewöhnlich frühreif. Die tolpatschigen Bewegungen seines kräftigen Körpers standen in auffallendem Gegensatz zu der virtuosen Fingerfertigkeit, mit der er die Klaviatur beherrschte, als sei er dazu ausersehen, die Macht des Geistes über den Körper zu demonstrieren. Seine scheinbare Schüchternheit war mehr ein Ausdruck guter Manieren und verbarg eine gute Portion Selbstsicherheit. Seine Schulleistungen waren mittelmäßig, ausgenommen in den klassischen Sprachen; vor allem haßte er Physik und Chemie, Fächer, die von besonders verkalkten Lehrern unterrichtet wurden.

Ein paar Monate nach seinem ersten Konzert hatte er eine Offenbarung, die für sein ferneres Leben wegweisend wurde. Er las abends im Bett eine Geschichte der griechischen

Kultur. Vor allem fesselte ihn die halblegendäre Gestalt des Pythagoras — der Überlieferung nach der einzige Sterbliche, der die Sphärenmusik vernehmen konnte, jene melodischen Klänge, die von der Bewegung der Planeten auf ihrer Bahn herrühren sollten. Die Schwingung ihres Umlaufs verursacht einen harmonischen Summton, der das ganze Universum erfüllt; und da sich jeder Planet mit seiner eigenen Geschwindigkeit um die Erde bewegt, tönt oder singt jeder in einer anderen Tonhöhe. Das musikalische Intervall zwischen Erde und Mond beträgt einen vollen Ton, zwischen Mond und Merkur einen halben Ton, zwischen Merkur und Venus ebenso, zwischen Venus und Sonne eine kleine Terz, zwischen Sonne und Mars wieder einen vollen Ton und so weiter. Die sich daraus ergebende Tonleiter — die Pythagoreische Tonleiter — ergibt die «Harmonie der Sphären». Gewöhnliche Sterbliche können sie nicht hören, weil sie zu grobe Sinne haben, aber für Pythagoras, der halbgöttlicher Abstammung gewesen sein soll, war das Universum eine überdimensionale Spieluhr, die ihre Nocturnos durch die Ewigkeit erklingen ließ.

Nikolai erlebte eine Art *déjà vu*; eine Stelle aus dem *Kaufmann von Venedig*, den er kürzlich in der Schule gelesen hatte, kam ihm in den Sinn:

> . . . Sieh, wie die Himmelsflur
> Ist eingelegt mit Scheiben lichten Goldes!
> Auch nicht der kleinste Kreis, den du da siehst,
> Der nicht im Schwingen wie ein Engel singt.

Später erkannte er, daß die pythagoreische Idee einer musikalischen Harmonie, die die Bewegung der Sterne regiert, niemals ihren Einfluß auf das menschliche Denken verloren hat. Ihr Echo konnte man aus der Lyrik der Elisabethanischen Zeit heraushören, und auch in Miltons «überird'scher Melodie, die plumpes Ohr der Menschen höret nie», schwang sie mit. Vor allem aber verdankte man dieser Vorstellung eine der erstaunlichsten Leistungen in der Geschichte der Wissenschaft: Johannes Kepler, Gelehrter und Mystiker, schuf die Grundlagen der neuzeitlichen Astronomie aufgrund ähnlicher Spekulationen über die Wesensverwandtschaft zwischen der Bewegung der Planeten und den Klangharmonien.

Nikolai verspürte das gleiche strömende, überwältigende Gefühl, das er von seltenen Augenblicken am Klavier her kannte, wenn das Ich ausgelöscht schien, aufgelöst wie ein Tropfen im Ozean. Er hatte entdeckt, daß Musik, für ihn die intimste Erfahrung der Menschen, durch die Gesetze der Mathematik mit den Sternen verbunden war. Den griechischen Historikern zufolge hatte diese Vermählung stattgefunden, als einst Pythagoras einen Spaziergang auf seiner Heimatinsel Samos unternahm und vor einer Hufschmiede haltmachte. Während er den Männern bei ihrer schweißtreibenden Arbeit am Amboß zuschaute, bemerkte er, daß jedes Eisenstück, das der Hammer traf, einen eigenen, unverwechselbaren Ton erzeugte, der jeweils von der Länge des Eisenstabes abhing, und, wenn zwei Eisenstäbe zugleich bearbeitet wurden, die Tonqualität des dabei entstehenden Akkords vom Längenverhältnis der Stäbe zueinander bestimmt wurde. Oktave, Quinte, große und kleine Terz hatten ihre eigene Klangfarbe und lösten ganz bestimmte Empfindungen aus. Und diese Empfindungen hingen von einfachen mathematischen Verhältnissen ab. Das war eine entscheidende Entdeckung: der erste Schritt in Richtung auf die «Mathematisierung» der menschlichen Erfahrung.

Aber war es nicht eine Herabwürdigung der Gefühle des Menschen, sie auf ein Zahlenspiel zurückzuführen? Bisher war es Nikolai jedenfalls so erschienen. Nun aber erkannte er, daß die Pythagoreer und die Platoniker dies nicht als herabsetzend, sondern als erhebend empfunden hatten: Mathematik und Geometrie waren himmlische, vergeistigte Beschäftigungen mit der reinen Form, mit Proportionen, Figuren, nicht mit grober Materie, sondern mit abstrakten Ideen, die zu tiefen Einsichten führten und zu Freude an spielerischem Denken. Das Rätsel des Universums war im Tanz der Stunden enthalten; es spiegelte sich wider in den Bewegungen der Himmelskörper und in den Melodien, die Orpheus auf seiner Lyra gespielt hatte. Die Pythagoreer waren Anhänger des orphischen Mysterienkults, aber sie hatten ihm einen neuen Impuls gegeben: Sie betrachteten geometrische Figuren und mathematische Zahlenverhältnisse als das universale Mysterium und sein Studium als die höchste Form der Anbetung, die wahre orphische Läuterung. Die Gottheit sprach in Zahlen.

An diesem Abend, als der junge Nikolai von seinem Zimmer aus über den Genfer See blickte, erfuhr er die beiden Stadien des orphischen Ritus: Ekstasis und Katharsis. Er setzte sich ans Klavier und versuchte ein Nocturno zu improvisieren, dem er den Namen *Harmonice Mundi* geben wollte. Nach einer Weile merkte er, daß er eine schlechte Chopin-Imitation zustande gebracht hatte. Er lachte über sich selbst, steckte sich einen Riegel seiner Schweizer Lieblingsschokolade in den Mund und ging schlafen. Er wollte keine Zukunftspläne mehr machen und war sich gar nicht bewußt, daß er sich bereits entschieden hatte.

Er gab das Klavierspielen zwar nicht auf, fand aber nicht mehr soviel Zeit, zu üben. Sein privates Pantheon beherbergte nun zwei Gruppen von Heroen, die einander freundlich gegenüberstanden: in der einen Reihe Bach, Beethoven, Mozart, Brahms, Schubert und Haydn bis zu Schönberg; in der anderen Archimedes, Galilei, Kepler, Newton, Planck, Einstein sowie Rutherford und Bohr. Diese zweite Reihe war nicht abgeschlossen und wurde nach und nach erweitert durch Schrödinger, Heisenberg, Dirac und Pauli. Seine Eltern waren tief enttäuscht, als Nikolai nach bestandenem Abitur beschloß, in Göttingen theoretische Physik zu studieren, anstatt aufs Konservatorium zu gehen. Aber sie erkannten, daß es eine reiflich überlegte Entscheidung war, und was er sich in den Kopf gesetzt hatte, pflegte er auch durchzuführen.

Nun glaubte er mit fast religiöser Inbrunst, daß das Mysterium des Universums in den Gleichungen enthalten sei, die das Ballett der Partikel im Innern des Atoms regierten, wie auch in der großen Wagneroper, die die Kometen, Sterne und Milchstraßen miteinander aufführten. Ironischerweise fielen seine Studienjahre in Göttingen und Cambridge in eine Periode, in der die führenden Physiker der Welt diesen schönen Traum allmählich aufgaben. Ein Jahrzehnt zuvor noch hatte es tatsächlich den Anschein gehabt, als würde das Universum seine letzten Geheimnisse preisgeben und als sei die Physik nahe daran, hier auf den Felsboden der Realität zu stoßen. Aber der Fels verwandelte sich in eine bodenlose Schlammbank. Früher hatte man jedes Atom für ein Sonnensystem im kleinen gehalten, das aus einem Kern bestand, der von kreisenden Elektronen umgeben war und die Sphärenharmonie in mikroskopischem Maßstab widerspiegelte. Das unendlich Große und das unendlich Kleine tanzten zur gleichen Musik. Als Nikolai seinen Doktor machte, hatte diese berückende Vision sich bereits in ein verrücktes Wunderland verwandelt, in dem ein Elektron an zwei Orten zur gleichen Zeit sein konnte oder aber auch an überhaupt keinem Ort. Die herkömmlichen Begriffe von Raum, Zeit und Materie waren über Bord geworfen worden, desgleichen die geheiligten Prinzipien der Logik, des Bindegliedes zwischen Ursache und Wirkung; all das sichere Wissen hatte sich in Nichts aufgelöst und wurde durch statistische Wahrscheinlichkeiten ersetzt; der Weltraum war auf einmal krumm, faltig, pockennarbig und hatte Löcher, die mit Antimaterie von negativer Masse gefüllt waren; die Harmonie der Sphären klang auf einmal wie eine Kakophonie.

Nikolai fand diese Situation ebenso bedauerlich wie erfrischend. Er gehörte zu jener unorthodoxen Minderheit von Physikern, die — wie Einstein selbst auch — sich weigerte, zu glauben, daß «Gott mit dem Universum Würfel spiele». Er glaubte vielmehr weiterhin daran, daß es, verschleiert hinter den Dissonanzen, die Harmonie der Sphären dennoch gab: Miltons «überird'sche Melodie, die plumpes Ohr der Menschen höret nie». Seine Kollegen, die der Philosophie von der «Welt als Würfelspiel» verpflichtet waren, nannten ihn — genau wie einst sein erster Klavierlehrer — einen unverbesserlichen Romantiker, aber sie konnten seinem Denken eine gewisse Brillanz nicht absprechen. Das war zu der Zeit, als die Elementarteilchen der Materie wie Pilze aus dem Boden zu schießen begannen. Ursprünglich hatte es nur zwei gegeben: das negativ geladene Elektron und das positiv geladene Proton. Nun aber wurden in den Labors von Jahr zu Jahr neue Elementarteilchen entdeckt, und jedes hatte noch außergewöhnlichere Eigenschaften als das gerade zuvor entdeckte, bis es schließlich beinahe hundert verschiedene Arten von Bausteinen der Materie gab — Neutronen, Mesonen, Positronen, Leptonen, und wie sie alle heißen. Das eine, das Nikolai Solowjew fand und das ihm in seinen Dreißigerjahren den Nobelpreis einbrachte, war das seltsamste Teilchen von allen, noch viel merkwürdiger als das Neutrino, das sich mit Lichtgeschwindigkeit bewegte, die Masse Null hatte und die dickste Panzerung zu durchdringen vermochte wie eine Gewehrkugel ein Eieromelett. Solowjews Partikel hatte negative Masse, wurde von der Schwerkraft abgestoßen, bewegte sich schneller als das Licht, und zwar, gemäß der Relativitätstheorie, rückwärts in der Zeit. Da aber die Lebenszeit der Partikel sehr kurz war, nämlich nur einen Bruchteil einer Trillionstel Sekunde dauerte, spielte das praktisch keine Rolle. Es war sozusagen ein Geisterelement, doch die Spur, die es hinterließ, konnte man in der Blasenkammer deutlich erkennen; sie ähnelte dem Kondensstreifen eines Flugzeugs. Solowjew nannte seinen atomaren Baustein

«Myatron» und erklärte, daß die Bezeichnung aus der Zusammenziehung von «Maya» und «Metron» entstanden sei. Beide Wörter hatten die gleiche Sanskrit-Wurzel *matr* und symbolisierten den Gegensatz zwischen östlichem Mystizismus und westlicher Wissenschaft. Der Schleier der Maya war das Symbol einer Anschauung, der die Wirklichkeit als Illusion galt, während Metron «das Maß» bedeutete, die nüchterne, quantitative Betrachtungsweise des Wissenschaftlers.

Niko vereinte in sich beide Haltungen. Er hielt weder sich selbst noch das Myatron für ganz real. Er hatte zwar die Existenz dieses Myatrons vorausgesagt und seine Spur fotografiert, doch das überzeugte ihn noch lange nicht von der Realität dieses Teilchens. Genauer gesagt, er konnte einfach nicht an die Realität des Realitätsbegriffs der Physik glauben. Ein Elektron, das an zwei Orten zur gleichen Zeit war, konnte man einfach nicht ernst nehmen. Die Franzosen hatten dafür eine Redewendung: *«C'est pas sérieux . . .»* Niko gebrauchte sie oft und wandte sie sowohl auf die moderne Physik an als auch auf Adolf Hitler alias Schicklgruber, auf seine eigenen Affären mit verschiedenen Mädchen und vor allem auf sich selbst.

1936 war er der jüngste Professor am Kaiser-Wilhelm-Institut in Berlin-Dahlem, wo vor ihm einige der Heroen seines naturwissenschaftlichen Pantheons gearbeitet hatten. Sofern sie noch am Leben waren, wirkten sie jetzt irgendwo in England oder Amerika. Sie hatten die Bücherverbrennungen, die Judenverfolgungen und das Gefühl nicht ertragen können, daß ein schwarzer Vorhang sich über das Land senkte. Nikolai hielt es bis 1938 aus, erstens, weil er noch immer hinter dem flüchtigen Myatron herjagte, zweitens, weil er nach vielen kurzen Abenteuern das erste feste Verhältnis hatte: mit einer temperamentvollen und hochbegabten jüdischen Pianistin. Obwohl sie keine öffentlichen Konzerte mehr geben durfte, lehnte sie es ab, ins Ausland zu gehen, da ihre Eltern in einer bayerischen Kleinstadt lebten und auf ihre alten Tage nicht mehr emigrieren wollten. Während der Pogrome der berüchtigten Kristallnacht schleppte in dieser idyllischen Kleinstadt ein Haufen betrunkener SA-Männer die drei Ältesten der jüdischen Gemeinde in das Gebäude der Ortsgruppenleitung und zwang sie, nur so aus Spaß, die Latrinen mit ihren langen Bärten zu schrubben. Der Vater von Nikolais Freundin, der sich weigerte, den Befehl auszuführen, wurde von den Männern so zugerichtet, daß er am folgenden Tag starb. Diese Nachricht erreichte seine Tochter Ada auf Umwegen eine Woche später. Was sie vom Hergang der Tat wußte, berichtete sie in ihrem Abschiedsbrief an Nikolai. Er rannte zu ihrer Wohnung und fand sie in der Badewanne liegend, ihre Handgelenke offen wie eine Illustration in einem Anatomielehrbuch, den Kopf in das rosafarbene Wasser getaucht, der Gesichtsausdruck alles andere als schön.

Bis dahin hatte Nikolai das Regime nur mit vagem Widerwillen betrachtet; nun erkannte er dessen archaische Barbarei in ihrem ganzen grauenvollen Ausmaß. Er konnte es sich selbst niemals verzeihen, daß er Adas leidenschaftliche Ausbrüche mit der Gelassenheit des objektiven Wissenschaftlers angehört und sie sogar der Übertreibung und der Hysterie verdächtigt hatte. Er verließ Deutschland ein paar Tage später, aber er konnte die Erinnerung nicht zurücklassen wie die schmutzige Wäsche in seiner Wohnung.

Der Abend in Genf, an dem er die Harmonie der Sphären für sich entdeckt hatte, war der erste Wendepunkt in seinem Leben gewesen; die Kristallnacht war der zweite. Der dritte wurde Hiroshima.

Als Einstein jenen folgenschweren Brief an den Präsidenten der Vereinigten Staaten schrieb, war Solowjew in Cambridge tätig. Eines Tages erhielt er die Einladung, an dem sogenannten Los-Alamos-Projekt mitzuwirken und nahm, im Glauben, auf diese Weise seine Schuld abtragen zu können, ohne Zögern an. Es störte ihn anfangs nicht, daß die meisten seiner Kollegen eine solche Rechtfertigung nicht nötig zu haben schienen — sie betrachteten den neuen Job einfach als eine reizvolle Aufgabe in einem besonders zukunftsreichen Bereich der Technik.

Solowjew wurde einer der fünf oder sechs Konstrukteure der Atombombe. Seine bisherige Arbeit mit dem Myatron erwies sich als ein wesentlicher Beitrag. Was er indessen wirklich mitgeschaffen hatte und mitverantworten mußte, kam ihm erst zu Bewußtsein, als die Zeitungen über Hiroshima schrieben und er aus den Geheimberichten die Einzelheiten erfuhr.

Die ersehnte Auszeichnung im Leben eines jeden Wissenschaftlers ließ nicht lange auf sich warten. Sie verstärkte seinen Schuldkomplex noch mehr. Für Hiroshima wurden keine Nobelpreise verliehen, aber die theoretischen Entdeckungen, die man damit auszeichnete, hatten den Weg nach Hiroshima gebahnt.

Nikolai schloß sich der Gruppe einflußreicher Wissenschaftler an, die gegen die Weiterentwicklung thermonuklearer Waffen Einspruch erhob, und er gab seinen Posten gerade noch rechtzeitig auf, bevor man ihn als politisch unzuverlässig entlassen hätte. Dieser Schritt stärkte nur sein Ansehen und machte ihn zu einer vielbegehrten Erscheinung im akademischen Callgirlring. Daß er die Sprache seiner Väter noch beherrschte, erleichterte es ihm, auf internationalen Kongressen menschliche Kontakte zu Kollegen aus den Ostblockstaaten anzuknüpfen, aber es trug gleichzeitig auch zu seiner Entmutigung bei. Die meisten östlichen Wissenschaftler verschanzten sich hinter diplomatischen Platitüden, und wenn sich gelegentlich einmal einer ein bißchen offener gab, etwa bei einer Flasche Wein, einigermaßen sicher vor fremden Ohren, glaubte Nikolai aus ihren Stimmen nur das Echo seiner eigenen Entmutigung zu vernehmen.

Was ihm half, sein fünftes und sechstes Lebensjahrzehnt

zu überstehen, waren seine Frau Claire, seine zwei Kinder und sein neues Forschungsgebiet: die Anwendung von radioaktiven Isotopen bei der Therapie bösartiger Krankheiten. Es gelangen ihm einige Verbesserungen bereits existierender Verfahren — denn was immer er anfaßte, gab Funken von sich —, doch er erzielte keinen echten Durchbruch mehr. Immerhin kam ihm einer dieser Funken teuer zu stehen. Ein fehlerhaftes Laborgerät und Mangel an Vorsicht bewirkten, daß seine linke Hand eine Überdosis von radioaktiver Strahlung abbekam. Der linke Ringfinger mußte ratenweise abgenommen werden, und er konnte nicht einmal sicher sein, ob die letzte Rate schon bezahlt war. Ein Sprichwort sagt: «Reich dem Teufel den kleinen Finger, und er nimmt die ganze Hand.» Solowjew verdächtigte den Teufel sogar psychosomatischer Machenschaften. Er nahm in jener Zeit die Gewohnheit an, seine kraftvollen Schultern zu krümmen, als trage er auf ihnen eine unsichtbare schwere Last. Das freudige Selbstvertrauen seiner Jugend war dahin, desgleichen sein Glaube an die hinter dem trügerischen Schleier des äußeren Scheins verborgene höchste Harmonie — nur der verwirrend unschuldsvolle Blick war ihm geblieben. Verbissen übte er mit neun Fingern Klavier zu spielen und veröffentlichte in einer medizinischen Zeitschrift einen Aufsatz über die neuromuskuläre Umorientierung, die diese Übungen bewirkten. Die Abhandlung trug zu einigen Neuerungen in der orthopädischen Chirurgie bei.

Trotz der zunehmenden Depressionen behielt Nikolai paradoxerweise seinen schuljungenhaften Sinn für Humor und die Fähigkeit, die kleinen Freuden des Lebens zu genießen — er war eben ein «melancholischer Hedonist», wie Claire ihn so gern nannte. Sie war eine seiner Laborantinnen gewesen und hatte ihn vom ersten Augenblick an Ada erinnert — obwohl ein Unbefangener wohl kaum eine Ähnlichkeit zwischen Adas Typ einer assyrischen Schönheit und Claires Südstaaten-Anmut, keusch in einen weißen Laborkittel gehüllt, hätte entdecken können. Zwar versprühten beide viel Temperament, doch Adas Gefühlsausdrücke waren spontan und manchmal hysterisch gewesen, Claires dagegen kontrolliert und gedämpft durch Ironie.

Clairette, ihre Tochter und nun glücklich verheiratet, war ganz die Mutter. Grischa, der einzige Sohn, hatte Nikolais Unschuldsblick geerbt und bei den Frauen genausoviel Glück wie sein Vater in jungen Jahren. Er wollte Anthropologie studieren und bei den Indianerstämmen des Amazonasgebiets leben, bevor die letzten Exemplare ausstarben. Statt dessen kroch er nun auf allen vieren durch einen ganz anderen Dschungel und kämpfte einen Niemandskrieg in einem Niemandsland.

Montag

Punkt neun saßen sie alle um den ovalen Konferenztisch aus polierter Bergkiefer, jeder mit einem Schreibblock und der Konferenzakte vor sich. Die Akte hätte Kurzfassungen aller Vorträge enthalten sollen, aber die meisten Redner hatten wieder einmal verfehlt, diese schriftlich vorzubereiten. Abseits vom Konferenztisch, an der Wand, saßen Claire, die als Assistentin des Vorsitzenden fungierte, und Miss Carey, die das Tonbandgerät bediente, ferner Dr. Helen Porter, der Programmdirektor der Akademie und drei weitere «Gasthörer» — wie jene Unterprivilegierten genannt wurden, die nicht aufgefordert worden waren, Referate zu halten, aber in den Diskussionen mitreden durften. Sie saßen auf harten Stühlen mit senkrechten Lehnen, während die Stühle der Offiziellen gepolstert waren und Armlehnen hatten. Durch die Fensterfront sah man die Berggipfel in erhabener Würde Wache stehen, und am Horizont glitzerten sogar ein paar Gletscher.

Solowjew war froh, daß er auf einem beschränkten Teilnehmerkreis bestanden hatte, der an einem Tisch Platz hatte. So konnte jeder jedem ins Gesicht sehen. Bei einer größeren Anzahl mußte man Stuhlreihen aufbauen und ein Pult davorstellen, und der Redner am Pult empfand die vor ihm Sitzenden zwangsläufig als Publikum und glaubte, sich als Schauspieler produzieren zu müssen ... Personen um einen Tisch herum betrachten einander als gleichberechtigte Partner. Das ergab eine ganz andere Atmosphäre.

Zwei der Sessel waren leer. Winogradow, der sowjetische Genetiker, hatte ein Telegramm gesandt, in dem es hieß, daß unvorhergesehene Umstände ihn daran hinderten, an dem

Symposium teilzunehmen. Entschlüsselt besagte das, daß die zuständigen Behörden ihm in letzter Minute das Ausreisevisum verweigert hatten. Die leeren Stühle von Sowjetdelegierten gehörten zum festen Inventar internationaler Tagungen. Der zweite Abwesende war Bruno Kaletski, der Friedensnobelpreisträger des Vorjahrs. Er hatte depeschiert, daß Angelegenheiten von unaufschiebbarer Dringlichkeit ihn bedauerlicherweise abhielten, pünktlich zu erscheinen, er werde erst am späteren Vormittag eintreffen. Auch das kam bei allen Callgirl-Treffen vor. Einige kamen ständig zu spät, einige reisten schon vor dem Abschluß wieder ab, einige schauten nur für ein paar Stunden herein, hielten ein Kurzreferat, strichen ihr Honorar ein und sprangen in das wartende Taxi. Nikolai hatte zur Bedingung gemacht, daß die zu «Methoden des Überlebens» Geladenen entweder vom ersten bis zum letzten Tag blieben oder lieber gleich absagten. Was Kaletski betraf, so war der einzige Grund für seine Verspätung höchstwahrscheinlich der Wunsch, zu beweisen, daß er ein ebenso überlasteter wie wichtiger Mann war. Er war tatsächlich beides, doch vor allem war er ein unverbesserlicher Poseur, der die Rolle, die er im öffentlichen Leben wirklich spielte, wie ein Schmierenkomödiant abzog.

Nikolai wollte die Tagung gerade offiziell eröffnen, als vom nahen Kirchturm die Uhr neunmal schlug und anschließend alle Glocken zu läuten begannen. Es waren gewaltige alte Glocken, der ganze Stolz des Dorfes, und da sie nur wenige hundert Meter weit entfernt waren, machten sie momentan jede Verständigung schwierig. Miss Carey hatte die Kopfhörer über ihren Ohren und nahm das eherne Dröhnen völlig hingerissen aufs Band auf. «Ein gutes Omen», meinte Wyndham und kicherte begeistert, wobei sich auf beiden Wangen die Grübchen vertieften. «Wie gefällt Ihnen das, Bruder Tony?»

«Das ist mein Lieblingshit», sagte Tony.

Die Glocken verstummten. Solowjew stand auf und erklärte die Konferenz für eröffnet. Mit gesenktem Kopf sah er die versammelten Gesichter der Reihe nach kampfbereit an. «Ich will Ihnen das zeremonielle Bla-bla ersparen und mit meinem Eröffnungsreferat beginnen. Es wird zwanzig Minuten dauern.»

Nikolai ließ sich schwer auf seinen Polsterstuhl fallen, zündete eine Zigarre an und verlas dann, beide Ellbogen auf den Tisch gestützt, sein Referat. Claire registrierte mit Befriedigung, daß Nikolai keine krummen Schultern machte, sondern kerzengerade dasaß, während Helen Porter, die seinem sonoren Baßbariton mit kritischer Miene zuhörte, sich an eine Bemerkung von Harriet erinnerte: «Frauen hören Nikos Stimme nicht mit den Ohren zu — sondern mit der Gebärmutter.» Zweimal vernahm man Otto von Halder, der am entgegengesetzten Ende des Tisches saß, hörbar «Olle Kamellen» flüstern. Beim zweitenmal flüsterte Harriet, die neben ihm saß, noch hörbarer zurück: «Stuß! Er macht es gar nicht schlecht.» Die andern dachten das gleiche, selbst Halder, aber er wäre lieber gestorben, als daß er das zugegeben hätte. In etwas weniger als zwanzig Minuten rief Solowjew, der scheinbar sehr leger und doch präzise sprach, seinen Zuhörern die wichtigsten Faktoren ins Gedächtnis, die das Überleben der Menschheit ernstlich in Frage stellten, wobei er die einzelnen Punkte nacheinander an seinen langen, nikotingelben Fingern aufzählte.

Erstens: Die seit der Mitte des zwanzigsten Jahrhunderts herrschende Situation ist in der Geschichte ohne Beispiel, insofern, als bis dahin das Vernichtungspotential des Menschen auf begrenzte Gebiete und eine begrenzte Anzahl von Opfern beschränkt war, wogegen es von diesem Zeitpunkt an den gesamten Planeten mit der ihn umgebenden Atmosphäre sowie die ganze Fauna und Flora miteinschließt, ausgenommen vielleicht einige strahlungsresistente Arten von Mikroorganismen. Zweitens: Der rapide Fortschritt in den Fertigungsmethoden der nuklearen und biochemischen Waffen hat ihre Ausbreitung unvermeidlich und ihre Kontrolle unmöglich gemacht. Wie absurd die Situation ist, beweist die Tatsache, daß laut neuesten Statistiken über den Vorrat an nuklearen Waffen auf jeden der dreieinhalb Milliarden Erdbewohner ein Zerstörungspotential von der Kapazität der Hiroshima-Bombe entfällt. Drittens: Die Aufhebung der Entfernungen durch die zunehmende Beschleunigung der Verkehrsmittel kommt, mathematisch gesehen, der Schrumpfung der Gesamt-Erdoberfläche auf einem Raum gleich, der kleiner ist als England im Maßstab des Zeitalters der Dampflokomotiven. Die Menschheit ist auf diese Situation nicht vorbereitet, sie ist unfähig, sich ihr anzupassen, und sich auch weitgehend der Konsequenzen nicht bewußt. Viertens: Genauso wie unser Planet entsprechend zusammenschrumpfte, wie die Kommunikationsgeschwindigkeiten zunahmen, verringerten sich auch Lebensraum und Nahrungsreserven in Relation zur wachsenden Bevölkerungszahl, die sich jetzt alle dreiunddreißig Jahre verdoppelt und während der Lebensspanne einer einzigen Generation vervierfacht. Fünftens: Die Vorhut dieses Zugs der Lemminge bilden die kulturell zurückgebliebenen Schichten der Bevölkerung. Sechstens: Die weltweite Völkerwanderung vom Land in die Stadt führt dazu, daß die Städte wie Krebsgeschwüre wachsen und immer mehr Menschen auf immer weniger Raum zusammengedrängt werden. Siebtens: Ein unvermeidliches Nebenprodukt dieser explosionsartigen Entwicklung sind die physische Vergiftung und Verschandelung von Land, Wasser und Luft, die zu einer allgemeinen Degradierung der menschlichen Existenz führen, zu einem Verfall aller Werte und einer generellen Sinnlosigkeit. Achtens: Ebensowenig wie die durch den Luftverkehr bewirkte Aufhebung der Distanzen zu einer entsprechenden Annäherung der Völker, sondern nur zu verschärfter gegenseitiger Bedrohung führte, hat auch der Äther-Verkehr durch die Massenkommunikationsmittel die Völkerverständigung nicht gefördert, sondern nur die ideologischen und nationalen Gegensätze propagandistisch verschärft. Neuntens: In den ersten fünfundzwanzig Jahren nach Beginn des Atomzeitalters wurden rund vierzig regional begrenzte Kriege und Bürgerkriege mit konventionellen Waffen ausgefochten, und die Welt stand zweimal am Rande eines Atomkriegs. Es gibt keinerlei Anzeichen dafür, daß die nächsten fünfundzwanzig Jahre weniger kritisch werden könnten. Doch die Gefahr der Selbstausrottung der Menschheit besteht nicht nur für die nächsten fünfundzwanzig Jahre; sie ist von nun an ein permanentes Merkmal des menschlichen Daseins. Zehntens: In Anbetracht der Diskrepanz zwischen der geistigen Unreife des Menschen und seinen technischen Errungenschaften läßt sich feststellen, daß die statistische Wahrscheinlichkeit seiner selbstverschuldeten Auslöschung sich bedenklich der statistischen Sicherheit nähert. Das gegenwärtige Symposium hatte, seiner Meinung nach, eine dreifache Aufgabe: die Ursachen der Gefährdung zu analysieren; eine vorläufige Diagnose zu erstellen und mögliche Heilmethoden zu erkunden ...

Solowjew legte eine Pause ein und sah seine Zuhörer anklagend an, als hätten sie allein den traurigen Zustand der Welt auf dem Gewissen. Dann, nach einem kurzen Blick zu Claire, fuhr er fort und bemühte sich, gelassen zu bleiben:

«Das ist eigentlich alles, was ich sagen wollte — außer, daß ich Sie an einen gewissen Brief erinnern möchte, den Albert Einstein im August 1939 an Präsident Roosevelt schrieb. Es war ein kurzer Brief, verfaßt in einem abscheulichen Englisch, und er begann so:

‹Eine kürzliche Arbeit von E. Fermi und L. Szilard, von der ich durch Manuskripte Kenntnis erlangt habe, bringt mich zu der Vermutung, daß das Element Uranium in nächster Zukunft sich als eine neue und wichtige Energiequelle erweisen kann ... Eine einzige Bombe dieses Typs ... die in einem Hafen explodiert ... könnte sehr wohl die gesamten Hafenanlagen zerstören sowie das Gelände ringsherum ...›

Meine Freunde! Dies ist wahrscheinlich der folgenschwerste Brief, der jemals geschrieben worden ist. Aber ich meine, die heutige Lage ist nicht weniger kritisch als zu der Zeit, da Einstein ihn schrieb. Urheber der Demarche waren ein Italiener namens Fermi; zwei Ungarn, Szilard und Wigner; und Einstein, ein Deutscher. Sie hatten so eine Art Aktionskomitee gegründet. Gewiß ist es einfacher, Einstimmigkeit in der Physik zu erzielen als in den Gesellschaftswissenschaften. Dennoch würde ich gern wissen, ob es wirklich utopisch ist, zu glauben, daß unser Symposium ebenfalls zur Gründung eines Aktionskomitees führen könnte, mit einem fest umrissenen Programm für einen direkten Appell an die verantwortlichen Machthaber der Welt... Was Einsteins Brief auslöste, kann man als Wunder bezeichnen, ein Wunder der *schwarzen* Magie. Ich frage mich, ob ein Wunder der *weißen* Magie von ähnlich weitreichenden Konsequenzen jenseits der Möglichkeiten der Wissenschaft liegt... Ich sehe voraus, daß mir einige von Ihnen düsteren Pessimismus vorwerfen werden und die anderen rosaroten Optimismus ... Ich eröffne die Diskussion.»

Es gab ein langes Schweigen. Dann hob von Halder die Hand und begann im gleichen Moment auch schon zu sprechen: «Tja, verehrter Kollege, das ist alles ganz gut und schön, aber in Ihren zehn Punkten haben Sie vergessen, die wichtigsten Krankheitssymptome unserer gegenwärtigen Gesellschaft zu erwähnen, nämlich die Aggressivität, Sir, die Gewalttätigkeit, Herr Kollege, und die Pornographie, die Rauschgiftsucht unserer jungen Generation der Tripper und Popper oder wie sie sich zu nennen pflegen ... So! Und deshalb müssen wir zunächst einmal ...»

Aber er kam nicht dazu, festzustellen, was zunächst einmal getan werden müsse, denn durch die Glastür, die zur Terrasse führte, brach die untersetzte dynamische Gestalt Professor Bruno Kaletskis herein, in einer Hand einen Reisekoffer, unter den anderen Arm eine prall vollgestopfte Aktentasche geklemmt, so daß er im Türrahmen steckenblieb. Tony sprang auf, um ihm zu Hilfe zu kommen, aber Kaletski rief munter: «'s geht schon, 's geht schon!», wobei er die Tür mit einem Knie festhielt, während er den Koffer zwischen seinen Beinen hindurchbugsierte. «Herr Vorsitzender», japste er im selben Atemzug, setzte den Koffer ab und eilte mit kurzen, schnellen Schritten auf einen der freigebliebenen Stühle am Tisch zu. «Ich muß vielmals um Entschuldigung bitten, aber Sie können sich vorstellen, wie das ist, wenn man plötzlich zu einer Sondersitzung nach Washington gerufen wird. Die sind wie kleine Kinder, die nach ihrem Babysitter schreien, und zugleich tun sie so, als wäre man ihr persönliches Eigentum — also nochmals, verzeihen Sie meine Verspätung, und da ich sehe, daß Sie bereits begonnen haben, was natürlich völlig richtig ist, kann ich kaum verlangen, daß Sie mit einer förmlichen Begrüßung weitere kostbare Zeit verlieren, Herr Vorsitzender, aber ich bin sicher, Sie haben die Freundlichkeit, mich durch ein kurzes Resümee darüber ins Bild zu setzen, was bereits besprochen worden ist und was ich — leider Gottes, wie gesagt — verpaßt habe.» Während er sprach, schaufelten seine Hände geschäftig Papierbündel aus seiner Aktentasche und ordneten sie auf dem Tisch scheinbar automatisch zu einem exakt abgezirkelten Muster. Dies getan, holte die Linke ein Zigarettenetui aus der Jackentasche, während die Rechte die Hände der Tischnachbarn — des verbindlich lächelnden Dr. Valenti und des schläfrigen Sir Evelyn Blood — schüttelte. Dann kooperierten beide Hände wieder beim Ritual des Zigarettenanzündens, einer Art manuellen Balletts, dessen effektvolles Finale das Auslöschen des Streichholzes mit einer schwunghaften Geste bildete.

«Wir freuen uns sehr», sagte Nikolai trocken, «daß Sie es trotz allem möglich machen konnten, hier zu erscheinen. Was das gewünschte Resümee betrifft, so muß ich sagen, daß mein kurzes Eröffnungsreferat selbst ein Resümee war, und ich bin sicher, daß niemand hier es ein zweites Mal hören möchte. Sie finden eine Zusammenfassung meiner Thesen in dem Dossier unter Ihren Akten.»

«Ihr Wunsch ist mir Befehl», antwortete Bruno betont ergeben, um so zu demonstrieren, was für ein unkomplizierter und leutseliger Mensch er war, während seine Hände sich mit der gespielten Fingerfertigkeit eines Varietézauberers bemühten, das Manuskript mit Nikolais Vortrag aus der untersten Mappe herauszuziehen. «Fahren Sie ruhig fort. Ich bin es gewohnt, gleichzeitig zu lesen und zuzuhören.»

«Otto von Halder war gerade dabei, etwas zu sagen», erklärte Nikolai.

Aber Halder wedelte nur mit der Hand, als jage er eine lästige Fliege weg. «Bedaure — aber durch die Unterbrechung habe ich den Faden verloren. Ich komme später darauf zurück.»

Er ärgerte sich weniger über die Unterbrechung — denn wenn er einmal in Fahrt war, konnte ihn niemand so schnell aus dem Konzept bringen — als über die Einsicht, daß Kaletski wieder einmal entschlossen war, die Diskussion an sich zu reißen. Es kam ganz auf den Diskussionsleiter an. War er zu weich oder zu höflich, um sich durchzusetzen, würde Bruno wie üblich aus einer «kurzen Zwischenfrage» einen Non-stop-Vortrag machen oder die anderen Redner ins Kreuzverhör nehmen, und zwar mit der bereits allseits bekannten Einleitung: «Verzeihen Sie, aber ich bin zu dumm, um Ihren Gedankengängen folgen zu können. Meinen Sie, daß . . . oder meinen Sie vielleicht mehr . . . oder meinen Sie gar . . .?» und so weiter. Wenn ihm der Gegenstand vertraut war, würde er damit herausplatzen, daß irgendeine längst vergessene Abhandlung den Gedankengang des hochverehrten Kollegen schon vorweggenommen hatte, oder im Gegenteil, er würde sich auf irgendeinen Aufsatz berufen, der kürzlich in irgendeiner obskuren Zeitschrift erschienen war und diesen Gedanken überzeugend widerlegt hatte — und in den meisten Fällen hatte er sogar recht. War ihm das Thema nicht vertraut, so pflegte er zu sagen: «Ich bin auf diesem Gebiet natürlich unwissend wie ein neugeborenes Kind, aber ich habe da so eine Ahnung, daß . . .» Und meistens war auch an seinen Ahnungen etwas dran.

Mit fünf Jahren war Bruno Kaletski ein Wunderkind gewesen — und er war es eigentlich noch immer. Mit fünf hatte man seine frühreife Intelligenz bewundert, mit fünfundsiebzig seine Jugendlichkeit. Wenn man sein überschäumendes Temperament nicht fest unter Kontrolle hatte, machte er aus jedem Symposium eine Ein-Mann-Show; und wenn man nicht aufpaßte, würde er auch diese Tagung kaputtmachen wie so manche andere zuvor. Deshalb hing alles vom «Moderator» ab.

Otto von Halder hoffte, daß Nikolai seinen Wink verstanden hatte — die mit Absicht unhöfliche Bemerkung über die «Unterbrechung». Er vermied es, in Brunos Richtung zu sehen.

Bruno seinerseits war in die Lektüre von Nikolais Referat vertieft, das er in der linken Hand hielt, während seine Rechte, zum Zeichen, daß er dem Sprecher aufmerksam lauschte, hinter dem Ohr eine zweite Muschel formte und seine Gedanken unter dem Eindruck von Halders kränkender Bemerkung in eine dritte Richtung wanderten. Dieser arme Otto in seinen Khakishorts und der sorgfältig zerzausten Mähne wurde offenbar niemals erwachsen. Der würde weiterhin das Enfant terrible spielen mit rüden Manieren und einem goldenen Pfadfinderherzen. Bruno erinnerte sich daran, daß er beinahe auf Ottos letztes Buch, *Homo homicidus*, hereingefallen wäre, das vor ein paar Monaten herausgekommen war — aber eben nur beinahe. Selbstverständlich hatte er die Trugschlüsse und Widersprüche, so sehr sie sich auch im Wust seichter Rhetorik verbargen, einen nach dem andern entlarvt. Er hatte sie sich Punkt für Punkt notiert und wartete nur auf eine Gelegenheit, sie in die Diskussionsschlacht zu werfen. Im Geiste rieb sich Bruno die Hände, die aber gerade anderweitig beschäftigt waren.

Inzwischen hatte Hector Burch das Wort. Im Unterschied zu Solowjew und Halder sprach er im Stehen, die Hände hinter seinem Rücken verschränkt. Seine Stimme war scharf und trocken, aber zwischendurch ließ sich eine schwache Spur von texanischem Slang entdecken wie das Wunder einer sprudelnden Quelle in der Wüste. Er teilte weder Nikolais schwarzen Pessimismus noch seinen rosaroten Optimismus, «um mich der eloquenten Ausdrucksweise Professor Solowjews zu bedienen». Wissenschaftler, meinte er, sollten ihre Ausführungen nicht dramatisieren, sondern mit harten Tatsachen untermauern. Die harten Tatsachen waren — um die ausgezeichnete Definition -in einem kürzlich erschienenen Lehrbuch zu zitieren —, daß «der Mensch nichts anderes ist als ein komplexer biochemischer Mechanismus, in Bewegung gehalten durch ein Verbrennungssystem, das die Computer antreibt, die in unser Nervensystem eingebaut sind und über gewaltige Kapazitäten zur Speicherung verschlüsselter Informationen verfügen». Die Betonung lag auf dem Wort «komplex». Die Wissenschaft erforscht komplexe Phänomene mittels Analyse der einfachen Bestandteile, aus denen sie sich zusammensetzen. Die einfachen Bestandteile, die aller menschlichen Aktivität zugrunde liegen, sind die elementaren Reaktionen auf die Reize der Umwelt. Einige dieser Reaktionen sind angeboren, doch die meisten eignet man sich durch Lernen und Erfahrungen an. Die Zukunft der Menschheit hängt ab von der Ausarbeitung geeigneter Konditionierungstechniken, die im Einklang mit geeigneten «Bekräftigungen» stehen müssen. Positive und negative Bekräftigungen oder Anreize — allgemeinverständlich ausgedrückt: Belohnung und Entbehrung — sind wirksame Werkzeuge der Sozialtechnik, die uns erlauben, mit einigem Vertrauen in die Zukunft zu blicken. Aber ebenso wie der Elektroingenieur mit komplizierten Apparaturen umzugehen lernt, indem er sich zuerst alles über einfache Maschinen aneignet, studieren der Sozialtechniker und der Verhaltensforscher die Verhaltensmechanismen einfacher Organismen, zum Beispiel die der Ratten, Tauben und Gänse. Da alle Verhaltensweisen, um Professor Skinner von der Harvard-Universität zu zitieren (hier wurde Burchs Stimme ehrfurchtsvoll, beinahe lyrisch), da alle Verhaltensweisen der Individuen einer bestimmten Spezies und die aller Lebewesen, die zur Klasse der Säugetiere gehören, einschließlich des Menschen, den gleichen primären physikalisch-chemischen Gesetzen unterliegen, folgt daraus, daß die Unterschiede zwischen den Handlungen des Menschen, der Ratten und Gänse mehr quantitativ als qualitativ in Erscheinung treten, und es folgt daraus ferner, daß Experimente mit Organismen auf den unteren Stufen der Evolutionsleiter dem Wissenschaftler alle notwendigen Elemente liefern, um sein Ziel zu erreichen: nämlich «das Verhalten des Menschen zu beschreiben, vorauszusehen und zu steuern». Diese letzten Worte sprach Burch mit besonderer Emphase aus, um zu verstehen zu geben, daß er wiederum irgendeine Autorität zitierte.

«Professor Burch, gestatten Sie, daß ich Ihnen eine Frage stelle?» fragte Horace Wyndham mit verlegenem Gekicher. «Wenn Sie sagen, ‹das menschliche Verhalten vorauszusehen und zu steuern› — schließen Sie da auch solche Aktivitäten des Menschen ein, die wir als Bücher schreiben oder, sagen wir, Harfe spielen bezeichnen?»

«Durchaus! Wir bezeichnen diese Aktivitäten als verbales oder manipulatives Verhalten und unterteilen das letztere danach, was und wie manipuliert wird. Beide, der verbal und der manuell Tätige, reagieren auf Stimuli der Umwelt und werden gesteuert durch die Anordnung der Bekräftigungen.»

«Vielen Dank, Professor Burch», sagte Wyndham. Später stimmten alle darin überein, daß dies der Augenblick gewesen sei, in dem sich das Symposium in zwei Lager teilte. Wie dem auch sei, die einzigen offensichtlichen Anzeichen der beginnenden Spaltung waren ein paar künstliche Huster und ein kurzes Füßescharren. Alle hielten es für erwiesen, daß Burch — wie nicht anders zu erwarten — sich unsterblich blamiert hatte. Die Mehrheit, also diejenigen, die später die Nikosianer genannt wurden, dachte, was dieser Solowjew doch für ein cleverer Bursche sei, den extremsten und starrsinnigsten Repräsentanten einer Schule einzuladen, als deren leidenschaftlicher Gegner er bekannt war — eine Schule, deren philosophische Auffassung, wenn auch leicht verwässert, noch immer tonangebend war. Die anderen, die diesen Standpunkt im Grunde teilten, es jedoch vorzogen, sich weniger provokant und dafür gewundener auszudrücken, als Burch es tat, begriffen sehr wohl, daß Nikolai ihn als eine Art Prügelknabe eingeladen hatte, der ihre Stellung ad absurdum führen sollte, und empfanden dies als einen billigen Trick, als «ausgemacht machiavellistisch», wie Halder später bemerkte.

Die peinliche Pause wurde durch Harriet beendet, die Burch mit einem Ausdruck geduldigen Märtyrertums zugehört und nur gelegentlich ihre Blicke demonstrativ zur Decke gerichtet hatte. «Herr Vorsitzender», stieß sie plötzlich hervor, «ich kann wirklich nicht einsehen, was um Himmels willen Professor Burchs Exkursion in die Rattologie mit Ihrem Eröffnungsvortrag über die Misere unserer Situation zu tun hat und mit der Notwendigkeit, endlich zu handeln. Dem Programm entnehme ich, daß Professor Burch am Donnerstag morgen über ‹Neueste Fortschritte mit operanter Konditionierung von niederen Säugetieren› sprechen will, also schlage ich vor, daß wir unsere unbändige Neugier bis dahin noch zu bezähmen versuchen und jetzt Ihre Anregung diskutieren, ein Aktionskomitee zu bilden.»

«Hört, hört!» sagte Tony halblaut und wurde prompt puterrot.

«Keine Angst», sagte Burch trocken, «ich glaube zwar,

daß meine Bemerkungen für die zur Diskussion stehenden Fragen von einiger Bedeutung sind, aber ich beabsichtige nicht, sie jetzt weiter auszuführen.»

Dr. Valenti hob eine sorgfältig manikürte Hand: «Gestatten Sie, Herr Vorsitzender.» Er sah mit seinen dunklen, faszinierenden Augen und seinem stets leicht ironischen Gesichtsausdruck nicht nur außergewöhnlich gut aus, er hatte obendrein auch noch eine angenehm melodiöse Stimme. «Ich bin der Meinung», sagte er, «daß Professor Burchs erhellende Ausführungen über die Notwendigkeit der Sozialtechnik im Zusammenhang mit den Problemen, die Sie in Ihrem bewundernswerten Eröffnungsvortrag aufgezeigt haben, von eminenter Bedeutung sind. Aber ich würde Sie gern fragen, meine lieben Kollegen rund um den Konferenztisch, die Sie alle die Sorge um die Zukunft des Menschen teilen, ob es denn wirklich zu utopisch wäre, nicht nur auf dem Gebiet der Sozialtechnik nach einem Ausweg zu suchen, sondern ebenso vielleicht auch in der Neurotechnik — um einen Begriff zu gebrauchen, den ich, mit aller gebotenen Vorsicht, auf dem letzten Symposium in Chicago vorzuschlagen wagte.»

Sir Evelyn Blood, der bis dahin mit halbgeschlossenen Augen vor sich hin gedöst hatte, schien zum Leben zu erwachen: «Neurotechnik? Ein abscheuliches Wort, das mir Angst einflößt.»

Valenti lächelte höflich. «Wir sind nun mal eine abscheuliche Rasse und leben in abscheulichen Zeiten. Vielleicht sollten wir den Mut aufbringen, auch über abscheuliche Mittel nachzudenken.»

«Was meinen Sie genau mit ‹Neurotechnik›?» fragte Blood und starrte ihn mit blutunterlaufenen Augen an.

«Ich werde die Ehre haben, dies in meiner bescheidenen Darbietung bei unserer fünften Sitzung auseinanderzusetzen.»

Claire, die zwangsläufig steif und würdig auf ihrem Stuhl mit der senkrechten Rückenlehne saß, hätte gern gewußt, ob auch einer der anderen während dieses Geplänkels diese kleine Pantomime beobachtet hatte: Neben ihr saß Miss Carey vor einem Klapptischchen, auf dem das Tonbandgerät stand. Als sie Sir Evelyns Frage an Valenti in ihren Kopfhörern vernahm, runzelte sie so heftig die Stirn, daß die Plastikhalter ihrer Kopfhörer nach vorne rutschten. Im letzten Augenblick gelang es ihr noch, sie aufzufangen. Es sah sehr komisch aus, etwa so, als hielte sie krampfhaft einen Hut fest, den ihr ein Windstoß wegzunehmen drohte. Schließlich drückte sie die Bügel wieder zwischen ihre grauen Haarbüschel auf dem aufgesteckten Dutt. Schon zuvor hatte Claire fasziniert die abrupten Veränderungen in Miss Careys verhärmtem Gesicht beobachtet. Offenbar war sie nicht imstande, ihre Mimik unter Kontrolle zu halten. Sie sieht mehr nach einem Forschungsobjekt als nach einer Forschungsassistentin aus, dachte Claire.

Horace Wyndham war an der Reihe. Mit nervösem Kichern brachte er seine kurze Zwischenfrage vor. Er habe volles Verständnis für Professor Solowjews mit brennender Sorge vorgetragene Gedankengänge, sagte er, und sei, als Privatperson sozusagen, völlig der gleichen Ansicht, und zwar trotz des zurückgezogenen Daseins, das er in dem akademischen Brackwasser von Oxbridge unverdienterweise führen dürfe. Doch wie sehr er sich seiner Schuld auch bewußt sei: sein eigenes Forschungsgebiet könne seiner besonderen Natur nach kein schnell wirksames Heilmittel, keine Kurzzeit-Lösungen anbieten, denn es beschäftige sich mit dem Baby in der Wiege — von der ersten Lebenswoche an — und mit Methoden, sein intellektuelles und emotionales Potential auf unorthodoxe Weise zu entwickeln. Er wage zu behaupten, daß in gewissem Sinn die bedauernswerte Situation, in die sich die Menschheit hineinmanövriert habe, zum Teil oder sogar zur Hauptsache auf die beschämende Unkenntnis dieser Methoden zurückzuführen sei. «Der Preis, den man für die Zivilisation zahlen mußte, war der Verlust instinktiver Sicherheiten als Leitlinien des Verhaltens — mit dem Ergebnis, daß der zivilisierte Mensch vom Kurs abkam wie ein Seefahrer, der seinen Kompaß verloren hat und sich nicht nach den Sternen zu orientieren vermag. Wir essen zu viel und kopulieren zu selten — vielleicht ist aber auch das Gegenteil der Fall. Wir beginnen mit der Toilettenhygiene entweder zu spät oder zu früh; die Mütter sind entweder zu besorgt oder zu unbesorgt, zu nachsichtig oder zu streng — wer weiß denn schon, was für so eine hilflose Kreatur in seinem Kinderbettchen genau das Richtige ist? Wir kennen nur die Ergebnisse, die fertigen, erwachsenen Produkte, die unsere Gesellschaft so elend erscheinen lassen.»

Wyndham krallte seine Finger in die Kragenaufschläge seines Jacketts. Er müsse gestehen, wie naiv dies auch klingen möge, daß er selbst sich an die Hoffnung klammere, die Antwort auf den Hilferuf der gefährdeten Menschheit werde direkt aus der Wiege kommen — aus dem speziellen Forschungsbereich, von dem er sprach. Es gab sogar Anzeichen für eine möglicherweise entscheidende Wendung in naher Zukunft, falls gewisse Resultate kürzlich durchgeführter Experimente sich als richtig erweisen würden — Experimente, über die er in einer der nächsten Sitzungen zu referieren haben werde. Aber selbst wenn sich an den positiven Ergebnissen, wie er hoffe, tatsächlich nicht rütteln ließe, würden sich die segensreichen Auswirkungen nur sehr langsam einstellen, so langsam, daß sie zunächst kaum spürbar wären, und sie könnten kaum ein zureichender Grund für einen Einstein-Brief an den Präsidenten der Vereinigten Staaten oder Ihre Majestät die Königin von England sein.

Burch kämpfte einen Augenblick mit sich, versuchte in stummer Würde seinen Mund zu halten — und verlor den Kampf. Scharf über die Ränder seiner Brille zu Wyndham hinüberäugend, sagte er: «Sie brachten hier Einwände gegen den Begriff ‹Sozialtechnik› vor. Ist denn das, was Sie da betreiben, nicht genau dasselbe?»

«O nein! Ich möchte es keine Technik nennen — höchstens geistige Geburtshilfe.» So arglos lächelnd und mit seinen niedlichen Grübchen sah Wyndham selbst wie ein Neugeborenes aus.

Einige lachten höflich, und die Diskussion schien einen Augenblick festgefahren zu sein, als mit seinem untrüglichen Instinkt für den richtigen Augenblick Bruno Kaletski in Aktion trat.

«Mit Ihrer Erlaubnis, Herr Vorsitzender . . .» Er hob seine linke Hand, während seine rechte, die während der ganzen Zeit eifrig Notizen gemacht hatte, unablässig weiterschrieb. Solowjew nickte ihm ohne große Ermunterung zu, aber Bruno schrieb erst mal zu Ende, was immer er da mit sichtlicher Konzentration zu Papier bringen mochte, und rief auf diese Weise eine erwartungsvolle Stille hervor, die fast zwanzig Sekunden dauerte. Dann erst legte er seinen Platin-Füllfederhalter aus der Hand:

«Herr Vorsitzender, es will mir scheinen, daß unter uns eine auffällige Verwirrung herrscht hinsichtlich Zweck und Ziel dieser Konferenz und hinsichtlich der Mittel und Wege, dieses Ziel zu erreichen. In meiner Eigenschaft als bescheidener Fachmann auf dem Gebiet der Sozialwissenschaften — oder als wissenschaftlich orientierter Beobachter unserer Gesellschaft, wenn Sie diese Bezeichnung vorziehen —, scheint mir der Grund für diese Verwirrung klar zu sein.»

Er legte eine Pause ein, machte ein paar flinke Schritte auf die Tafel zu, die an der Wand lehnte, und nahm ein Stück Kreide. «Der Grund ist nämlich, daß wir alle unter gesteuerter Schizophrenie leiden.» Er schrieb in kleiner säuberlicher Druckschrift GESTEUERTE SCHIZOPHRENIE an die Tafel. «Kein persönlicher Vorwurf — oder Plural, Vorwürfe — ist oder sind hier natürlich gemeint.» Er schrieb unter die erste Zeile: KEINE VORWÜRFE. «Der Begriff bietet sich als Metapher an, aber nicht nur als Metapher. Schizophrenie bedeutet, frei übersetzt, Geistesspaltung. Und unser Geist ist tatsächlich gespalten.» Mit einem kraftvollen senkrechten Kreidestrich teilte er die Fläche der Tafel in zwei Hälften. «Einerseits führen wir, wie unser Freund Wyndham so richtig bemerkte, ein Leben in akademischer Zurückgezogenheit und betreiben unsere wissenschaftliche Forschungsarbeit sozusagen *sub specie aeternitatis*, im Lichte der Ewigkeit.» Er schrieb in die linke Hälfte der Tafel: SUB SP. AET. «Aber reine Forschung hat in der Tat keine direkte Beziehung zu den Übeln, die unsere bedrohte Menschheit plagen. Die fernen Galaxien, die wir mit unseren Radioteleskopen absuchen, werden die hungernden Millionen auf unserem Planeten nicht ernähren und den unterdrückten Millionen keine Freiheit bringen. Selbst die angewandte Forschung auf dem biologischen Sektor und in den Sozialwissenschaften laboriert nur an Langzeitprojekten und setzt immer als selbstverständlich voraus, daß wir massenhaft Zeit haben, daß die nächste Generation einfach dort weitermacht, wo wir aufgehört haben, und unsere bescheidenen Bemühungen irgendwann einmal zu einem fruchtbaren Ende führt. Aber das ist der Haken . . .» Er brach ab und schrieb auf die gleiche Höhe wie SUB. SP. AET., aber in die rechte Hälfte der Tafel: MORGEN!? «Tja, meine lieben Freunde, die andere Hälfte des gespaltenen Bewußtseins weiß, daß es vielleicht kein Morgen geben wird, und deshalb fühlen wir uns versucht, den Galaxien den Rücken zu kehren und die Ewigkeit Ewigkeit sein zu lassen, um unsere ganze Kraft und unsere Bemühungen der Aufgabe zu widmen, das Morgen sicherzustellen. Aber ist das nicht nur eine andere Art von Verrat: die Vernachlässigung dessen, was einige von uns unsere ‹heilige Mission› nennen? So treiben wir hin und her zwischen der Scylla der Selbstgefälligkeit (er stieß mit dem Finger auf die linke Seite der Tafel) und der Charybdis panischer Hysterie (er stieß mit dem Finger auf die rechte Seite der Tafel). Einige von uns versuchen mit den bescheidenen Mitteln, die uns zur Verfügung stehen, den Zwiespalt zu kitten, indem sie einen

Teil ihrer Zeit und ihrer Energie — und, wenn ich so sagen darf, sogar mehr Zeit und Energie, als wir uns leisten können — für das Gemeinwohl aufwenden und für das Ideal gegenseitigen Vergebens zwischen den Rassen und Nationen durch ihre Mitarbeit in Organisationen wie die UNESCO, der Friedensrat, der Präsidentenberatungs-Ausschuß, das Civil Liberty Board, die Conservation Society und ähnliche Institutionen, denen auch ich die Ehre habe anzugehören und die ich mit meinem bescheidenen Rat unterstütze, sei es als geschäftsführendes oder als beratendes Mitglied, und wenn ich hier einen Augenblick darauf verwenden darf, die verschiedenen praktischen Ziele dieser Einrichtungen zu erläutern . . .»

Einmal in Fahrt, konnte Bruno nicht wieder stoppen. Er redete und redete, vor allem über seine eigenen bescheidenen Beiträge (die in der Tat nicht unbeträchtlich waren) zu den diversen Teilerfolgen dieser hochangesehenen Institutionen. Er sprach bereits zweiundfünfzig Minuten, als Solowjew, der bis dahin vergeblich auf eine Atempause gewartet hatte, Kaletski mit müder Stimme unterbrach: «Es ist Zeit fürs Mittagessen, wenn Sie nichts dagegen haben.»

Bruno sah erschrocken auf seine Uhr und war sichtlich zerknirscht. «Tut mir außerordentlich leid», murmelte er, während seine Hände begannen, die vor ihm ausgebreiteten und aufgestapelten Papiere wieder in seine Aktentasche zu schaufeln, «diese Probleme lassen einen jedes Zeitgefühl verlieren.»

Seine ehrliche Verwirrung ließ ihn beinahe liebenswert erscheinen, aber sie wußten ja alle, daß er unverbesserlich war und bei nächstbester Gelegenheit wieder genauso loslegen würde.

2

Als Sir Evelyn Blood einst auf einer Cocktailparty von einer Journalistin gefragt wurde, ob er seinen Nachnamen nie als eine Störung empfunden und ob er jemals daran gedacht habe, ihn auf amtlichem Wege ändern zu lassen, hatte er mit dem kalkulierten Freimut, der ihm im Umgang mit der Presse stets Pluspunkte sicherte, geantwortet: «Als Dichter kann ich nicht erwarten, daß viele Menschen meine Werke lesen, aber ich kann wenigstens hoffen, daß sie sich meinen Namen merken. Glauben Sie, daß die Namen Auden, Thomas oder Eliot dem Mann auf der Straße irgend etwas bedeuten? Nein — aber Blood, das ist ein Begriff für ihn.»

«Wollen Sie damit sagen», fragte die junge Dame, die offenbar etwas schwer von Begriff war, «daß man Sie Ihres gewissermaßen aufregenden Namens wegen liest?»

«Niemand *liest* mich, meine Liebe. Aber jeder Trottel in diesem Land kennt meinen Namen.»

Das war keine Prahlerei, sondern eher Untertreibung. Obwohl nie irgend jemand eine Zeile von Blood zitierte, denn er gehörte nun mal nicht zu den Dichtern, die geflügelte Worte zu produzieren pflegen, erfreute er sich internationaler Anerkennung, wurde von amerikanischen, indischen und japanischen Universitäten zu Lesungen eingeladen, und kein interdisziplinäres Symposium wäre ohne seine verwitterte, aber imposante Erscheinung komplett gewesen. Mit sechzig war er von Ihrer Majestät der Königin von England huldvoll zum Ritter geschlagen worden. Es hieß, sie wäre aschfahl geworden, als Blood sie kurz vor dem zeremoniellen Schlag im Flüsterton fragte, ob es auch nicht weh tun würde. Wie dem auch sei: Er galt allgemein als Poeta laureatus der Callgirls.

Am Vorabend war er erst spät mit einem Mietwagen eingetroffen, dessen Kosten er auf die Spesenrechnung zu setzen beabsichtigte. Nun erschien er auch zum Mittagessen verspätet. Am Eingang zum Speisesaal blieb er einen Augenblick stehen und überblickte die Szene. Sein massiger Körper füllte den ganzen Türrahmen aus. Die diskret neugierigen Blicke der versammelten Wissenschaftler, die in ihm einen Botschafter der schönen Künste sahen, schien er gar nicht wahrzunehmen. Schließlich setzte er sich mit schlurfenden Schritten, jedoch nicht ohne eine gewisse elefantische Würde in Bewegung. Bei der Wahl seines Sitzplatzes zögerte er keinen Augenblick, sondern trottete mit unaufhaltsamer Zielstrebigkeit, wie von einem Magnet angezogen, auf den Tisch zu, an dem der junge Tony saß und mit Genuß seine Suppe löffelte, aus der zwei faustgroße Knödel wie vulkanische Inseln aufragten.

«Ich werde meine Suppe kalt essen müssen», sagte Blood, indem er mißtrauisch die Knödel inspizierte. Er sprach mit wehleidiger Stimme ein übertrieben akzentuiertes Oxford-Englisch; es war unmöglich herauszuhören, ob es parodistisch oder ernst gemeint war. «Mußte aufs Klo rennen. Immer vor dem Essen. Anscheinend geben meine Därme nur dann etwas her, wenn sie wissen, daß sie gleich darauf wieder gefüllt werden. Interessant, aber lästig. Pawlowsche Konditionierung, wie unsere Fachidioten es nennen würden . . . Sind Sie noch Jungfrau?»

Bloods Taktik, die Leute mit Schockfragen zu überraschen, war allgemein bekannt, aber Tony hatte sie bisher noch nie zu spüren bekommen. Er wurde rot. «Ich habe eine zu lebhafte Phantasie.»

«Hetero oder homo?»

«Oh, hetero — nehme ich an.»

«Das ist schlecht in Ihrer Position. Unzucht ist eine Todsünde, Päderastie dagegen nur eine läßliche Sünde. Was mich betrifft, ich bin schwul wie ein Bückling. Das weiß alle Welt.»

«Ich verstehe nicht — welche metaphorische Bedeutung der Bückling hier hat.»

«Ich sehe, es fehlt Ihnen an poetischer Vorstellungskraft», lachte Blood. Tony hatte erwartet, daß Bloods Lachen — so wie seine ganze Statur — Falstaff-Format haben würde. Aber es ähnelte vielmehr einem Niesanfall. Andererseits paßte es irgendwie zu seinen zu klein geratenen Gesichtszügen, der kleinen Nase, den kleinen Ohren und dem kleinen Mund in dem großen, runden, fetten, roten Gesicht.

«Was sagen Sie zu der Diskussion heute morgen, Sir Evelyn?» fragte Tony höflich

«Ich habe wunderbar geschlafen, bis dieser geschniegelte Ithaker mit seinem Gefasel über Neurotechnik mich aufweckte. Also, da kam's mir hoch.»

Mizzie, die mürrische brünette Bedienung, brachte Sir Evelyns aufgewärmte Leberknödelsuppe. Er bestellte eine Flasche Neuchâteler. «Ganze Flasche?» fragte Mizzie. «Natürlich eine volle Flasche, Darling», sagte er und schaute sie an, als könne er sich kaum zurückhalten, ihr in den Hintern zu kneifen. Das «Darling» verfing bei Mizzie nicht, aber Tonys Weinglas polierte sie extra noch einmal mit einer Serviette, wobei sie sehnsüchtig und versonnen auf die fernen Alpengipfel sah.

«Ich hab keine Lust, an der Nachmittagssitzung teilzunehmen», meinte Blood. «Es soll da eine Art Wettringen zwischen den saftigen Bauernburschen des Dorfes stattfinden. Hätten Sie Lust, mitzukommen? Aber nein, Sie wollen natürlich nicht. Brave Schüler müssen zur Schule gehen.»

«Gestatten Sie, daß ich mich zu Ihnen setze?» fragte der schwarzhaarige Rabengesichtige mit dem französischen Akzent, der gerade hereingekommen war, und hatte auch schon gegenüber Tony Platz genommen.

«Eine rein rhetorische Frage», sagte Blood. «Sie wissen, daß ich Sie nicht daran hindern kann, Petitjacques, obwohl mir Ihre gelbe Visage Bauchkrämpfe macht.»

Professor Raymond Petitjacques wandte sein lächelndes Rabengesicht Tony zu. «Er sagt ‹gelb›, weil er mich für einen Maoisten hält, und er sagt ‹Bauchkrämpfe›, weil er ständig Schwierigkeiten mit seiner Verdauung hat. Aber abgesehen davon ist er ein außerordentlich liebenswerter Mensch.» Er füllte sein Glas mit Bloods Neuchâteler.

«Das ist das, was die Froschschenkelfresser kartesianische Klarheit nennen», sagte Blood zu Tony. «A propos, Petitjacques, wenn Sie Wein trinken möchten, sollten Sie sich eine eigene Flasche bestellen.»

«Das wäre eine Gelegenheit, wo Veblen von der Verschwendungssucht der Überflußgesellschaft sprechen würde. Ich möchte nämlich nur ein Glas trinken.» Er wandte sich wieder an Tony. «Trinken Sie ja nicht mehr von diesem sauren Zeug, wenn Ihnen sozusagen Ihre Leber am Herzen liegt.»

«Eine schiefe Metapher kann nicht durch ein ‹sozusagen› entschuldigt werden», dozierte Blood.

«Und was die ‹Froschschenkelfresser› betrifft», sagte Petitjacques zu Tony, «so ist unser verehrter Meister offensichtlich hinterm Mond. Meine Landsleute lutschen schon längst keine Froschschenkel in Knoblauchsoße mehr ab, denn die imperialistischen Coca-Kolonisatoren haben sie zum Verzehr von Hot Dogs und Hamburgers gezwungen. So ist das, mein Lieber!»

«Unterstehen Sie sich, unseren lieben jungen Klosterbruder ‹mein Lieber› zu nennen», sagte Blood.

«Wieso nicht? Für mich hat diese Bezeichnung nicht die gleiche Nebenbedeutung wie für Sie. Ich könnte sogar Sie ‹mein Lieber› nennen, ohne mich peinlichen Verdächtigungen auszusetzen. Und was die kartesianische Klarheit betrifft, so sind Sie sogar noch mehr hinter dem Mond. Der kartesianische Dualismus ist längst durch Hegels Dreischritt Thesis-Antithesis-Synthesis ersetzt worden, so wie er sich in der marxistisch-leninistischen Dialektik widerspiegelt. Diese wiederum ist in der Philosophie des Vorsitzenden Mao neuinterpretiert worden und bei uns im Westen amalgamiert mit dem Existentialismus Sartres und der strukturalen Anthropologie von Lévy-Strauss. Sie sehen also . . .»

«Ich sehe überhaupt nichts», sagte Blood und inspizierte die kalorienreiche Fleischplatte, die Mizzie vor ihm abgeladen hatte. «Gulasch!» konstatierte er.

«Meinen Sie das Essen oder die Philosophie?» erkundigte sich Tony.

«Beides.»

«Sie haben recht, es ist Gulasch», bestätigte Petitjacques enthustiastisch. «Wir werden euch ein sehr heißes und sehr scharfes ideologisches Gulasch servieren, und ihr werdet euch daran den Mund verbrennen.»

«Affentheater!»

«Vielleicht. Aber die jungen Affen haben kaum Zweifel daran gelassen, daß sie nicht spaßen, als sie die Hochburgen der angeblichen Gelehrsamkeit stürmten . . .»

«. . . und dort alles vollschissen. Was hat denn das mit der strukturalen Anthropologie zu tun?»

«Sehr viel! Sie haben Lévy-Strauss nicht gelesen.»

Blood starrte ihn an. «Sie werden es nicht glauben, ich hab's versucht. Reines Gewäsch. Ich wollte meinen Augen nicht trauen. Ich probierte es noch einmal. Die Dialektik von gekochter, gebratener und geräucherter Nahrung, der Gegensatz zwischen Honig und Tabak, die Parallele zwischen Honig und Menstruationsblut, Hunderte von Seiten voll von hohlem Wortgeklingel, das ist der größte Schwindel seit den Piltdown-Ausgrabungen. Aber Leute wie Sie saugen so was ein wie Honig.»

Bloods Gesicht hatte die Farbe alten Burgunders angenommen, und seine Augäpfel traten hervor.

«Ich wußte gar nicht, daß Sie sich so sehr für Anthropologie interessieren», sagte Petitjacques. «Ich will nicht leugnen, daß der große Lévy-Strauss die Neigung hat, über das Ziel hinauszuschießen. Das ist gute gallische Tradition. Aber das ist nicht der Grund, warum die jungen Affen sich zu ihm hingezogen fühlen. Es ist die Botschaft, die er aus seiner Analyse der griechischen Mythologie destilliert hat: ‹Wenn die Gesellschaft überleben will, müssen die Töchter ihre Eltern verraten und die Söhne ihre Väter vernichten›.»

«Und Sie stehen also auf der Seite der Affen! Als eine Art intellektueller Zuhälter.»

«Ich bin auf seiten der Geschichte. Und die Geschichte ist auf unserer Seite.»

«Ich kenne diese Salbaderei aus meinen eigenen Affen-Tagen in den dreißiger Jahren. Aber damals erwartete man vom sogenannten revolutionären Proletariat, daß es Geschichte machen würde, und nicht von langhaarigen Pavianen.»

«Die Situation ist anders. Ihre Generation war in den rosigen dreißiger Jahren rührend naiv. Sie lehnte ihre eigene Gesellschaftsordnung ab und glaubte an ein Utopia — Fünfjahrespläne und Balaleikas. Sie hatte einen doppelten Beweggrund: Auflehnung gegen den Status quo und Hingabe an ein Ideal — Anziehung und Abstoßung, ein negativer Pol und ein positiver, also ein magnetisches Feld. Wir glauben dagegen nur an den negativen Pol. Keine Illusionen. Keine Programme. Wir sagen einfach nur NEIN, *nada*, *no*, *niente* — und nieder mit den Schweinen, scheiß drauf, *merde*!» Er grinste liebenswürdig mephistophelisch.

«Wie nennen Sie diese Philosophie? Merdologie? In meinen Augen sind Sie nichts als ein Clown», erklärte Blood.

«Das müssen ausgerechnet Sie sagen!» gab Petitjacques zurück.

«Wir sind allesamt Scharlatane, aber einige von uns sind größere als die anderen.»

Tony, der eine Weile in respektvollem Schweigen zugehört hatte, platzte jetzt heraus: «Sie diskutieren über das existentielle Vakuum, als wäre es ein modernes Phänomen. Aber vielleicht war es immer vorhanden — als ein Teil der *conditio humana*. Ich habe gerade den ‹Prediger Salomo› in der neuen englischen Übersetzung gelesen. ‹Eitelkeit› ist da durch ‹Leere› ersetzt worden. ‹Es ist alles Leere, sagt der Prediger, und Haschen nach Wind.› Das stammt aus der Bronzezeit, und damals nahm man noch an, daß Gott wirklich lebe.»

«Das ist ein schwacher Trost», meinte Blood.

«Baal war ein Gott der Hippies», sagte Petitjacques.

Blood zuckte mit den Schultern und beäugte argwöhnisch die Nachspeise, die Mizzie gebracht hatte. Es war ein Schokoladenkuchen, Pischinger Torte genannt, eine berühmte Wiener Spezialität aus Konservenbüchsen made in Chicago, von denen die Stiftung einen preisgünstigen Restposten aus Armeebeständen erworben hatte.

3

In dieser zweiten Nacht weinten zwei der Teilnehmer in ihre Kissen. Bruno Kaletski weinte, unterbrochen von hartnäckigem Schluckauf, weil er es wieder nicht hatte lassen können, weil er mit seiner verbalen Diarrhöe erneut allen auf die Nerven gefallen war, obwohl er sich doch geschworen hatte, es nie wieder zu tun. Harriet weinte — wobei ihr fleckiges Gesicht plötzlich wie das eines kleinen Mädchens wirkte — teils aus Mitleid mit Niko, der nach der verunglückten Eröffnungsdiskussion so herzerweichend enttäuscht dreingeschaut hatte, teils aber auch, weil sie sich zu alt und häßlich vorkam, um den blauäugigen Tony zu verführen, zu dem sie eine heftige, schmerzende Neigung gefaßt hatte.

«Stuß!» sagte sie laut und schnaubte sich energisch die Nase. Aus dem Erdgeschoß des Hotels kam Radiomusik — der Donauwalzer. Das mußte Gustav sein, der Chauffeur mit dem gezwirbelten Schnurrbart. Er sah «nicht ganz ohne» aus; jedenfalls hatten Helen und sie mit Kennerblick Vermutungen über die Qualität seiner Bestückung ausgetauscht. Harriet wusch ihr Gesicht mit kaltem Wasser und legte dann vor dem Spiegel etwas Make-up auf. Danach fand sie sich nicht mehr ganz so alt und häßlich.

Fünf Minuten später betrat sie Gustavs Zimmer, ohne anzuklopfen und ohne ihren Stock, aber in ihrem scharlachroten Schlafrock. «Haben Sie etwas dagegen, wenn ich Ihnen etwas Gesellschaft leiste?» fragte sie. «Zum Schlafen ist es einfach zu heiß.»

Gustav lag auf seinem Bett, den sonnengebräunten Oberkörper unbedeckt, und rauchte. Er schien nicht im geringsten überrascht. Er hätte zwar die Dunkle mit dem rasierten Nakken vorgezogen, aber man hat eben nicht immer die Wahl, und diese hier war auch nicht übel — Hüften wie eine Stute. *«Come here, please»*, sagte er höflich, machte zuerst seine Zigarette aus und dann das Licht. Einen Augenblick später überkam ihn die Erinnerung an das unauslöschliche Erlebnis, als er am Schafberghang von einer Lawine überrollt wurde.

4

Claire weinte zwar nicht, aber ihr war sehr danach zumute. Sie lag auf ihrem Balkon, badete im Mondlicht und wartete auf die Rückkehr von Nikolai, der noch einen Spaziergang machte. Die Vormittagssitzung war dank Kaletski ein Fiasko gewesen, die Nachmittagssitzung zwar erfolgreich — aber für die falschen Leute. John D. John junior, das junge Genie vom Massachusetts Institute of Technology, hatte ein Referat über «Die Computerisierung der Zukunft» gehalten. Mit seinem Bürstenhaarschnitt, seinen regelmäßigen Zügen, dem stets ernsten Gesichtsausdruck und seiner monotonen Vortragsweise machte er den Eindruck, als sei er selbst von einem dieser hochqualifizierten Computer entwickelt und programmiert worden. Claire hatte versucht, ihm in den Dschungel der Kommunikationstheorie, Informationsspeicherung und -wiederauffindung, der Datenbanken und des vollautomatisierten Verkehrs, von Feedback und kybernetischen Regelsystemen, Charakteranalysatoren, Lernmaschinen und Entscheidungskalkulatoren zu folgen, aber nach zehn Minuten hatte sie es, gelangweilt und abgestoßen, aufgegeben — obwohl sie wußte, daß sie höchstens das Recht hatte, sich abgestoßen zu fühlen, nicht aber gelangweilt. Wenn dich dein Gegner erst mal langweilt, hast du die Schlacht schon verloren. Aber wie sollte man nicht schläfrig werden, wenn man dem eintönigen Redefluß zuhören mußte, den John D. John junior wie eine endlos lange Fadennudel von sich gab? Claire hatte all das schon einmal gehört: daß die stolze Psyche des Menschen nichts anderes sei als ein System von gekoppelten Computern und im Vergleich mit einer Hardware-Schaltungsanordnung ziemlich langsam arbeite, doch über eine bemerkenswerte Speicherkapazität für annähernd 10^{12} Bits von verschlüsselten Informationen verfüge, einschließlich eines erheblichen Prozentsatzes von Überflüssigem und Nebengeräuschen. Sein biologisches Verbrennungssystem war von bescheidener Leistungskraft, während seine mangelhaften Wechselbeziehungen mit der Umwelt und seine gestörten zwischenmenschlichen Beziehungen auf eine ungenügend systematisierte, noch nicht ausgereifte Feedbacksteuerung im ökologischen und sozialen Bereich schließen lassen. Gemäß den Musterbeispielen, die die moderne Kommunikationstheorie liefert . . .

Claire studierte die Gesichter der Callgirls, die rings um den Konferenztisch saßen. Nikolai zeichnete Schnörkel auf seine Mappe und schob die Unterlippe vor wie ein Schimpanse — das Symptom eines Gemütszustands, den Claire «dichter Nebel» nannte. Professor Burch hörte aufmerksam zu und nickte in regelmäßigen Abständen beifällig. Halder hielt seine rechte Hand zu einer Muschel geformt hinter das

Ohr, ein untrügliches Zeichen dafür, daß er nicht zuhörte. Harriet schickte Tony fortwährend kleine Zettel herüber, die er mit höflichem Lächeln las. Bloods Platz war leer. Valenti saß da wie eine schöne Statue und ignorierte die Blicke, die Miss Carey immer wieder in seine Richtung warf. Wyndhams gütiges Lächeln wirkte so starr, als habe er einen Trigeminus-Kampf. Bruno machte mit fliegender Feder Notizen. Helen kratzte sich unter ihrem Mini.

Die Szene, die Claire sich jetzt, auf dem mondbeschienenen Balkon, in einem Liegestuhl ausgestreckt, noch einmal vor Augen führte, erinnerte sie an Madame Tussauds Wachsfigurenkabinett. Aber Wachsfiguren, die sich bewegen konnten, waren furchterregender als leblose. War das der Grund, warum die Leute sich so sehr vor Robotern ängstigten — je menschenähnlicher, desto bedrohlicher? Roboter aus Software hergestellt, mit naturgetreuer Beweglichkeit und Körpertemperatur und mit täuschend echtem Augenaufschlag ... Empfand sie deshalb ein so unvernünftiges Entsetzen vor dieser Computer-Psyche, deren Bild John D. John junior gezeichnet hatte? Denn wenn er und Burch recht hatten, war sie selbst ja auch nur eine lebendig gewordene Wachsfigur von Madame Tussaud mit einer eingebauten Schaltungsanordnung und betrieben von einem chemischen Verbrennungsmotor. Ob in einem Reagenzglas entstanden oder auf dem Reißbrett entworfen, in der Bauchhöhle oder im Labor herangereift — das Endprodukt war das gleiche: ein Roboter, der Claire hieß. Basierte ihre Abneigung gegen John D. John junior auf der Furcht, daß er und Burch tatsächlich recht haben könnten? Und daß das Drama, in dem sie mitzuspielen glaubte, nichts weiter war als ein Tanz zappelnder Marionetten?

Wie John D. John junior erklärt hatte, gab es schon einen Computer, der die Daten, mit denen er gefüttert worden war, in Freudsche oder Jungsche Träume umwandeln konnte, ausgedrückt in den entsprechenden Symbolen ...

Und doch war die Diskussion, die sich an John D. Johns Vortrag anschloß, nicht ganz so unbefriedigend gewesen, wie Diskussionen sonst zu sein pflegen. Gewiß, keiner der anderen Teilnehmer hatte mit Claires naivem Entsetzen reagiert. Über die altehrwürdigen metaphysischen Rätsel ging man hinweg, als seien sie Primanerlehrstoff. Dennoch hatten sie, einer nach dem andern, ihre Auffassung bezüglich bestimmter Aspekte des Problems aufs neue und mit großer Klarheit formuliert. Und obwohl alle miteinander einen Frontalzusammenstoß der Meinungen zu vermeiden suchten, war der Gegensatz zwischen den beiden Lagern — den Nikosianern und den Burchisten — deutlicher und schärfer geworden. In diesem Zusammenhang fiel Claire auf, daß Hector Burch und John D. John junior ihre einzigen echten Landsleute in diesem Kreis waren, nämlich geborene Amerikaner. Nikolai, Bruno, Valenti und Otto von Halder lehrten zwar an amerikanischen Universitäten, aber sie waren von Geburt Europäer, die von jenem in umgekehrter Richtung fließenden Golfstrom an Land gespült worden waren, der das intellektuelle Klima Amerikas verändert und die USA zu einem Mekka der Wissenschaften gemacht hatte. Tony, Wyndham und Blood waren Engländer, Harriet war Australierin, Valenti Italiener, Petitjacques Franzose; aber mit all ihren Schwächen und Eitelkeiten erschienen sie Claire doch menschlicher als ihre beiden waschechten Landsleute, diese Prototypen der «Schönen Neuen Welt» — oder einer Wachsfigurenmenschheit.

Claire sah Nikolai im Mondlicht den Weg zur Terrasse entlangkommen, gefolgt von einem scharf umrissenen Schatten. Als er eine Minute später zu ihr auf den Balkon trat, wirkte er erfrischt und gutgelaunt.

«Der Wald riecht nach Badesalz», sagte er. «Ich habe eben nachgedacht . . .»

«Schon wieder?»

«. . . über den Einstein-Brief. Diese Tagung wird ein Reinfall werden, aber wir müssen darauf bestehen, daß wenigstens ein Aktionskomitee zustande kommt. Wir müssen die andern einfach hineinboxen.»

«Ich bin immer fürs Hineinboxen.»

«Wir müssen uns jeden einzelnen vorknöpfen und mit denen beginnen, die wir auf unserer Seite haben: Harriet, Tony, Wyndham, Blood . . .»

«Blood?»

«Ich weiß, er ist ein Clown und schwul obendrein, aber er denkt. Ich verstehe kein Wort von seinen Gedichten, ich bekomme Zahnschmerzen davon. Aber er ist vermutlich der einzige lebende Dichter, der eine Ahnung von Quantenphysik und vom genetischen Code hat.»

«Ein dreifaches Hoch für Blood!»

«Valenti kann ich nicht ausstehen. Aber er wird begierig sein, mitzumachen. Sogar zu begierig, fürchte ich.»

«‹Abscheuliche Zeiten — abscheuliche Mittel›», zitierte Claire.

«Genau! Und Halder. Er mag mich nicht. Aber auch er macht sich Sorgen. Vielleicht kann man mit einiger Diplomatie . . .»

«Ich bin immer für Diplomatie.»

«Bruno wird reden und reden und natürlich nur drumherum. Am Ende wird er sagen, er könne leider nicht mitunterzeichnen, da er Mitglied verschiedener staatlicher Institutionen sei. Aber er könnte uns wenigstens hinter den Kulissen helfen . . . Auf der anderen Seite haben wir die beiden hartgesottenen Roboteranbeter Burch und John D. John junior und diesen Verrückten Petitjacques. In Fragen der Weltanschauung sprechen wir nicht die gleiche Sprache. Ich bin nicht einmal sicher, ob sie sich wirklich Sorgen machen. Sie halten das vielleicht für sentimental. Aber wir brauchen sie, um das Spektrum zu vervollständigen und nicht den Eindruck aufkommen zu lassen, daß wir eine vorgefaßte Meinung hätten.»

«Die wir Gott sei Dank haben.»

«So ist's. Doch obwohl wir einander nicht ausstehen können, erfordert die Lage, daß wir uns zusammenschließen. Ich könnte mir vorstellen, daß sie aus Opportunismus zur Zusammenarbeit bereit sind, einfach, um mit von der Partie zu sein. Oder aber sie machen nicht mit. Dann haben wir es zumindest versucht, und sie sollen zur Hölle fahren.»

«Ich bin immer für die Hölle. Aber wer fängt mit der diplomatischen Ouvertüre bei John D. John junior und Burch an? Wie ich dich kenne, wirst du schnell die Geduld verlieren.»

«Keine Angst. Ich habe einen Plan — einen konspirativen Plan. Sag jetzt bitte nicht: ‹Ich bin immer fürs Konspirieren›.»

«Bin ich aber.»

Nikolai setzte ihr seinen Plan auseinander. Er wollte zuerst mit einem oder zweien sprechen, die seine Ideen teilten, und mit ihnen eine Art geheimen Ausschuß bilden, der jeden Abend zusammentreffen sollte, um zu überlegen, wie man die für den kommenden Tag angesetzte Diskussion geschickt steuern könnte und wer versuchen sollte, wen zu überreden. Es klang alles sehr verschwörerisch und sehr primanerhaft, aber so ging man nun einmal bei internationalen Konferenzen vor. Claire war ganz und gar einverstanden, und obwohl sie nicht einen Moment glaubte, daß der Plan gelingen würde, fühlte sie sich doch irgendwie in besserer Stimmung, als sie sich auszog, um ins Bett zu gehen.

Dienstag

Der zweite Tag des Symposiums begann denkbar friedlich mit Horace Wyndhams Referat, vorgetragen mit dem um Verzeihung bittenden Lächeln eines japanischen Gastgebers und garniert mit zahllosen Farbdias. Sein Vortrag trug die Überschrift «Die Revolution in der Wiege», doch hätte, wie er erklärte, der erste Teil eigentlich «Die Schlacht im Mutterleib» heißen müssen, denn der Mutterleib sei die gefährlichste Umwelt, mit der der Mensch auf Erden fertig zu werden habe, und die Zeit, die er darin verbringt, sei die mit der höchsten Sterblichkeitsquote. Etwa zwanzig Prozent aller Embryos sterben, bevor sie geboren werden, nicht gerechnet die Zahl der durch Abtreibung umgebrachten.

Man glaubt allgemein, daß der Fötus ein unbeschwertes Dasein führe, doch gibt es Gründe, dies in Zweifel zu ziehen. Die Geburt eines Kindes ist, verglichen mit der eines Tieres, schmerzhaft und anstrengend, und bei den zivilisierten Völkern noch schmerzhafter und anstrengender als bei den primitiven. Schon bei der Geburt werde, mit Verlaub gesagt, Druck auf einen ausgeübt. Und herrscht nicht bereits vorher Hochdruck im Mutterleib? Die größte Gefahr für das Ungeborene in fortgeschrittenem Entwicklungsstadium ist Sauerstoffmangel, der es töten oder ihm bleibende Gehirnschäden zufügen kann. Das führt zu der Frage, ob eine Behebung dieses Mangels den gegenteiligen Effekt hervorrufen könnte — ein verbessertes Gehirn? Wyndhams verehrter Freund und Kollege, der Südafrikaner Dr. Heyns von der Witwatersrand-Universität, hatte als erster versucht, dies zu ergründen, indem er über dem Unterleib schwangerer Frauen einen Druckentlaster aus Plastik anbrachte.

«Das war Ende der fünfziger Jahre», fuhr Wyndham fort. «Sie haben vielleicht gehört, was seitdem geschehen ist. Die physische und geistige Entwicklung der druckentlasteten Babys verlief um dreißig Prozent schneller als normal, und einige von ihnen wurden Wunderkinder. Die Schulmedizin, die auf neue Erkenntnisse scheel herabzusehen pflegt, als kämen sie direkt aus der Gosse, ignorierte den armen Heyns zunächst; später attackierte sie ihn. Das Ergebnis: Bis heute gibt es nur ein paar Privatkliniken hier und dort, in denen seine Methode mit bemerkenswertem Erfolg angewandt wir, zum Wohl der wenigen, die den Mut und das Geld haben, sich von ihm oder seinen Schülern behandeln zu lassen. Von der öffentlichen Hand unterstützte Forschungen in größerem Rahmen sind bisher nicht unternommen worden.»

Helen Porter wedelte von ihrem Katzentisch an der Wand her mit einem sonnengebräunten textilfreien Arm, und Solowjew nickte kurz.

«Ich möchte annehmen, daß Dr. Wyndham der Einwand nicht neu ist, demzufolge der hohe Intelligenzquotient dieser Superbabys nicht auf die ausgeglichene Sauerstoffversorgung des Fötus zurückzuführen ist, sondern auf den hohen Intelligenzquotienten der Mütter.»

Wyndham kicherte. «Das können Sie Ihrer Großmutter erzählen. Ich habe erwartet, daß dieser Einwand kommen würde, und werde darauf in der Diskussion eingehen. Inzwischen möchte ich Sie an das Schicksal des armen Dr. Semmelweis aus Budapest erinnern, der im Jahre 1847 in der Entbindungsanstalt, in der er tätig war, als erster die Antisepsis einführte. Innerhalb weniger Wochen sank die Sterblichkeit durch Kindbettfieber in dieser Klinik von dreizehn Prozent auf weniger als ein Prozent. Seine Kollegen behaupteten, dies habe andere, äußerliche Ursachen; sie nannten Semmelweis einen Scharlatan und sorgten dafür, daß er seinen Posten verlor. Er wiederum nannte sie Mörder, wurde irrsinnig und starb in der Zwangsjacke.»

«Künstliche Analogien beweisen nichts, das wissen Sie doch selbst», meinte Helen von oben herab.

«Natürlich», sagte Wyndham kichernd und ging zu anderen Möglichkeiten über, das Schicksal des Menschen durch eine Revolution in der Wiege oder im Mutterleib zu beeinflussen. Er erinnerte seine Zuhörer daran, daß schon Ende der sechziger Jahre Dr. Zamenhoff an der Universität von Kalifornien trächtigen Ratten ein spezielles Hormon injizierte. Die Jungen dieser Ratten besaßen eine um dreißig Prozent schwerere Großhirnrinde als normal und einen entsprechend höheren Intelligenzquotienten, wie sich an ihrem Labyrinth-Orientierungsvermögen erwies. Schenkein und andere erzielten ähnliche Ergebnisse mit Hühnern, nachdem sie den Eiern einen Nervenwachstumsfaktor injiziert hatten. McConnell, Jacobson und Unger hatten schon Mitte der sechziger Jahre Plattwürmer und dann Ratten darauf trainiert, auf bestimmte Stimuli in bestimmter Weise zu reagieren, dann Partikel aus ihrem Hirn entnommen und sie untrainierten Exemplaren der gleichen Spezies injiziert. Die Empfänger lernten die gleichen Aufgaben wesentlich schneller als andere Versuchstiere unter normalen Umständen.»

Hier hob Dr. Valenti die Hand, wobei seine goldenen Manschettenknöpfe im Sonnenlicht blitzten. Aber Wyndham war jetzt in Schwung wie ein Tennisball, der einen Abhang herunterhüpft.

«Ich weiß, ich weiß», sagte er lächelnd zu Valenti, «diese Experimente sind noch sehr umstritten. Die Hälfte der Laboratorien, die sie wiederholten, erzielten positive Ergebnisse, die andere Hälfte nicht. Aber es spricht immerhin vieles überzeugend dafür, daß die Biochemie in den nächsten Jahren die Mittel liefern wird, um Tiere oder auch Menschen zu produzieren, die bereits in der Wiege über wesentlich bessere Gehirne verfügen werden. Obwohl ich nicht so weit gehen möchte wie jener Chemie-Nobelpreisträger, der seelenruhig die Aufzucht von supergescheiten Babys ins Auge faßt, die durch Kaiserschnitt zur Welt gebracht werden, um sie nicht unnötig unter Druck zu setzen.» Wyndham kicherte über seine eigenen Worte, und Blood grunzte: «Das halte ich für einen höchst geschmacklosen Witz.»

Aber Wyndham versicherte ihm: «Die Verbesserung des Gehirns setzt nicht notwendigerweise eine drastische Vergrößerung des Gehirnvolumens voraus. Der Neandertaler hatte bekanntlich einen wesentlich größeren Schädel als der Homo sapiens, während geniale Menschen oft einen unterdurchschnittlich kleinen haben. Worauf es ankommt, ist der Reichtum an Nervenzellen und die sorgfältige Ausarbeitung ihrer Verbindungen untereinander in der Großhirnrinde, die nur ungefähr zweieinhalb Millimeter dick ist. Im übrigen gibt es noch andere, weniger gewagte Methoden als die biochemische, um leistungsfähigere Gehirne bei Mensch und Tier hervorzubringen. In den sechziger Jahren demonstrierte das Forschungsteam von David Krech in Berkeley zur allgemeinen Überraschung der Fachwelt, daß Rattenbabys, denen man allerlei Fertigkeiten beigebracht hatte, nicht nur lebhafter und geschickter wurden, sondern auch bestimmte anatomische Verbesserungen ihres Gehirnes erkennen ließen. Diese Jungen wurden in einer Art von Ratten-Disneyland großgezogen und nach fünfzehn herrlichen Wochen des Spielens und Lernens schließlich ‹geopfert›, wie man das euphemistisch auszudrücken pflegt. Dabei zeigte sich, daß ihre Großhirnrinde schwerer und stärker war, chemisch aktiver und mit einer reicheren ‹Schaltungsanordnung› ausgestattet als die Kontrolltiere, die unter normalen Bedingungen aufgewachsen waren.

Was nun den Menschen betrifft, so haben Experimente von Skeels und seinem Forschungsteam — Experimente, die sich über einen Zeitraum von insgesamt dreißig Jahren erstreckten! — erwiesen, daß in Elendsvierteln und Waisenhäusern aufgewachsene, ein Jahr alte Babys, die man als geistig unterentwickelt eingestuft hatte, zu leicht überdurchschnittlichen Erwachsenen heranreiften, wenn sie rechtzeitig zu Pflegeeltern kamen, die ihnen eine optimale Betreuung, Erziehung und geistige Anregung angedeihen ließen. Während der ersten zwei Jahre in ihrem neuen Zuhause stieg ihr Intelligenzquotient um etwa dreißig Prozent, und es bestand kein Zweifel, daß ihre Großhirnrinde sich anatomisch ähnlich veränderte wie die der Berkeley-Ratten. Eine Kontrollgruppe von zwölf Kindern aus der gleichen Umgebung und mit der gleichen unterdurchschnittlichen Intelligenz, jedoch in etwas weniger bedenklichem Stadium, wurde ihrem Schicksal überlassen. Das Ergebnis: Alle Kinder bis auf eines mußten später psychiatrisch behandelt werden.

Ich fasse zusammen: Das Gehirn ist ein gefräßiges Organ. Es muß von der Wiege an ernährt werden, damit es sein volles Wachstumspotential erreichen kann. Es scheint, daß durch alle Zeiten und bis zum heutigen Tag die meisten Menschen ein Gehirn mit sich herumtragen, das in den entscheidenden ersten Entwicklungsjahren hungern und daher in seinem Wachstum verkümmern mußte. Wenn diese Tatsache einmal ganz verstanden worden ist, wird die Revolution in der Wiege beginnen. Durch ein Sofortprogramm, das sich auf die uns bereits bekannten Prinzipien stützt, könnte es uns gelingen, das Niveau der menschlichen Intelligenz in einer einzigen Generation um etwa zwanzig Prozent, nach dem Maßstab der IQ-Skala, zu steigern. Das wäre gleichbedeutend mit einer biologischen Mutation, deren Konsequenzen ich Ihrer Einbildungskraft überlassen möchte...» Nach einem letzten verständnisheischenden Kichern setzte sich Wyndham wieder.

Petitjacques sprang erregt auf: «Sie wollen junge Greise produzieren, altkluge Kinder mit kleinen Füßen und aufgedunsenen Glatzköpfen, mit überzüchtetem Intellekt und unterentwickeltem Herzen. Begreifen Sie denn nicht, daß unser Unglück von zuviel Intellekt herrührt und nicht etwa von zuwenig? *Das* ist die existentielle Tragödie des Menschen.»

«Und wie wollen Sie die beheben? Mit LSD?» fragte Wyndham freundlich lächelnd.

«Warum nicht? Jedes Mittel sollte uns recht sein, das die Flügeltüren unseres muffigen Bewußtseins öffnet und frischen Wind hereinläßt — jedes Mittel, das die *mystique* nährt und die *logique* freudig erwürgt.»

«Wie bringen Sie Ihre Vorliebe für das Mystische mit Ihrer marxistischen Dialektik in Einklang, Monsieur Petitjacques?»

«Großartig, kann ich nur sagen! Es ist die Synthese der Gegensätze. Wenn Sie in der richtigen meditativen Stimmung von dem wunderwirkenden Pilz oder der sakramentalen Kaktusbrühe kosten, ist das ein Fest spiritueller Tafelfreuden, und Sie werden das Geheimnis des Universums verstehen, das man in dem schlichten Motto zusammenfassen kann: ‹Liebe statt Logik›.»

«Liebe?» brummte Blood. «Glauben Sie wirklich, daß Ihre Rocker aus Liebe mit Fahrradketten um sich schlagen?»

Petitjacques erklärte mit mephistophelischer Liebenswürdigkeit: «Der Zweck muß bisweilen die Mittel heiligen. Erst kommt die Apokalypse, dann das Neue Königreich. Köpfe spalten ist nun einmal wirkungsvoller als Haarspalten.»

Nikolai klopfte mit dem Feuerzeug auf den Tisch. «Wir wollen weitermachen. Otto möchte gern etwas sagen und, wie ich hoffe, etwas zum Thema beisteuern.»

Halder erhob sich, wobei er unter dem Vorwand, seine weiße Prophetenmähne zu bändigen, sie noch mehr durcheinanderbrachte. «Also», sagte er, «Professor Wyndham hat uns den Weg zu Nietzsches Übermenschen gezeigt. Nun gut, warum nicht? Dagegen vermag ich, ein einfacher Anthropologe, Monsieur Petitjacques' philosophischen Höhenflügen nicht zu folgen. Wie nennen Sie Ihre Sympathisanten doch? Knocker — oder Flipper, Tripper, Dropper, Popper — oder wie?» Halder legte eine Pause ein, um den erwarteten Heiterkeitsausbruch genießen zu können, der jedoch ausblieb. «Immerhin, ein kleines Stück kann ich Monsieur Petitjacques wohl doch folgen», fuhr er fort. «Als einfacher Anthropologe weiß ich natürlich nur wenig über das menschliche Gehirn, doch wenn die Revolution, die uns Wyndham verspricht, nur die Großhirnrinde verändert, den Sitz der Intelligenz und der Durchtriebenheit, wie wir wissen, dagegen die Bereiche, die unsere Leidenschaften regieren, unverändert läßt, dann fürchte ich — fürchte ich sehr, meine Damen und Herren! — daß Wyndhams Supermann sich als ein Superkiller erweisen wird. Denn der Mensch ist, wie ich in meinem neuesten Buch aufgezeigt und auseinandergesetzt habe, ein Tier, ausgestattet mit einem Killerinstinkt, der in erster Linie gegen die eigenen Artgenossen, gewissermaßen also gegen sich selbst gerichtet ist. Er ist der *Homo homicidus*, der aus Besitzanspruch tötet, aus Wollust, aus Habgier und aus simplem Vergnügen am Töten.»

«Stuß!» unterbrach ihn Harriet. «Ich bin nur eine einfache Zoologin, aber ich kenne die Weltgeschichte zur Genüge, um sagen zu können, daß dieses Gerede über den Killerinstinkt des Menschen modischer Unsinn ist. Der Mensch tötet nicht aus Haß, sondern aus Verehrung für seine Götter.»

«Diesen Quatsch habe ich schon -zig mal gehört», erwiderte Halder.

«Gehört vielleicht — aber nicht begriffen.»

Es war Zeit fürs Mittagessen.

2

Vor Beginn der Nachmittagssitzung machten die Solowjews einen kleinen Spaziergang.

Sie folgten einem Pfad, der sanft ansteigend durch Kiefernwald führte, dann quer über eine große Wiese und an einer Reihe einzelner Bauernhöfe entlang, bis er im nächsten

Wald um einen Bergrücken bog. Obwohl es Juli war, gab es auf den höher gelegenen Nordhängen noch Schneereste.

An jedem Bauernhaus prangte irgendwo ein Schild mit den von ungeübter Hand geschriebenen Worten «Zimmer frei — mit Vollpension». Es war noch Essenszeit, und Claire inspizierte neugierig die Menüs, die den Urlaubern auf den vollbesetzten Terrassen serviert wurden: meistens Suppe mit Knödeln, Riesenportionen Schweinebraten, Sauerkraut und Kartoffeln, danach Schokoladekuchen, der mit Bier heruntergespült wurde. «Ich kann ihnen die Kaugeräusche von den Lippen ablesen», sagte sie.

«Hör nicht hin. Schau dir die Berge an und horch auf das Geläut der Kuhglocken.»

Aber das Geläut der Kuhglocken wurde überdröhnt vom Lärm der Musikboxen und der Motorräder ohne Auspufftöpfe, deren Geknatter wie Maschinengewehrgarben von den Felswänden widerhallte. Die Bauernburschen schienen besessen von ihren monströsen, blankgeputzten, stinkenden Feuerstühlen. Mit fünfzehn kamen die Jungen aus der Schule und lungerten dann ein Jahr oder zwei auf dem elterlichen Hof herum, bevor sie mehr schlecht als recht ein Handwerk lernten: Autoschlosser, Elektriker, Maurer oder Kellner. Zwanzig Jahre lang sparten sie eisern jeden Groschen, um sich etwa mit vierzig ihren Lebenstraum erfüllen zu können: eine Ferienpension mit dreißig Betten und gesunder Bauernkost aus Konservenbüchsen.

«Die Frau des Dorfarztes hat mir erzählt», berichtete Claire, «daß sie vor sechs Jahren in Schneedorf die erste war, die sich einen Kühlschrank anschaffte. Als er eintraf, erklärte sie Hilde, der Tochter vom Hof nebenan, wozu er zu gebrauchen sei. Hilde war ganz begeistert von dieser wunderbaren Erfindung und fragte, ob sie sich zwei Eiswürfel borgen könne, um sie ihrem Mann zu bringen, damit er sie in sein Bierglas tue — natürlich nur für ein Viertelstündchen, dann würde sie die Eiswürfel wieder zurückbringen.

Am nächsten Morgen erschien sie mit verheulten Augen. In ihrer Aufregung war sie auf dem Weg ausgerutscht, hatte die Untertasse zerbrochen, die Eiswürfel verloren und deswegen eine schlaflose Nacht verbracht. Heute hat Hilde längst eine riesige Tiefkühltruhe in ihrer Pension und natürlich auch all die anderen automatischen Haushaltsgeräte, die sich die Arztfrau nicht leisten kann. Sie spricht vor lauter Stolz kaum noch mit ihr.»

«Wer spricht nicht mehr mit wem?» fragte Nikolai.

«Hilde nicht mehr mit der Frau des Arztes.»

Sie gingen den wohltuend menschenleeren Weg entlang. Auf den Terrassen der weiter unten am Hang liegenden Bauernhäuser verdauten die Touristen, hingestreckt auf klapprigen Liegestühlen, die unter der Überbelastung zusammenzubrechen drohten, das üppige Mahl. Im Unterschied zu den Skiurlaubern im Winter kamen die Sommergäste beinahe alle aus den nachbarlichen Regionen Mitteleuropas, wo stattliches Körpergewicht als ein Zeichen von Wohlstand gilt. Sie waren kein schöner Anblick. Für die schicken Leute waren die Berge nur zum Skilaufen da. Im Sommer waren sie nicht mit Rucksäcken, sondern mit dem Schnorchel unterwegs.

Nikolai und Claire traten zur Seite, um einer Familie Platz zu machen, die mit Rucksäcken und Bergstöcken den Weg bergab trottete. Claire mußte ganz an den Rand des Abhangs ausweichen, um das umfangreiche Ehepaar vorbeizulassen. Zwei Kinder hüpften ihnen als Vorhut voraus. Alle vier starrten die Solowjews mit unergründlicher Mißbilligung an. Als sie ein paar Schritt weiter waren, stieß die Frau das Verdikt aus: «Engländer!»

Nikolai ging etwas schneller. Claire lachte: «Die Dame war die reinste wandelnde Kommode, auf Ofenrohre montiert, mit der obersten Schublade herausgezogen. Sahen die Leute auch schon so aus, als du hier als kleiner Junge deine Ferien verbrachtest?»

«Kleine Jungen lieben dicke Busen», sagte Nikolai.

«Dann sind alle amerikanischen Männer kleine Jungen», meinte Claire. «Entschuldige mein Geblödel. Ich weiß, daß dir diese Verschandelung der Berge ein Greuel ist.»

«Ich liebte die Berge», sagte Nikolai, «und diesen Menschenschlag hier. Sie waren stolz, ‹Bauern› zu sein. Ihre offizielle Anrede lautete: ‹Herr Bauer Moser› oder ‹Herr Bauer Huber›. ‹Bauer› ist hierzulande noch einer der häufigsten Familiennamen im Telefonbuch. Kennst du bei uns zu Hause jemand, der ‹Peasant› heißt?»

«Vielleicht hast du die Bauern als kleiner Junge etwas zu romantisch gesehen?»

«Vielleicht. Wir haben nicht das Recht, sie zu tadeln. Sie führten ein hartes Leben — bis sie die größte Entdeckung in ihrer Geschichte machten: daß Touristen leichter zu melken sind als Kühe. Man braucht ihretwegen nicht um vier Uhr früh aufzustehen.»

Sie setzten sich auf eine «öffentliche Ruhebank, gestiftet von der Gemeinde Schneedorf» und genossen den wunderbaren Ausblick auf die gegenüberliegende Bergkette und eine Reklametafel für ein neues Deodorant. Ein paar Schritte entfernt bot ein Souvenirstand holzgeschnitzte Hirsche, Gemsen und Steinadler an, die wie Kopien aus Trickfilmen aussahen.

«Ich will nicht sentimental werden», sagte Nikolai. «Du meinst, die Touristenexplosion sei ein relativ harmloses Übel. Aber der Touristenverkehr nimmt in der Wirtschaft dieses Landes die erste Stelle ein, und auch in anderen Ländern, einschließlich der Fidschi-Inseln; und in einer Anzahl dieser Länder übersteigt die jährliche Zahl der Touristen die der eingeborenen Bevölkerung um ein Vielfaches. Sie überfluten Gebirge, Strände und Inseln. Sie verwandeln die Eingeborenen in Schmarotzer, zersetzen ihre ursprüngliche Lebensweise, verderben ihre Kunst und ihr Handwerk, ihre Musik . . .»

Niko geriet immer mehr in Rage und schlug mit seinem Spazierstock auf den Boden.

«Du magst es für eine banale Erscheinung halten, aber es ist ein weltweites Phänomen und hat weltweit Verderben angerichtet. Es setzt jede eigenständige Kultur auf den kleinsten gemeinsamen Nenner herab, auf eine stereotype Norm, eine synthetische Pseudokultur, die sich wie eine Plastikblase ausdehnt. Der Kolonialismus ist tot, es lebe die Coca-Kolonisation — über alles in der Welt! Jede Nation oktroyiert sie der anderen auf.»

Claire wußte, daß mit Niko einfach nicht zu reden war, wenn er sich einmal in eine solche Stimmung hineingesteigert hatte. Nichtsdestoweniger versuchte sie es:

«Kann man die Sache nicht auch anders sehen? Leute wie diese wandelnde Kommode vorhin hatten nie zuvor die Gelegenheit, ins Ausland zu reisen. Warum soll man ihnen das Vergnügen mißgönnen?»

«Vergnügen? Erinnerst du dich noch an die Busladung voll Matronen mit blaugetönten Haaren auf ihren Pauschalreisen durch die Südsee, immer in Bündeln zu je zweihundert Stück. Die Veranstalter behandeln sie wie Hennen, von denen man erwartet, daß sie jeden Tag mindestens ein goldenes Ei legen. Und die Touristen verabscheuen die Eingeborenen, die sie übers Ohr hauen, das Essen, von dem sie Durchfall bekommen, die Sprache, die unverständlich ist. Statt die Völker einander näherzubringen, vergrößert der Reiseverkehr die gegenseitige Verachtung.»

In dieser Beziehung hat er nun mal einen Tick, dachte Claire. Sie konnte nicht recht begreifen, warum, aber sie wußte, daß der Druck auf einen imaginären Knopf in seinem Bewußtsein genügte, um ihn von einem Philanthropen in einen Misanthropen zu verwandeln. Dabei bereitete es ihm doch selbst kindliches Vergnügen, in fremden Ländern herumzureisen! Sogar die exotischen Uniformen der Zollbeamten gefielen ihm.

«Hast du bemerkt», fragte er, «daß nichts verächtlicher klingt, als wenn ein Tourist einen anderen Touristen einen Touristen nennt?»

«Aber wir sind doch selbst begeisterte Touristen!»

«Jaaa!» sagte Nikolai. «Aber wir schauen wenigstens aus dem Fenster des Kupees. Die anderen reisen wie verschnürte Pakete durch die Gegend.»

Plötzlich dämmerte es Claire, daß in Nikos Gehirn eine Verbindung bestand zwischen den mit Scheuklappen herumreisenden Touristen und den akademischen Callgirls — zwischen der Touristenexplosion und der Wissensexplosion — und dem zersetzenden Fall-out, den beide hinterlassen. Aber sie wollte darauf nicht weiter eingehen, um ihn nicht noch mehr zu verstören.

«Um auf Hilde zurückzukommen —» sagte sie.

«Welche Hilde?»

«Die, die früher bei der Arztfrau saubergemacht hatte und eine ehrbare Bauersfrau war, bis sie entdeckte, daß Touristen bequemer zu melken sind als Kühe. Du sagtest selbst, daß man diesen Leuten keine Schuld geben kann.»

«Ich habe nur einen Gemeinplatz wiederholt. ‹Schuld› — dieses Wort hat in Burchs und John D. Johns Sprachschatz keinen Platz. Sie behaupten, es sei sinnlos, ein Individuum für seine Taten zu verurteilen, und ebenso sinnlos, es zu loben. Urteilen kann man nur über die Chromosomen in seinen Hoden, die Schaltanordnung in seiner Großhirnrinde, die Gesellschaft, in der er lebt, und so weiter — alles Alibis und Entschuldigungen bis zurück zu Adam und Eva. Sie haben selbst Gott mit einem Alibi versorgt, indem sie ihn für tot erklärten. Erinnere dich an Archimedes: ‹Gebt mir einen festen Punkt im Universum, und ich hebe die Welt aus den Angeln.› Wir haben keinen festen Punkt im Universum und keinen festen moralischen Standpunkt.»

«Doch. Du hast ihn und Harriet hat ihn, und Wyndham und Tony. Sonst wären wir nicht hier!»

Solowjew blieb stehen, um einen Klumpen schmutzigen Schnee aufzuheben, der den Sonnenstrahlen in einer kleinen Mulde entgangen war. Er knetete ihn mit der Faust zu einem harten Schneeball, zielte auf einen Telegrafenmast und verfehlte ihn. «Du weißt genau, was ich meine. Glauben ist einfach. Unglauben ist einfach. Seinen eigenen Unglauben anzuzweifeln, das ist schwer.»

«Ich weiß», sagte Claire, «aber das hält uns in Schwung.»

«Es hält uns in Schwung — wie das Eichhörnchen in seinem Kreiselkäfig.»

«Ich glaube, wir sollten jetzt umkehren», meinte Claire. «Ich habe ganz vergessen, wer als nächster auf unserer Speisekarte steht.»

«Petitjacques.» Nikolai lachte. Sein Zorn schien plötzlich verraucht zu sein. «Wenn es jemals ein verrücktes Eichhörnchen in einem rotierenden Käfig gab, dann diesen Petitjacques.»

3

Niemand wußte, nicht einmal annähernd, wie alt Raymond Petitjacques war. In den diversen Ausgaben von *Who's Who International* und ähnlichen Nachschlagewerken variierte sein Geburtsdatum um volle zehn Jahre. Wenn ein gewissenhafter Herausgeber sich Klarheit zu verschaffen suchte, bekam er zur Antwort, daß jeder Mensch so alt sei, wie er sich fühle. Einer seiner Lieblingsaussprüche war: «*Epater le bourgeois* — das ist ein alter Hut. Man muß den Bürger nicht erschrecken, man muß ihn mystifizieren!» Mystifikation war so sehr zu seiner zweiten Natur geworden wie die Pedanterie für Burch. Harriet behauptete, daß sich Petitjacques' wahres Alter am besten mit Hilfe von Newtons Gravitationsgesetz bestimmen ließe: Petitjacques Jugendlichkeit wuchs mit dem Quadrat der Entfernung. Von weitem sah er wie dreißig aus. Je näher man ihm kam, desto pergamentener wurde seine Haut, mit jener Art von Straffheit, die nur das Werk eines Schönheitschirurgen sein konnte.

Sein Stegreif-Vortrag besaß tatsächlich, wie Blood vorausgesehen hatte, die Würzigkeit und matschige Konsistenz eines Gulaschs mit Currysoße. Claire hatte das Gefühl, sie brauche dringend einen Zahnstocher. Außerdem bekam sie es mit der Angst. Petitjacques predigte Haß im Namen der Liebe. Je mehr er sich für sein Thema erwärmte, desto mehr wich sein mephistophelischer Charme galligem Zynismus. Ein feiner Sprühregen ging von seinen eloquenten Lippen nieder; er wurde im wörtlichsten Sinn zu einer Giftspritze. Im Namen des Friedens auf Erden erklärte er einem nicht näher definierten Feind den Krieg. Dieser Feind, den er vage «das System» nannte, schien ständig seinen Charakter und seine Identität zu wechseln, bald ein mythologisches Ungeheuer zu sein, das seine eigenen Kinder verschlang, bald eine soziologische Abstraktion, die irgend etwas mit der Waschmaschinenreklame in den Massenmedien zu tun hatte. Dieses Monstrum trug gleichzeitig einen Stahlhelm, einen Homburg und einen Doktorhut. Es vergiftete den Denkapparat junger Soziologiestudenten, indem es ihnen Geschichtskenntnisse beibrachte, und die Phantasie angehender Bildhauer durch Anatomielektionen. Es war ein ferngelenktes Faschistenschwein mit einer pränatalen Phobie gegen Schamhaare (die dem Embryo als feindseliger Dschungel erschienen waren); kurzum, es war ein scheinheiliges Scheusal — «die Scheinheiligkeit des Systems, liebe Freunde, offenbart sich in unserem Alltag am deutlichsten in der skandalösen Trennung zwischen öffentlichen Bedürfnisanstalten für Männer und Frauen».

Mit selbstironischen Ausfällen dieser Art war sein Vortrag reich garniert, aber es konnte keinen Zweifel daran geben, daß sein Haß auf das «System» — auf die westliche

Zivilisation in all ihren Aspekten — echt war und an Besessenheit grenzte. Das «System» mußte zerstört werden, um die Gesellschaft zu befreien, und dies konnte einzig und allein durch einen totalen Guerillakrieg geschehen. So ein Guerillakrieg bedurfte keineswegs nuklearer Waffen. Sein Ziel war die Zersetzung der bestehenden Gesellschaftsordnung, Zelle um Zelle, bis für diejenigen, die noch die konventionelle Kleidung des Systems trugen, keine Straße mehr sicher war, bis kein Autofahrer mehr wagte, den Zündschlüssel herumzudrehen, aus Angst, damit eine Plastikbombe zu zünden; bis kein Mensch mehr in ein Flugzeug stieg, weil niemand sagen konnte, ob es sein Landeziel erreichen oder überhaupt irgendwo landen werde. Wohlhabende Bürger würden nicht mehr wagen, ihre Kinder zur Schule zu schicken, aus Angst, daß sie gekidnappt und als Geisel benutzt werden könnten. Aber die Schulen müßten ja sowieso schließen, weil «Lehrer, die noch versuchten, den Kindern etwas beizubringen, ausgelacht werden würden — sofern die empörten Schüler sie nicht k. o. schlugen oder nackend auszogen, um sie auf diese Weise von ihrer pränatalen Phobie gegen Schamhaare zu befreien.» Die Kurve der sogenannten Gewaltverbrechen würde steiler ansteigen als eine Mondrakete bei ihrem Start — und zwar nicht nur die Kurve solcher systemimmanenten Verbrechen wie Einbruchdiebstahl, sondern auch ritualisierte Gewalt wäre an der Tagesordnung: «Gewalt um der Gewalt willen», werde die Parole lauten, wie einstmals *l'art pour l'art*. Die sogenannte «Staatsgewalt» indessen würde völlig hilflos sein, denn eine verrottete Gesellschaftsordnung im Zustand der totalen Auflösung kann man nicht mehr flicken und stopfen. Wenn die Polizei nach einem Verbrecher fahndet, sucht sie zunächst nach einem Motiv für die Tat; aber wie soll man einen Mörder zur Strecke bringen, der ohne Motiv getötet hat, ohne jeden persönlichen Haß gegen das Opfer, das für ihn nichts weiter ist als ein Symbol des Systems — nicht ein Individuum, sondern eine Sache. «Meine Freunde, Sie sind sich offenbar gar nicht bewußt, was für ein Wunder es ist, daß Sie in einer dunklen Gasse ungeschoren an einem anderen Passanten vorbeigehen, der Ihnen mir nichts dir nichts eins über den Schädel hauen könnte, nur so aus Spaß, ohne je erwischt zu werden. Und warum tut er es nicht? Weil er ein Gefangener der Gesellschaftsordnung ist, gefangen in einem dicht gewebten, scheinbar unzerreißbaren Netz, einem System, das auf einem stillschweigenden Übereinkommen basiert, einem Gesellschaftsvertrag, der garantiert, daß Jean in einer dunklen Gasse unbehelligt an Jacques vorbeigehen kann. Es ist nicht die Polizei, die ihn schützt, es ist die Gesellschaftsordnung, ohne die jeder Jean und jeder Jacques seine eigenen Leibwächter brauchte. Wenn aber diese Ordnung sich in Nichts auflöst, tritt auch der Vertrag außer Kraft, und die Rechtssicherheit ist dann nur noch eine Erinnerung an eine idyllische Vergangenheit. Das Ziel des totalen Guerillakriegs, liebe Freunde, ist die restlose Auflösung unserer Gesellschaftsordnung, die Vollendung eines Prozesses, der schon weit vorangeschritten ist . . .»

Mitten im Satz brach er seine Tirade ab, als langweile ihn sein Thema plötzlich oder als halte er es für sinnlos, weiterzureden, und es trat ein verlegenes Schweigen ein. Niko stellte überrascht fest, daß selbst die hartgesottensten Callgirls immer noch in Verlegenheit zu bringen waren. Er blickte einen nach dem andern ermunternd an, aber keiner in der Runde schien begierig zu sein, das Wort zu ergreifen. Sogar Bruno zuckte nur mit den Schultern und begnügte sich mit der stummen Gebärde des Händewaschens. Schließlich raffte sich Sir Evelyn auf, der während Petitjacques' Vortrag mit über seinem Schmerbauch gefalteten Händen dagesessen und getan hatte, als halte er sein Mittagsschläfchen. «Herr Vorsitzender», begann er mit wehleidiger Stimme, «ich meine, wir haben dergleichen abscheuliches Gewäsch schon einmal gehört, und zwar vor mehr als einem Jahrhun-

dert, von einer ähnlichen Bande von schwachköpfigen Affen
— ich spreche von den Nihilisten im glanzvollen Zarenreich.
Falls Monsieur Petitjacques jemals den Namen Fedor Mi-
chailowitsch Dostojewski, achtzehnhunderteinundzwanzig
bis einundachtzig, gehört hat, würde ich ihm empfehlen,
dessen Roman *Die Dämonen* zu lesen, und er wird bemerken, daß die revolutionäre Botschaft, die er uns andrehen
will, eine olle Kamelle ist.»

«Aha», meinte Petitjacques gelassen und versprühte wieder seine ironische Liebenswürdigkeit, «Sie kommen mir mit
literarischen Beispielen. Da möchte ich mit Antonin Artauds
unwiderlegbarer Feststellung antworten: ‹Die Literatur der
Vergangenheit war gut genug für die Vergangenheit, aber
sie ist nicht genug für die Gegenwart.› »

Halder fuhr sich mit einer Geste der Verzweiflung durch
die Haare. «Ihr Programm!» schrie er Petitjacques an. «Ihr
konstruktives Programm, bitte! Ihr ausgeflipptes Gefasel und
blindwütiges Gebrüll ‹Schlagt alles kurz und klein!› — das
ist kein Programm. Sie denken wohl, Sie könnten uns auf
den Arm nehmen!?»

«Sie haben mich nicht verstanden», erwiderte Petitjacques
geduldig. «Unser Programm ist, kein Programm zu haben.
Man kann nur dann vorangehen, wenn man nicht weiß, wohin es geht.»

«Das sagen Sie mal einem General.»

«Mit Generälen gibt es für uns kein Gespräch.»

«Quatsch», sagte Halder aus tiefster Seele. Und damit
war die Diskussion zu Ende. Denn die Ablehnung der Callgirls war diesmal einhellig, und daß Petitjacques das erreicht
hatte, war der einzige Punkt, der zu seinen Gunsten sprach,
fand Claire.

Seine Clownerie hatte plötzlich etwas Verzweifeltes, es
war die Verzweiflung eines übergeschnappten Eichhörn-
chens, und Claire fand dieses Gebaren erschreckender als Nikolais deutliche Vision kommenden Unheils.

Nikolai Solowjew wollte gerade die Nachmittagssitzung beenden, als Gustav geräuschvoll den Saal betrat und rief: «Telegramm für Professor Kaletski.» Nachdem er es Kaletskis begierig zugreifenden Händen übergeben hatte, machte er eine militärische Kehrtwendung und trat wieder ab. Die kleine Szene hatte etwas von einem einstudierten Bühnenauftritt, und unwillkürlich wandten sich alle Augen Bruno zu, als wäre der Empfang eines Telegramms eine Staatsaffäre. Aber Bruno, schon wieder ein Monument unerschütterlicher Kaltblütigkeit, fuhr fort, den Aktenhaufen, den er während Petitjacques' Vortrag studiert hatte (eine Hand stets höflich hinter dem Ohr), Stück für Stück in seine Diplomatentasche zu verstauen. Erst nachdem er damit fertig war, öffnete er das Telegramm mit einem geringschätzigen Achselzucken. Er warf nur einen kurzen Blick auf den ziemlich langen Text und sprang dann auf:

«Einen Moment noch, Herr Vorsitzender, bevor wir aufbrechen», sagte er mit vor Erregung zitternder Stimme. «Ich habe soeben eine Nachricht erhalten, die, wie ich wohl annehmen darf, für alle Teilnehmer an diesem Symposium von Interesse ist. Der Absender ist eine Persönlichkeit, die dem Präsidenten der Vereinigten Staaten sehr nahe steht — eine Persönlichkeit, deren Namen zu nennen ich nicht befugt bin. Die Nachricht lautet folgendermaßen . . .»

Brunos Blicke überflogen rasch, aber bedeutungsvoll die um den Tisch versammelten Gesichter, dann die Zuhörer an der Rückwand. Claire hatte den Verdacht, daß Bruno Gustavs effektvollen Auftritt vorher mit ihm abgesprochen hatte.

«. . . lautet folgendermaßen», wiederholte Bruno. «‹An Professor Bruno Kaletski› . . . Ich erspare Ihnen die ganze Adresse, die der Sekretär des Absenders offenbar falsch verstanden und falsch geschrieben hat — es heißt hier Schneehof, anstatt Schneedorf. Mit korrekter Anschrift hätte uns

das Telegramm wahrscheinlich schon während der Eröffnungssitzung erreicht, für die es offenbar bestimmt war ...
Es heißt also: ‹Bin beauftragt, Ihnen inoffiziell das lebhafte Interesse des Präsidenten an den Ergebnissen Ihrer Überlegungen hinsichtlich Anführungszeichen Methoden des Überlebens Anführungszeichen zu übermitteln stop In diesen kritischen Tagen› — hier steht ‹britischen Tagen›, aber aus dem Zusammenhang geht eindeutig hervor, daß ‹kritisch› gemeint ist —, ‹da das Schicksal der ganzen Menschheit auf dem Spiel steht, mögen die hingebungsvollen Anstrengungen der eminenten Gelehrten, die auf Ihrer Konferenz versammelt sind, den längst fälligen Beginn der Suche nach einem neuen gangbaren Weg in eine hoffnungsvollere Zukunft bedeuten stop Bitte teilen Sie so bald wie möglich die Beschlüsse Ihrer Konferenz mit, die an höchster Stelle ernsthafter Betrachtung sicher sein können stop herzlichst Unterschrift.› »

Bruno setzte sich hastig hin, als wolle er dadurch vermeiden, daß seine Zuhörer in Ovationen ausbrächen.

Und tatsächlich war in der folgenden Stille ein schwaches einsames Klatschen zu hören. Es war Miss Carey. Nach einem kokett fragenden Blick zu Dr. Valenti und seinem ermunternden Lächeln hatte sie sich zu dieser Solonummer hinreißen lassen. Es war wie eine Demonstration des alten Zen-Koans: «Eine Hand klatscht allein.»

Gleich darauf strebten alle dem Nebenraum zu, in dem die erquickenden Cocktails bereitstanden.

5

Nikolai hatte keine Lust, mehr als einen Cocktail zu trinken. Claire und er waren unter den ersten, die in den Speisesaal hinuntergingen. Sie hatten gerade ihre Servietten auseinandergefaltet, als sie sahen, wie Blood seine Körpermassen durch die Windungen der Wendeltreppe zwängte und dann schnurstracks auf ihren Tisch zuwatschelte. Er imitierte vor Claire erstaunlich überzeugend eine höfische Verbeugung.

«Ist ein unwürdiger Poet am Kapitänstische genehm?»

«Es ist uns eine Ehre, Sir Evelyn», erwiderte Claire mit einer einladenden Geste.

«Meine scharfe Beobachtungsgabe hat mich gelehrt», sagte Blood, indem er sich mit einer angemessen bedächtigen Bewegung auf den Stuhl neben Claire niederließ, «daß die übliche Etikette bei der Tischwahl auf interdisziplinären Symposien von Charles Darwins höchst fragwürdiger Hypothese inspiriert ist, die den Fortschritt der Evolution Zufallsereignissen zuschreibt. Jenen, die an dieser These festhalten, ist es ganz egal, wo sie sitzen. Sie bewegen sich wie Schlafwandler auf den nächsten freien Stuhl zu, unbekümmert darum, ob ihr Nachbar ein Neuropharmakologe oder ein Altphilologe sein wird, denn sie leben in der ständigen, naiven Hoffnung, daß sogleich ein interdisziplinärer Dialog zustande kommen wird. Überflüssig zu sagen, daß der Dialog im Austausch törichter Bemerkungen über das Wetter, Schonkost und Bandscheibenbeschwerden besteht, wonach die Gesprächsthemen erschöpft sind und die Tischgesellschaft in das beklemmende Schweigen von Reisenden in einem Eisenbahnabteil verfällt. Das alles ist ein deutlicher Beweis dafür, daß der *uomo universale* mit der Renaissance ausgestorben ist. Die heutige Menschenrasse gehört dem *Homo Babel* an. Jeder von uns babbelt in seinem Fachjargon in diesem größenwahnsinnigen Turm, der jeden Augenblick zusammenkrachen muß.»

«Stuß!» sagte Harriet, die als letzte hereingekommen war, ihren Stock unter den Tisch legte und sich auf den noch freien Stuhl fallen ließ. «Sie plagiieren doch nur John Donnes ‹Es ist alles in Scherben, der Zusammenhalt fort›. Der Ärmste raufte sich verzweifelt die Haare, nur weil Kopernikus erklärt hatte, daß die Erde nicht der Mittelpunkt der Welt sei.»

Blood betrachtete Harriet mit unverhohlenem Abscheu. «Bitte um Vergebung, meine Gnädigste, aber Donne hatte völlig recht. Kopernikus und seine Kumpane fingen damit an, das schöne kosmische Puzzlespiel auseinanderzunehmen, und ‹alle Ritter, die der König geschickt, die haben's nicht wieder zusammengeflickt› — um den alten englischen Kinderreim abzuwandeln.»

H. E. entschloß sich, Blood zu ignorieren, und wandte sich zu Nikolai: «Was sagen Sie zu Brunos *coup de théâtre?*»

Nikolai zuckte die Achseln. Er war damit beschäftigt, aus einer köstlichen einheimischen Semmel ein Geschöpf zu modellieren, das allmählich die Form eines Dinosauriers annahm. «Die Sache war kaum ernst zu nehmen — wie alles, was Bruno anstellt. Aber das liegt an seiner Persönlichkeit. Er hat tatsächlich Einfluß, als Mitglied des Beratungskomitees des Präsidenten und so weiter. Und da oben scheinen sie ihn völlig ernst zu nehmen. Gott allein weiß, welche Kriterien für Seriosität die haben.»

«Eine Flasche Neuchâteler, Schätzchen», sagte Blood zu Mizzie, die eine Terrine dicker Erbsensuppe mit Wursteinlage auftrug.

«Große Flasche?» fragte sie.

«Natürlich eine volle Flasche, Schätzchen. Sie sollten meine kleinen Gewohnheiten langsam kennen.»

Nikolai bestellte eine Karaffe roten Landwein. «Ich frage: Wer oder was ist denn überhaupt ernst zu nehmen?» wiederholte er kampflustig.

«Ich hatte öfter das zweifelhafte Privileg, mit Politikern zu dinieren», sagte Blood. «Das gehört nun mal zu den Aufgaben eines Poeta laureatus der Callgirls. Nicht einen dieser Politiker habe ich jemals ernst nehmen können — ich meine als menschliches Individuum, was immer das heißen mag. Ihre Machtposition — ja! Ihre Persönlichkeit — nein!

Sie erinnerten mich an Seehunde, die in der Zirkusmanege bunte Bälle auf ihrer Schnauze balancieren — Bälle voll Dynamit!»

«Dasselbe ließe sich auch von den Wissenschaftlern sagen», meinte Nikolai. «Als Einstein die Äquivalenz von Energie und Masse proklamierte, sah man darin höchstens eine Leistung von erstaunlicher Geistesakrobatik — einen Balanceakt mit abstrakten Gleichungen im Zirkus der Wissenschaft. Bis er den Ball fallen ließ . . .»

Harriet, die inzwischen mit Claire getuschelt hatte, ohne daß ihr ein einziges Wort von Nikolai entgangen wäre, klopfte mit dem tropfenden Suppenlöffel an ihr Glas. «Es kommt mir vor, daß Sie beide verwirrt und in Verlegenheit sind, weil ein paar hohe Tiere aus irgendeinem unbekannten Grund dieses Symposium anscheinend *ernst nehmen*. Nicht den lieben kleinen Bruno — sondern *uns*! Aber Sie haben Angst, es sich einzugestehen.»

«Hört, hört!» rief Claire.

«Ach, meine Liebe», seufzte Blood. «Ich war nie, niemals imstande, mich ernst zu nehmen, kein Wunder also, daß ich mich jetzt fürchte. Mein einziger Mut besteht darin, mich zu meiner Feigheit zu bekennen.»

Harriet strafte ihn abermals mit Nichtachtung und wandte sich wieder Nikolai zu.

«Nikolai Borissowitsch Solowjew», appellierte sie an ihn, «Väterchen, hier ist Ihre Chance! Ist diese Botschaft aus dem Weißen Haus nicht die Antwort auf Ihre Gebete? Ein Brief an den Präsidenten — nun betteln die in Washington ja geradezu darum!»

«Hört, hört!» rief Claire wieder und legte, obwohl sie sich sonst selten demonstrative Liebesbezeigungen erlaubte, eine Hand leicht auf Nikolais Schulter. «Ich stimme vollkommen mit Harriet überein. Bruno ist zwar nicht der Held meiner Träume, aber wir sollten wenigstens zugeben, daß er ein Geschenk des Himmels ist.»

Nikolai schüttelte den Kopf. «Ich suche nach einer Erklärung für dieses plötzliche Interesse an unserer verstaubten Versammlung.»

«Ich biete Ihnen statt einer Erklärung ein gleichnishaftes Erlebnis an, eine Art Parabel», sagte Blood. «Eine der unrühmlichsten Episoden meines Lebens war ein dreimonatiger Aufenthalt in Hollywood. Für mich gab es schon immer eine weitgehende Ähnlichkeit zwischen Hollywood und Washington. Beide haben die gleiche Publicitysucht, Intrigen, Hysterie, Erfolgsneid, Angst vor den Klatschkolumnisten, und beide Orte sind gleich krisenanfällig. Es war während einer solchen Krise, als eines Tages in meiner Londoner Wohnung zu unchristlich früher Morgenstunde, nämlich um sechs Uhr, das Telefon läutete. Ich dachte, es wäre einer meiner jungen Freunde, der mir mitteilen wollte, daß er soeben eine Überdosis Schlaftabletten genommen habe — das tun sie ja nur allzu gern —, aber nein, es war der Präsident eines dieser Mammutunternehmen, deren Name in der Filmwelt damals jeder kannte. Ich war ihm nie begegnet, aber er nahm sich die Freiheit, mich beim Vornamen zu nennen und sich über das transatlantische Telefonkabel hinweg sozusagen an meinem Busen auszuweinen. ‹Wir befinden uns in einer schweren KRISE›, jammerte er; ganz Hollywood wäre von dieser Krise geschüttelt, es herrsche Heulen und Zähneklappern, und man befürchte, daß die Kinokassen in aller Welt ihre Rolläden herunterlassen würden. Er gestand mir im Vertrauen und unter dem Siegel strengster Verschwiegenheit: ‹Wir sind selbst dran schuld, Evelyn. Ob Sie es mir glauben oder nicht, es ist einzig und allein unsere Schuld, weil wir die ausgefahrenen Geleise einfach nicht verlassen wollten und weiterhin ZIMT produziert haben statt KUNST. Wir haben dem Publikum einen Haufen SCHEISSE vorgesetzt, aber wonach schreien die Kinos plötzlich? — nach KUNST! Nun, um KUNST zu machen, brauchen wir jedoch TALENTE. Was Hollywood jetzt nottut, sind keine lausigen Drehbuchautoren, die nur Zeilen schinden, sondern echte TALENTE — Leute wie SIE! Keine ausgepowerten Lohnschreiber, sondern Burschen mit SCHÖPFERISCHEN VISIONEN . . .›

Dann kam er zur Sache. Als Auftakt einer neuen Ära der KUNST hatten sie sich entschlossen, einen Film über das Leben Byrons zu drehen. ‹Sie werden gewiß von ihm gehört haben, Evelyn: George Gordon Noel, sechster Baron von Byron, er war sogar auch noch Lord und soll ein berühmter englischer Dichter gewesen sein.› Sie hatten fünf Drehbuchautoren drangesetzt, ‹die sogenannte Spitzenklasse›, und einer nach dem andern hatte versagt. Was die gemacht hatten, war keine KUNST. ‹Deswegen wenden wir uns jetzt an Sie, Evelyn . . .›

Ich sagte ihm — in aller Höflichkeit, versteht sich —, er möge es gefälligst mit sich selber treiben, aber nicht mit mir. Dann nannte er eine Summe, und ich nahm meine Bemerkung zurück, während ich mir mit der Zigarette ein Loch in meinen Pyjama brannte.»

Er spielte die Szene vor, die Hand mit der imaginären Zigarette zuckte vom Tischtuch hoch, die andere hielt einen ebenso imaginären Telefonhörer. Selbst Harriet mußte zugeben, daß Blood ein ganz guter Komiker war.

Er kam jetzt schnell zum Ende seiner Parabel.

«Die Moral von der Geschichte: Washington ist heute, so wie Hollywood es damals war, in einer KRISE. Allgemeines Heulen und Zähneklappern. Die Drehbuchautoren der Weltpolitik haben sich als einfallslose Routiniers erwiesen. Also hält man verzweifelt Ausschau nach unverbrauchten TALENTEN — Burschen mit SCHÖPFERISCHEN VISIONEN. Und deshalb wendet man sich an euch.»

Er schlürfte sein Glas Neuchâteler, befriedigt über den Effekt seiner Geschichte.

«Da mag was dran sein», meinte Nikolai nachdenklich.

«Eine wunderhübsche Parabel», sagte Claire, «und wie ging die Sache aus?»

«Irgendwer entdeckte, daß Byron mit seiner Stiefschwester

geschlafen und obendrein noch homosexuelle Neigungen hatte. Leider war damals die goldene Morgendämmerung der Pornographie noch nicht in Sicht. Es klingt heute unglaubwürdig, aber die Produktion wurde kurzerhand abgeblasen. Natürlich mußten sie mich bezahlen. Um den Boß für die finanzielle Einbuße zu entschädigen, schrieb ich in sein Gästebuch das einzige Goethezitat, das jeder kennt.»

«Das war billig und geschmacklos», sagte Harriet. «Damit haben Sie die Wirkung Ihrer Parabel verdorben.»

«Das tue ich immer», antwortete Blood. «Es bereitet mir eine Art masochistisches Vergnügen.»

6

Zufallsereignisse weben ihr eigenes Muster. Am späten Abend ergab es sich, daß Professor Burch und Dr. Wyndham als letzte im Cocktailraum zurückblieben. Hansi und Mizzie waren schon zu Bett gegangen, hatten aber in den Regalen hinter der Bar eine ansehnliche Batterie von Flaschen stehen lassen — zur Selbstbedienung für die Callgirls. Es war eine Tradition, die manche, doch längst nicht alle Symposien belebte und das Anknüpfen interdisziplinärer Kontakte erleichtern sollte.

Vorsichtig auf Zehenspitzen schlich sich Wyndham an die Bar heran und goß sich ein ansehnliches Quantum Whisky mit Wasser ein. Burch saß auf einem Barhocker, anscheinend völlig in die Korrektur seiner Fahnenabzüge vertieft, ein halbgeleertes Glas Whisky-Soda neben sich. Wyndham bemerkte, daß einige Spritzer des Getränks die Druckfahnen befleckt hatten und Burchs Augen hinter der randlosen Brille noch stärker als sonst an Fischaugen erinnerten.

«Das ist die beste Stunde des Tages», sagte Wyndham mit verbindlichem Kichern.

Jetzt erst schien Burch die Anwesenheit des anderen zu bemerken. «Wie meinen Sie das?», sagte er argwöhnisch.

«Ich meine», sagte Wyndham nach einem großen Schluck Scotch genüßlich, «die Stunde, in der man sich seinen Schlummertrunk — wie wir es euphemistisch nennen — genehmigt.»

Burch überlegte einen Augenblick, als habe Wyndham ihm eine problematische Frage gestellt. Dann erklärte er: «Ich für mein Teil ziehe zur Entspannung gelegentlich ein Gläschen Bourbon vor. Leider gibt es hier keinen.» Er nahm sein Glas in die Hand, sah es ein paar Sekunden lang durchdringend an, als meditiere er über seinen Inhalt, und kippte diesen dann in einem Zug herunter, als wäre es Wasser. Dabei bekamen die Korrekturfahnen wieder ein paar Tropfen ab.

Wyndham kletterte auf einen Barhocker und wurde dadurch auffallend größer. Er hatte einen wohlproportionierten Oberkörper, nur seine Beine waren zu kurz. «Ich hoffe, ich störe Sie nicht in Ihrer Meditation», sagte er. Da er näher an der Flasche war, füllte er das leere Glas, das Burch ihm geistesabwesend hinhielt. Auch die zwei Eiswürfel, die Wyndham mit den Fingern aus dem Behälter fischte, ließ sich Burch gefallen. Als aber sein Nachbar zum Syphon griff, nahm er sein Glas weg.

«Das Wort ‹Meditation› gehört nicht zu meinem Vokabular», beantwortete er Wyndhams Frage.

«Na, dann nennen Sie es meinetwegen ‹Kontemplation›», schlug Wyndham vor.

Burch schüttelte mit übertriebenem Kraftaufwand den Kopf. «Nix», sagte er mit der Hand wedelnd. «Immer diese verschwommene Terminologie. Wir nennen es verinnerlichtes verbales Verhalten oder unbewußte Artikulierung, wenn Ihnen das lieber ist.»

«Weiß ich», sagte Wyndham, «aber wir denken doch nicht immer in artikulierbaren Wörtern.»

«Nix», sagte Burch. «Was Sie ‹denken› nennen, sind unhörbare Vibrationen der Stimmbänder.» Er schwenkte den Scotch rund um die Eiswürfel und trank anscheinend, ohne die Lippen auseinanderzubringen. Die Flüssigkeit verschwand zwischen ihnen wie durch Osmose. Wyndham versuchte sich Burch beim Liebesakt vorzustellen und nahm schnell einen großen Schluck.

«Ja, die Kinder!» stieß Burch unerwartet und zusammenhanglos hervor. «Die lieben Kleinen! Sie sind doch Kinderarzt, nicht wahr?»

«So eine Art. Beschäftige mich vor allem mit Säuglingen. Mit Babys.»

«Aber aus Babys werden Kinder. Kinder wachsen heran ... Das ist ganz natürlich», sagte Burch vor sich hin, als wolle er sich selbst beruhigen.

«Haben Sie Kinder?»

Burch nickte übertrieben energisch und starrte in sein Glas. Wyndham konnte sich vorstellen, was jetzt kommen würde.

«Zwei», sagte Burch.

«Aha, und haben Sie Ihre Erziehungstechnik an den beiden ausprobiert?» fragte Wyndham kichernd. «Haben Sie ihr Verhalten ‹vorausgesagt und gesteuert›?»

«Gewiß.» Burch nickte erneut und trank sein Glas leer. Wyndham fungierte als Barkeeper und schenkte beide Gläser wieder voll.

«Sie sind Kinderarzt. Vielleicht haben Sie eine Erklärung dafür. Der Junge, Hector Burch junior, ist einundzwanzig. Studiert in Harvard Jura. War begabt und fleißig. Voriges Jahr fing er mit Haschisch an. Sechs Monate später mit Heroin. Zweimal im Krankenhaus. Psychotische Schübe. Zwei seiner Kumpane begingen Selbstmord. Einer sprang von einer Eisenbahnbrücke. Die Tochter, Jenny, ist siebzehn. Gute Zeugnisse in der High School. Verknallte sich in einen Pop-Gitarristen. Zog mit seiner Gruppe quer durch die Staaten. Modelliert gern. Machte Gipsabdrücke vom Penis ihres Gitarristen, dann von denen der anderen Boys in der Band. Das wurde ihre Spezialität. Meine Frau entdeckte Jennys Kunstwerke, als sie etwas in ihrem Schrank suchte. War eine ganz ansehnliche Kollektion ... Ich würde sagen, das ist ganz natürlich. Das Sexualverhalten kennt viele Varianten. Die Hindus haben Lingams in ihren Tempeln. Bin weit davon entfernt, Werturteile zu fällen, aber das Ganze ist doch etwas merkwürdig. Sie als Kinderarzt ...»

«Möchten Sie etwas Soda?» fragte Wyndham beiläufig.

«Kriegt man nur Blähungen von ... ich hab Sie was gefragt. Wie würden Sie das erklären?»

«Wie ich schon sagte: Meine Domäne sind eher die Babys in der Wiege. Nicht Jugendliche.»

«Kann sein, es liegt am Einfluß meiner Frau. Mrs. Burch ist katholische Konvertitin. Glaubt an all den Firlefanz. Besucht Messen, auch spiritistische Séancen. Angeblich hat ihr der große Boß Chingakook den Weg zu Jennys Kollektion gewiesen — mit Hilfe des Ouija-Bretts.»

«Die meisten Familien haben ihren Kummer. Das kann sich alles wieder legen», sagte Wyndham besänftigend. So langsam begann auch er den Alkohol zu spüren, und Burchs Offenbarungen, verbunden mit den besonderen Auswirkungen der Höhenluft, verursachten ihm irgendwie Unbehagen.

«Es muß der unwissenschaftliche Einfluß von Mrs. Burch sein», sinnierte Burch. «Pawlows Methode der paradoxen Konditionierung verwandelte Hunde in neurotische Wesen. Wenn man ein Subjekt in zwei einander widersprechende Richtungen konditioniert, ist es in Gefahr kaputtzugehen.»

«Das legt sich bestimmt mit der Zeit», wiederholte Wyndham und rutschte von seinem Barhocker. «Ich würde mir an Ihrer Stelle keine allzu großen Sorgen machen. Vielen Dank für die anregende Unterhaltung.»

«Sie haben meine Frage noch nicht beantwortet», protestierte Burch und spielte nervös mit seinem leeren Glas herum.

«Jetzt müssen wir erst mal ins Bettchen gehen», sagte Wyndham freundlich. «Vielleicht sollten wir hier das Licht ausmachen.» Er streckte eine Hand aus, um Burch von seinem Hochsitz herunter und auf die Beine zu helfen. Als sie Arm in Arm auf schwankenden Beinen durch die Glastür torkelten, hätte man sie für ein lebendes Symbol interdisziplinärer Verständigung halten können.

Mittwoch

Am dritten Tag nahm das mit Spannung erwartete Duell zwischen Otto von Halder und Harriet Epsom seinen vorhersehbaren Verlauf. Es war nicht das erstemal, daß sie die Klingen kreuzten. Tatsache war, daß sie in diesem Jahr schon zweimal aufeinander losgegangen waren: auf dem Kongreß der Umweltforscher in Mexico City und auf einer Futurologentagung der Schwedischen Akademie der Wissenschaften in Stockholm.

Halder sprach am Vormittag. Seine Vortragsweise war eindrucksvoll, obwohl er, abgesehen von ein paar Abschweifungen und Improvisationen, im wesentlichen den gleichen Text verlas wie in Mexico City und in Stockholm. Es schien ihn nicht im geringsten zu stören, daß Harriet seine Ausführungen nun schon zum drittenmal mitanhören mußte, denn er nahm — nicht ohne Berechtigung — an, daß auch sie nur eine leicht abgewandelte Fassung ihres Mexico- und Stockholm-Vortrags zum besten geben würde. Schließlich kann niemand erwarten, daß Callgirls für jeden Anlaß taufrische Erkenntnisse parat haben. Sie betrachteten sich selbst und einander vielmehr als ein reisendes Team von Berufsringkämpfern, vertraut mit allen Finten und Marotten des Partners, und absolvierten ihre Runden mit gespielter Entrüstung über die niederträchtigen Tricks des Gegners.

Halders These beruhte weitgehend auf den Erleuchtungen der alttestamentarischen Propheten von Jesaja bis Jeremias. Seine wallende weiße Mähne und das Pathos seines Vortrags verstärkten diesen Eindruck noch. Der Mensch war seiner Meinung nach ein geborener Mörder, ein *Homo homicidus*. «Das ist jedenfalls die charakteristischste Eigenschaft dieser

Spezies. Andere Tiere töten nur Beute einer fremden Art. Einen Falken, der eine Feldmaus tötet, kann man kaum als Mörder brandmarken. Das Gesetz des Dschungels gestattet bekanntlich, sich von einer anderen Spezies zu ernähren, verbietet aber das Schlachten eines Angehörigen der eigenen Gattung. Der *Homo homicidus* ist das einzige Lebewesen, das ständig gegen dieses Gesetz verstößt. Er ist das Opfer einer endemischen Aggressivität, die sich gegen das eigene Fleisch und Blut richtet: er ist ein Bündel mörderischer Instinkte . . .»

«Stuß», bemerkte Harriet trocken.

Halder zuckte die Achseln. «Sie werden später zu Wort kommen. Jetzt bin ich an der Reihe. Und ich sage zu Ihnen als Zoologin, zeigen Sie mir doch ein Tier, das seine Artgenossen mordet und schlachtet, seinen biologischen Nächsten. Gewiß, auch Tiere tragen untereinander Konflikte aus: um Revierstreitigkeiten, sexuelle Rivalität, Futterneid und die Vorrangstellung in der Herde. Aber sie kämpfen sozusagen mit Handschuhen, wie Boxer. Sie weisen den Gegner in seine Schranken, aber sie sind nicht darauf aus, ihn zu töten. Es ist mehr ein Ritual — wie das Degenfechten. Es sieht gefährlich aus, aber es ist mehr Bluff und Imponiergehabe, und sobald einer der Kämpfer ‹touché› signalisiert, hört der andere auf. Wolf und Hund legen sich zum Zeichen, daß sie aufgeben, auf den Rücken und strecken die Pfoten in die Höhe» (Halder ahmte mit angewinkelten Armen und gekrümmten Händen wedelnde Pfoten nach); «Fische schwimmen einfach weg, der Hirsch schleicht sich langsam davon» (Halder formte aus den Fingern der rechten Hand ein Geweih über dem Kopf und machte dazu mit den Schultern schlendernde Bewegungen). «Und der Sieger läßt ihn ziehen. Aber der Mensch . . . krrrkk» (Halder tat so, als wolle er dem armen Tony, der neben ihm saß, die Kehle durchschneiden). «Krrrkk — man killt für Geld, man killt aus Eifersucht, aus Machtgier, man killt um die Habe . . .»

Er fuhr sich verzweifelt durch die weiße Mähne. Wie könnte man den *Homo homicidus* davor bewahren, weiterhin einander abzuschlachten, die eigene Art auszurotten? Er hob beide Arme in die Höhe und deklamierte im Original und in der Übersetzung — mit prophetischer Emphase:

> «Gefährlich ist's, den Leu zu wecken,
> Verderblich ist des Tigers Zahn;
> Jedoch der schrecklichste der Schrecken,
> Das ist der Mensch in seinem Wahn . . .»

Schiller auf englisch ist nicht jedermanns Sache. Es gab ein unterdrücktes Gelächter.

«Wieso?» fragte Halder, mühsam seinen Zorn zügelnd. «Finden Sie das komisch? Na, schön — was immer Sie denken: Der Killerinstinkt des Menschen ist eine wissenschaftlich erwiesene Tatsache. Er steckt in uns drin, und wir können nicht aus unserer Haut — Sie nicht und ich nicht. Wenn wir das leugnen, wenn wir den Tatsachen über unsere wahre Natur nicht ins Auge zu sehen wagen, dann gibt es auch keine Hoffnung auf einen Ausweg . . .»

Petitjacques unterbrach ihn: «Ihr Programm!» rief er. «Ihr konstruktives Programm! Dasselbe verlangten Sie gestern von mir!»

«Und Sie sagten, Ihr Programm sei es, kein Programm zu haben. Mein Programm ist, eines zu haben. Aber wir stehen erst am Anfang der Lektion, die die Wissenschaft uns zu lernen aufgibt. Und sie lehrt uns, daß alle anderen Lebewesen, außer dem Menschen, ihre Artgenossen nicht töten, denn ihre Duelle sind ritualisiert, es sind im Grunde Scheinkämpfe, Schaukämpfe. Daher ist der logische Ausweg für den Menschen, ebenfalls zu ritualisieren, seine Aggression, seinen Killerinstinkt in symbolischen Darbietungen zu sublimieren. Auf diese Weise läßt sich der *Homo homicidus* vielleicht in den *Homo ludens* umwandeln, in das spielende Tier, das seine mörderischen Gelüste in dramatischen, aber harmlosen Ritualen abreagiert, wie zum Beispiel zwei Hirsche, die sich mit ihren Geweihen duellieren, aber niemals — sozusagen — unter die Gürtellinie schlagen.»

Jetzt lief Halder auf vollen Touren. Ja, natürlich habe er ein Programm, versicherte er Monsieur Petitjacques, und er habe ihm einen ganz einfachen Namen gegeben, nämlich AA — Aggressions-Abreaktion — und es in seinem letzten Buch bereits kurz umrissen. «Abreaktionstherapie ist so alt wie die Menschheit. Aus den *Bacchantinnen* des Euripides erfahren wir, wie die Frauen von Theben sich selbst in Raserei steigerten und den gehörnten Gott symbolisch in Stücke rissen. Nach dieser Ekstase hörten sie auf, an ihren Ehemännern herumzunörgeln. Im finsteren Mittelalter gab es Flagellanten und Taranteltänzer, die ihren Aggressionstrieb durch masochistische Praktiken abreagierten, und die wirkten auf jeden Fall weniger zerstörerisch als unterdrückte Aggressivität, die plötzlich explodiert. Besser noch waren freilich die herrlichen Turnierspiele und die Buhurts, die auch wieder an den ritualisierten Zweikampf der Hirsche erinnern. Und in moderner Zeit kam der Sport auf: Fußball, Rugby, Boxen, Fechten — all das sind großartige, harmlose Ventile für den Killerinstinkt . . . Aber das ist noch längst nicht genug. Wir brauchen wirksamere Abreaktionstechniken. Einige besonders einfühlsame amerikanische Psychiater heilen ihre Patienten einfach dadurch, daß sie ihnen beibringen, sich ungehobelt zu benehmen.»

Halder griff nach einem Buch und las gefühlvoll einen Absatz, den er angestrichen hatte: «‹Sag den Leuten immer, was du von ihnen hältst, egal, ob das taktisch richtig oder undiplomatisch ist. Nieder mit Knigge und Konsorten! Lebe mit offenen Jalousien! Laß den Dampf ab! Sei ein Sender von Leidenschaften, nicht ein Empfänger! Halte dich an keine Spielregel, mach die Regeln selbst.› Ich zitiere aus dem Buch eines ausgezeichneten amerikanischen Therapeuten, der hier zu einem seiner Patienten spricht. Zu einem anderen sagt er noch eindringlicher: ‹Hören Sie nie auf die Stimme der Vernunft. Lassen Sie Ihrem Ärger freien Lauf. Gefühlsverstopfung ist schlimmer als Darmverstopfung. Ein kräftiges Herausbrüllen löst die Darmverschlingung. Denken Sie immer daran: Selig sind die, die saftig spucken können, denn sie werden die Erde besitzen.›»

Er machte eine Kunstpause, um das Zitat auf seine Zuhörer wirken zu lassen. Dann fügte er hinzu: «Ich freue mich, Ihnen sagen zu können, daß der Verfasser in seinem Land zahlreiche Anhänger hat. Aber mit der individuellen Therapie allein ist es nicht getan . . .»

In den verbleibenden fünfzehn Minuten seines Vortrags entwickelte Halder sein grandioses, schon in *Homo homicidus* skizziertes Projekt, in großem Rahmen Ventile für Gewalttätigkeit zu schaffen. Man müßte im Kindergarten beginnen, mit täglichem Freistilringen. Die lange Zeit verpönten schlagenden Verbindungen an unseren Universitäten sollten wieder zu Ehren kommen — Halder strich wie unbeabsichtigt, doch nicht ohne Stolz über zwei waagerechte Schmisse auf seiner rechten Wange. Künftige Massenunterhaltungen sollten Gladiatorenspiele einschließen, Zweikämpfe mit Roboter-Athleten, die darauf programmiert sind, zu verletzen, ohne zu töten. Jeden Sommer, in der notorischen Aufruhrsaison, sollten realistische Kriegsspiele durchgeführt werden, mit ganzen Armeen, deren Aufgabe es wäre, feindliche Invasionstruppen zurückzuschlagen, ebenfalls dargestellt von menschenähnlichen Robotern aus Software und so programmiert, daß sie bei Verwundungen reichlich Blut vergießen.

Zum Schluß wies Halder seine verehrten Zuhörer noch auf die täglichen Haßsendungen und vierteljährlichen Haßwochen in George Orwells Roman *1984* hin. Der Verfasser selbst betrachtete sie augenscheinlich als eine höchst verdammenswerte Einrichtung, eine infernalische Erfindung des

Großen Bruders. Aber man konnte die Sache auch anders sehen . . .

Halder griff nach einem zweiten Buch, schlug die Seite auf, bei der ein Einmerkzettel lag, und fing an laut zu lesen: «‹Ehe die Haßovation dreißig Sekunden gedauert hatte, brachen von den Lippen der Hälfte der im Raum versammelten Menschen unbeherrschte Aufschreie . . . In der zweiten Minute steigerte sich die Haßovation zur Raserei. Die Menschen sprangen von ihren Sitzen auf und schrien mit vollem Stimmaufwand . . . In einem lichten Augenblick ertappte sich Winston, wie er mit den andern schrie und trampelte. Das Schreckliche an der Zwei-Minuten-Haßsendung war nicht, daß man gezwungen wurde, mitzumachen, sondern im Gegenteil, daß es unmöglich war, sich ihrer Wirkung zu entziehen. Nach dreißig Sekunden brauchte man schon keinen Vorwand mehr. Eine schreckliche Ekstase der Angst und der Rachsucht, das Verlangen zu töten, zu foltern, Gesichter mit einem Vorschlaghammer zu zertrümmern, schien die ganze Versammlung wie ein elektrischer Strom zu durchfluten, so daß man gegen seinen Willen in einen grimassenschneidenden, schreienden Verrückten verwandelt wurde. Und doch war der Zorn, den man empfand, eine abstrakte, ziellose Regung, die wie der Schein einer Blendlaterne von einem Gegenstand auf den anderen gerichtet werden konnte . . . In manchen Augenblicken war es sogar möglich, seinen Haß durch einen Willensakt zu lenken, wohin man wollte.›»

Halder legte das Buch aus der Hand. «Hier haben wir die klassische Aggressions-Abreaktionstherapie für die Masse. Es ist die Wiedergeburt des orphischen Mysterienkults. Wenn die Haßsendung zu Ende ist, ist das Volk erschöpft. Das Bedürfnis nach Gewalttat und der Rachedurst sind gestillt. Der Killerinstinkt hat auf symbolische Weise Befriedigung gefunden. Die Teilnehmer haben ihre Katharsis erlebt, sie fühlen sich geläutert. Orwell hat das alles falsch gesehen. Er haßte den Haß, denn er war selbst ein guter Hasser;

sonst hätte er nicht eine so lebendige Beschreibung dieser Szene geben können, aber seine theoretische Interpretation war falsch. Er beschrieb, ohne es zu wissen, eine Massentherapie. Doch wenigstens in einem sehr fortschrittlichen Industriestaat ist Orwells Botschaft — oder Otto von Halders Botschaft — richtig interpretiert und nutzbringend in die Praxis umgesetzt worden. Ich möchte zum Abschluß aus einem kürzlich erschienenen Bericht einer sehr bekannten amerikanischen Wochenzeitschrift zitieren:

‹Therapie durch Puppen. Der entnervte Arbeiter nähert sich zwei lebensgroßen ausgestopften Puppen, die auf einer Plattform sitzen. Er greift einen der bereitstehenden Bambusstäbe und attackiert die Puppen, schlägt blindlings auf sie ein, bis seine Wut verraucht ist. Diese seltsame Szene spielt sich täglich in einer Fabrik in Osaka ab, die zu dem gigantischen Matsushita-Elektrokonzern gehört. Es handelt sich um eine Therapie, die den Beschäftigten auf Veranlassung des Aufsichtsratsvorsitzenden Konosuke Matsushita als außerordentliche zusätzliche Sozialleistung geboten wird. In Matsushitas ‹Selbstkontrollraum›, den schon Tausende von Arbeitern aufgesucht haben, kann jeder auf harmlose Weise seine Spannungen, Frustrationen und aggressiven Neigungen abreagieren.›

Herr Vorsitzender! Es wurde angeregt, daß diese Konferenz einigen hochgestellten Persönlichkeiten Ihres Landes konkrete Vorschläge zur Strategie des Überlebens unterbreiten sollte. In aller Bescheidenheit» — bei dem Wort «Bescheidenheit» war ein leises Gekicher zu hören — «möchte ich meinen, daß meine Ausführungen einige relevante Hinweise für eine solche Strategie und für den Inhalt der beabsichtigten Botschaft beigesteuert haben.»

2

«Es wird immer schlimmer, *caro Guido*», schrieb Claire, «und ich muß fortwährend an Juvenal denken: ‹Ob es schwer sei, Satiren zu schreiben, fragt ihr? — Schwer ist es, *keine* Satire zu schreiben.› Niko macht sich schreckliche Vorwürfe, daß er die falschen Leute eingeladen hat, und selbst ich, seine treue und ergebene Claire, beginne mich zu fragen, wie ihm das passieren konnte. Er wollte die selbstgefälligen Bonzen der wissenschaftlichen Orthodoxie vermeiden und bevorzugte die temperamentvolleren Mitglieder des internationalen Callgirlrings, die für ihre provokatorischen Ideen bekannt sind. Wenn man ihre Sachen liest oder sie unter vier Augen und in guter Laune antrifft, treten ihre Qualitäten deutlich zutage, aber wenn man sie zusammen in einen Konferenzraum sperrt, benehmen sie sich wie Schulkinder, die ein feierliches Theaterstück aufführen. Sie sind schlimmer als Politiker, denn Politiker sind von Natur aus Schmierenkomödianten, wogegen die meisten Akademiker unter ihrem unterentwickelten Gefühlsleben zu leiden scheinen. Politiker setzen ihren Ehrgeiz darein, an die Leidenschaften zu appellieren und sich in rhetorischen Höhenflügen zu ergehen; Wissenschaftler geben sich gern als leidenschaftslose Diener der Wahrheit, frei von emotionalen Vorurteilen, während der Ehrgeiz und die Eifersucht ständig an ihren Eingeweiden nagen. Und was ist für sie die Wahrheit, lieber Guido, was ist *die* Wahrheit? Mir scheint, jeder von ihnen besitzt ein Zipfelchen von ihr, das er für die ganze Wahrheit hält und in seiner Tasche herumträgt wie ein klebriges Stück Bubblegum, das er bei feierlichen Anlässen aufbläst, um zu beweisen, daß es die letzte Wahrheit des Universums enthält. Interdisziplinärer Dialog? Der existiert einzig und allein auf dem Programm. Kurz bevor er losgehen soll, holt jeder seinen Bubblegum heraus und bläst ihn dem andern ins Gesicht. Danach begeben sie sich befriedigt in den Cocktailraum.

Nimm unseren guten Otto von Halder, ein Mann von internationalem Ruf, der heute morgen seinen Bubblegum aufgeblasen hat. Es war ein matter Aufguß seines letzten Buches, das einen ziemlichen Skandal hervorgerufen hat, garniert mit einigen noch haarsträubenderen Ausschmückungen. Ich nehme an, es ist ein Körnchen Wahrheit in seinen Ideen — die schlichte Erfahrung, daß Dampfablassen besser ist, als den Boiler zu überhitzen. Das ist wohl eine Binsenwahrheit, aber er blähte sie künstlich auf und machte eine Art groteske Religion daraus, die an Schwarze Messen und an Nürnberger Parteitage erinnert. Übrigens war Otto tatsächlich in der Partei — jeder weiß es, tut aber so, als wisse er es nicht. Er spielte keine aktive Rolle, er hat einfach eintreten müssen, sonst hätte er seine wissenschaftliche Karriere ruiniert. Ich weiß nicht recht, ob das eine befriedigende Entschuldigung ist? Er hat auch ein jüdisches Kollegen-Ehepaar versteckt und riskierte dabei seinen Kopf. Oder ist das noch immer nicht genug? Immer wieder dieses Rätselraten ... die Fallstricke der Vergangenheit. Ich wäre nicht darauf zu sprechen gekommen, hätte nicht insgeheim jeder von uns daran gedacht — zu Recht oder zu Unrecht, ich wage es nicht zu entscheiden. Es mag mit dem *genius loci* zusammenhängen. Jedem Jodler scheint hier als Echo ein ‹Heil!› zu folgen ...

Die anschließende Diskussion war ebenso ein Reinfall wie die vorangegangenen. Harriet behielt ihre Trümpfe für die Nachmittagssitzung in der Hand, auf der sie an der Reihe ist. Wyndham leugnete unter ständigem Gekicher das Vorhandensein eines Killerinstinkts bei den Babys in der Wiege. Otto rümpfte dazu nur sichtlich die Nase, und die Melanie-Klein-Schülerin forderte ihn zu einem verbalen Pingpong-Match heraus, das den Rest der Sitzung ausfüllte. Bruno, der jeden Tag sein Messer gewetzt und nur auf die Gelegenheit gewartet hatte, seinem Killerinstinkt freien Lauf zu lassen, wurde im kritischen Moment ans Telefon gerufen, zu einem Gespräch aus Übersee; und da die Fräuleins vom Amt immer wieder die Verbindung unterbrachen, verpaßte er den Schluß der Sitzung.

Ich muß schon sagen, es ist furchtbar frustrierend. Es tut mir so leid für Niko. Natürlich hat er das alles mit der zynischen Hälfte seines geteilten Herzens vorausgesehen. In der anderen Herzkammer hat er eine Nische für Wunder bewahrt. Bis jetzt hat sich noch keins ereignet . . .»

3

Am Nachmittag hatte also Harriet Epsom ihren Auftritt. Die Art, wie sie ihren Vortrag ablas, stand in seltsamem Kontrast zu ihrem sonst so übersprudelnden Temperament: Sie sprach mit trockenem, schulmeisterlichem Ton, als habe sie ein Krankenschwernseminar vor sich. Zu Beginn gestand sie eine gewisse Verwirrung hinsichtlich eines offensichtlichen Rollentauschs mit Professor von Halder. Der nämlich, ein hervorragender Anthropologe, hatte seine Ausführungen vor allem auf Argumente gestützt, die er von der Zoologie ausgeliehen hatte — Raubtier und Beute, ritualisierter Kampf, Verteidigung des Reviers usw. —, wogegen sie, eine bescheidene Zoologin, hauptsächlich an jenen spezifischen Attributen interessiert sei, die für den Menschen charakteristisch sind, und zwar für den Menschen allein. Aber dieser Rollentausch schien ihr typisch für den sogenannten Zeitgeist zu sein. Anthropologen wie auch Psychologen seien anscheinend entschlossen, die Menschlichkeit des Menschen zu ignorieren und ihre Theorien über die menschliche Natur auf Analogien aufzubauen, die sie von der Zoologie bezogen haben — man denke an Pawlows Hunde, Professor Burchs Ratten, Konrad Lorenz' Gänse. In gespielter Verwirrung fragte Harriet sich, was wohl in ihre Kollegen von der anderen Fakultät gefahren sei . . .

Halder hörte mit unbewegter Miene zu. Er saß etwas zur Seite gewandt und bot Harriet den Ausblick auf sein nobles Profil. Burch beschäftigte sich demonstrativ mit der Korrektur seiner Druckfahnen. Bruno machte eifrig Notizen. Blood kämpfte mit dem Schlaf. Petitjacques war abwesend.

Wie dem auch sei, fuhr Harriet nüchtern fort, falls Tiere uns tatsächlich über unsere eigene Natur Aufschluß geben können, sollten wir unser Augenmerk nicht auf Ratten oder Gänse lenken, sondern auf die Spezies, die uns am nächsten verwandt ist, die Affen. Vor etwa vierzig Jahren waren Zoologen wie Zuckerman, der systematisch das Verhalten von Menschenaffen in Zoologischen Gärten studiert hatte, zu Schlüssen gekommen, die Halders pessimistische Anschauung von der angeborenen Aggressivität unserer Gattung zu unterstützen schienen, denn die Affen waren in höchstem Maße reizbar, haderten und kämpften fortwährend miteinander, waren sexbesessen und beugten sich der Gewaltherrschaft eines mordlüsternen Familienoberhaupts. Aber es erwies sich, daß es ebenso gewagt ist, das Verhalten von Affen unter den unnatürlichen Bedingungen der Gefangenschaft zu verallgemeinern, wie etwa Erkenntnisse des menschlichen Sozialverhaltens vom Verhalten der Häftlinge in einem Konzentrationslager abzuleiten. Eine neue Generation von Feldforschern — die Carpenters, Washburns, Goodalls, Schallers und Imanishis —, die Jahre ihres Lebens mit der Beobachtung verschiedener Affenarten in freier Wildbahn verbracht haben, kamen zu einem völlig anderen Ergebnis. Sie stellten übereinstimmend fest, daß wildlebende Menschenaffen-Gesellschaften friedfertig sind und ernsthafte Kämpfe so gut wie gar nicht vorkommen, weder innerhalb der Sippe noch zwischen verschiedenen Sippen. Aggressives Verhalten tritt nur in Erscheinung, wenn Spannungen der einen oder anderen Art die Tiere unter Streß setzen — wie zum Beispiel im Käfig des Zoologischen Gartens. Kurzum, es war bei den Primaten, unseren Urahnen, kein Anzeichen

— nicht einmal die leiseste Spur — von Halders Killerinstinkt zu entdecken . . .

Halder unterbrach Harriet: «Also ist dieser Instinkt, wie ich bereits sagte, eine einzigartige Eigentümlichkeit des Menschen.»

«Stuß.» Harriet verfiel momentan in ihre übliche Ausdrucksweise. «Es gibt nicht das geringste Anzeichen für das Vorhandensein eines Killerinstinkts *weder* beim Affen *noch* beim Menschen. Gewalt ist kein biologischer Trieb, sondern eine Reaktion, die durch Streß ausgelöst wird, wenn er eine kritische Grenze überschreitet.»

«Also gibt es eigentlich gar keine Kriege», bemerkte Halder.

«Es gibt sie, aber sie sind nicht das Ergebnis individueller Aggressivität. Jeder Historiker kann Ihnen sagen, daß die Zahl der Menschen, die aus persönlichen Motiven mordeten, stets eine *quantité négligeable* war, im Vergleich zu den Millionen, die es im Namen unpersönlicher Motive taten: Stammestreue, Patriotismus, Christen gegen Mohammedaner, Protestanten gegen Katholiken und so weiter. Sigmund Freud erklärte ex cathedra, daß Kriege durch aufgestaute aggressive Instinkte auf der Suche nach einem Ventil hervorgerufen werden, und seine Zuhörer glaubten ihm, denn nun hatten sie einen triftigen Grund, sich nach Herzenslust schuldig zu fühlen. Aber Freud lieferte nicht einen Hauch von historischem oder psychologischem Beweis für seine Behauptung. Soldaten hassen nicht. Sie haben Angst, sind gelangweilt, hungern nach Sex und haben Heimweh. Sie kämpfen aus Resignation, weil sie keine andere Wahl haben, oder aus Begeisterung für Kaiser und Reich, die gerechte Sache, die allein seligmachende Religion — nicht aber von Haß getrieben, sondern von *Loyalität*. Menschenmord, begangen aus selbstsüchtigen Motiven, ist statistisch gesehen in allen Zivilisationen eine Ausnahmeerscheinung. Das vorherrschende Phänomen in der Geschichte der Menschheit ist

Menschenmord aus selbstlosen Motiven. Unsere Tragödie ist nicht ein Übermaß an Aggressivität, sondern ein Übermaß an Ergebenheit. Wenn Sie die Bezeichnung *Homo homicidus* durch *Homo fidelis* ersetzen, kommen Sie der Wahrheit näher, Herr Kollege. Es sind Loyalität und Hingabe, die den Menschen zum Fanatiker werden lassen.»

«Also hassen Fanatiker nicht!» bemerkte Halder mit einem Seufzer der Resignation angesichts von soviel Unwissenheit.

«Sie hassen sehr wohl, aber es ist ein unpersönlicher und selbstloser Haß gegen alles, was den angebeteten Fetisch bedroht. Sie hassen nicht als Individuen, sondern als Angehörige einer Gruppe, eines Stammes, einer Nation, einer Kirche oder Partei, was Sie wollen. Ihre Aggressivität ist auf den Kopf gestellte Loyalität.»

«Aber ich kann Ihre Hypothese ebenfalls auf den Kopf stellen», erwiderte Halder. «Was Sie Loyalität nennen, ist nichts anderes als auf den Kopf gestellte Aggressivität.»

«Stuß», sagte Harriet. «Diese Art Dialektik sollten Sie Monsieur Petitjacques überlassen.»

«Ich persönlich würde Herrn von Halders Ansicht nicht so in Bausch und Bogen von der Hand weisen», ließ sich Helen Porter aus dem äußersten Winkel des Konferenzraums vernehmen.

«Nein, du gewiß nicht», fauchte Harriet. «Verräter sollten den Mund halten, wenn von Loyalität die Rede ist.»

«Gemäß Herrn von Halders Theorie», warf Wyndham mit loyalem Gekicher ein, «ist der Liebesakt wahrscheinlich nichts anderes als umfunktionierte Aggressivität und das männliche Glied eine Angriffswaffe.»

«Selbstverständlich», sagte Helen durchaus ernst. «Das ist doch gar kein Witz.»

Merkwürdigerweise löste diese Bemerkung einen längeren Heiterkeitsausbruch aus, an dem sich sogar Harriet und Halder beteiligten. Blood sah mit mitleidvollem Blick von einem zum andern. «Schuljungen bleiben eben Schuljungen», brummte er finster.

Harriet setzte ihre Beweisführung mit einer Attacke gegen eine andere modernistische Theorie fort, die Halder ins Spiel gebracht hatte: daß der Ursprung des Krieges in dem biologischen Drang gewisser Tierarten gefunden werden kann, um jeden Preis ihr kleines Wasser- oder Landrevier zu verteidigen. Das war, wie sie behauptete, eine völlig irreführende Analogie. Die Kriege der Menschen werden, mit wenigen Ausnahmen, nicht um das persönliche Eigentum von Grundbesitz geführt. Der Mann, der in den Krieg zieht, verläßt vielmehr seinen Besitz und seine Familie, die es angeblich zu schützen gilt, und knallt weit von Haus und Hof entfernt um sich; und er tut dies nicht aus biologischem Zwang zur Verteidigung seiner sogenannten eigenen Scholle, sondern — um es noch einmal zu sagen — aus Ergebenheit gegenüber den Symbolen und Traditionen seines Stammes, im Glauben an göttliche Gebote und heilige Verpflichtungen. Kriege werden nicht um Territorien geführt, sondern um Worte.

«Aha! Zuvor sprachen Sie von Fahnen, jetzt sind es nur noch Worte!»

«Fahnen sind optische Schlagworte. Nationalhymnen sind musikalische Schlagworte. Aber die tödliche Waffe des Menschen ist die Sprache. Er ist für Schlagworte und Symbole ebenso anfällig wie für ansteckende Krankheiten. Und wenn eine Epidemie auftritt, regiert die Massenpsychologie. Sie gehorcht ihren eigenen Gesetzen, die sich grundsätzlich von den Verhaltensnormen des einzelnen unterscheiden. Wenn sich ein Individuum mit einer Gruppe identifiziert, ist sein kritisches Vermögen vermindert, seine Erregbarkeit gesteigert durch eine Art emotioneller Resonanz. Das Individuum ist kein Killer, die Masse ist es, und indem sich der einzelne mit ihr identifiziert, wird er selbst zum Killer. Das ist die infernalische Dialektik, die sich aus der Geschichte der Menschheit ablesen läßt. Der Egoismus der Gruppe nährt sich vom Altruismus ihrer Mitglieder; die Brutalität der Masse nährt sich von der Hingabe ihrer Mitglieder. Der gefährlichste aller Irren ist ein irrer Heiliger, wie einer unserer Dichter gesagt hat . . .»

«Blake?» fragte Tony zaghaft, der bis jetzt mäuschenstill dagesessen hatte.

«Alexander Pope», brummte Blood. «Auch der hatte seine lichten Momente.»

«Um zum Schluß zu kommen, Herr Vorsitzender», sagte Harriet, «es scheint mir, daß das Unheilvolle unserer Geschichte hauptsächlich unserem unwiderstehlichen Drang anzulasten ist, sich mit einer Gruppe zu identifizieren, mit einer Nation, einer Kirche oder dergleichen und für deren Überzeugungen unkritisch und begeistert einzutreten. Wenn Dr. Valenti und seine Kollegen ein synthetisches Enzym entwickeln könnten, das den Menschen gegen seine Anfälligkeit für Schlagworte immun machte, wäre den Demagogen das Geschäft verdorben und die Schlacht um das Überleben der Menschheit schon halb gewonnen. Valenti und seine Freunde haben uns Drogen für die Hirnwäsche beschert, um willkürlich Halluzinationen und psychotische Zustände hervorzurufen. Nun sollten sie sich auf die umgekehrte Aufgabe konzentrieren und ein Mittel finden, das den Seemann gegen den verführerischen Gesang der Sirenen immunisiert und die Massen gegen das Gebell der Politiker. Und wenn sie es gefunden haben, sollte man es dem Leitungswasser beigeben, so wie das Chlor, das uns vor Typhus und was weiß ich sonst noch schützt. Ich sage das ganz im Ernst. Sollten die hohen Tiere wirklich unseren Rat hören wollen, würde ich ihnen genau das sagen. Alles andere ist Stuß.»

Schweißperlen standen jetzt auf Harriets gepuderter Stirn und auf ihrer Oberlippe. Sie hatte sich in eine Art verhaltene Wut hineingesteigert, die sogar Halders ironische Zwischenrufe verstummen ließ. Claire, die hinter ihr saß, beugte sich vor und klopfte Harriet auf die nackte, solide Schulter.

Nach einigen Sekunden des Schweigens hob Dr. Valenti seine sorgfältig manikürte Hand, aber Bruno kam ihm zuvor. Er hatte am Morgen seine Chance verpaßt, Halder fertigzumachen, aber Harriet war schließlich auch keine schlechte Zielscheibe. Er sei nicht ganz sicher, wandte er sich an den Vorsitzenden, ob Dr. Harriet Epsom tatsächlich im Ernst gesprochen habe oder — anders ausgedrückt — ob sie erwarte, daß man ihre Vorschläge ernsthafter Diskussion würdige.

«Was denn sonst!» zischte Harriet.

In diesem Fall, meinte Bruno, möchte er sich gestatten, seine hochgeschätzten Kollegen an seinen eigenen bescheidenen Beitrag zur Eröffnungsdiskussion zu erinnern, dessen Grundsätze noch an der Wandtafel zu erkennen seien, da sich offenbar niemand kompetent gefühlt habe, sie auszulöschen. Die senkrechte Trennungslinie, die er an die Tafel gemalt habe, um die Geistesspaltung der Versammlung zu symbolisieren, war immer noch da, und auch GESTEUERTE SCHIZOPHRENIE — KEINE VORWÜRFE sowie SUB SP. AET. — MORGEN?! waren noch zu lesen. Bruno klopfte auf jedes einzelne Wort mit einem Stück Kreide. Er bedaure, ja, es bekümmere ihn ganz persönlich, gestand er den Anwesenden, seine Warnung nochmals ins Gedächtnis rufen zu müssen, einem der beiden Irrtümer zu erliegen: *A.* selbstgefälliger Distanziertheit; *B.* Panik und Hysterie. Dr. Epsoms Appell an die pharmazeutische Industrie, die Probleme der Menschheit zu lösen, erschien Bruno als ein typisches Beispiel für *B.* — Aber während seine Lippen genüßlich das Verdammungsurteil auskosteten, wies seine rechte Hand auf die Worte KEINE VORWÜRFE. Beides in Rechnung ziehend, die mißliche Lage der Menschheit im allgemeinen, die von den beiden Rednern dieses Tages so eloquent, wenn auch etwas voreingenommen, umrissen worden sei und — seine Hand deutete wieder auf die Tafel — im besonderen die augenblicklichen Konflikte im Nahen, Mittleren und Fernen Osten mit der ihnen innewohnenden Eskalationsgefahr — diesbezüglich habe er übrigens vor einer Stunde vertrauliche Informationen erhalten ... Indem er also beides in Betracht ziehe, sowohl die Langzeitprobleme als auch die akute Krise, scheine es ihm mehr denn je vonnöten, einen kühlen Kopf zu bewahren und zu Stellungnahmen wie auch Empfehlungen — wenn es zu Empfehlungen kommen sollte — zu gelangen, die ein ausgewogenes Gleichgewicht bilden zwischen philosophischer Überlegung und energischem Handeln. Alles Handeln müsse jedoch davon ausgehen, daß den Maßnahmen, die die gegenseitige Verständigung zwischen den betroffenen Regierungen und Nationen gewährleisten, die unbedingte Priorität zukomme, nämlich den Maßnahmen für einen verbesserten Informationsfluß der nationalen und internationalen Institutionen, die für diese Zwecke da seien ...

«Informationsfluß, der durch zweckmäßige Feedback-Mechanismen reguliert wird ...» warf John D. John junior mit ernster Miene ein.

«Ganz richtig. Glücklicherweise verfügen wir über einige Feedback-Mechanismen in unserem Wahlsystem, in den verschiedenen Beratungsausschüssen, die der Regierung zur Seite stehen, und in internationalen Einrichtungen wie dem Weltsicherheitsrat und in jenen kulturellen Organisationen der Vereinten Nationen, die unter der Bezeichnung UNESCO bekannt sind ...»

Solowjew klopfte auf den Tisch. «Entschuldigen Sie, Bruno, aber Sie haben all das bereits in unserer Eröffnungsdiskussion gesagt, und Sie werden am Freitag nochmals Gelegenheit haben ...»

Bruno Kaletski erstarrte, noch immer die Kreide in der Hand. Er blickte bemitleidenswert zerknirscht drein — wie ein Wunderkind, das man mitten in seiner Darbietung unterbrochen hat. «Pardon, Niko», sagte er kleinlaut, «es reißt einen einfach mit sich fort.»

Das kam ihnen allen bekannt vor.

Solowjew blieb unbewegt. «Ich glaube, Dr. Valenti wollte noch etwas sagen.»

Valenti erhob sich mit einer schwungvoll eleganten Bewegung. «Was ich sagen wollte, ist, daß ich mit den wesentlichen Punkten von Dr. Epsoms Diagnose voll und ganz übereinstimme. Ich hoffe, Sie erlauben mir, Sie Freitag mit einem kleinen Experiment zu unterhalten, das die Ausführungen meiner verehrten Kollegin wohl noch bekräftigen wird.» Er setzte sich ebenso anmutig, wie er sich erhoben hatte.

Blood gab ein Grunzen von sich. «Ich weiß gar nicht, warum Sie so verdammt geheimnisvoll tun.»

Valenti lächelte ihn liebenswürdig an, sagte aber nichts.

Jetzt reckte Wyndham seine Patschhand. Auch er erklärte, daß er mit dem, was Harriet vorgebracht habe, in vieler Hinsicht übereinstimme. Er glaube ebenfalls, daß Aggressivität eine Streßreaktion sei und nicht ein angeborener Instinkt. Er sehe gleichfalls die Notwendigkeit, zwischen individuellem Verhalten, das unter normalen Bedingungen im großen und ganzen friedfertig sei, und Gruppenverhalten zu unterscheiden, das von Emotionen beherrscht werde und die Tendenz habe, in aggressiver Weise die Sitten, Traditionen, Sprache und Glaubenssätze der Gruppe hochzuhalten und die Sitten und Gebräuche aller anderen Gruppen mit leidenschaftlicher Verachtung abzulehnen. Dieses Paradox sei vielleicht der Hauptgrund dafür, daß die Menschheit aus ihrer Geschichte einen solchen Scheibenkleister gemacht hat. Aber wo soll man die Wurzeln dieses Widerspruchs suchen? Dr. Epsom habe als primäre Ursache die Beeinflußbarkeit des Menschen hervorgehoben, seine Bereitschaft, die Traditionen und Glaubenssätze der Gruppe kritiklos anzuerkennen und sich von ihnen hypnotisieren zu lassen. Zu diesem Punkt könne er, Wyndham, eine weitere Hypothese anbieten. Der menschliche Säugling habe eine längere Periode der

Hilflosigkeit und Abhängigkeit durchzumachen als das Junge irgendeiner anderen Spezies. Man könne daraus folgern, daß diese frühe Erfahrung totaler Abhängigkeit zumindest teilweise verantwortlich sei für die Neigung des Menschen, sich einer Autorität zu unterwerfen — ob sie nun von einzelnen oder von einer Gruppe ausgeübt wird —, und daß sie auch seine Anfälligkeit für Doktrinen und Symbole erkläre. «Die Gehirnwäsche beginnt in der Wiege», schloß Wyndham mit verlegenem Gekicher.

Überraschenderweise war Burch der gleichen Meinung. Es sei, meinte er seufzend, eine große Beruhigung für ihn, daß «der ausgezeichnete Pädiater», wie er Wyndham nannte, die Bedeutung früher Konditionierung anerkenne — und damit implicite auch die Grundsätze der Sozialtechnik, mit anderen Worten, die Voraussagbarkeit und Steuerbarkeit des menschlichen Verhaltens durch negative und positive Bekräftigungen. Aber er wurde von Halder unterbrochen, der plötzlich auf lateinisch dazwischenrief: *«Quis custodiet ipsos Custodes? Wer steuert Ihre Verhaltenssteuerer?»*

Burch, John D. John junior und Harriet antworteten aufgeregt alle auf einmal. Miss Carey schüttelte verzweifelt ihren grauen Dutt und spielte nervös an den Knöpfen des Tonbandgeräts herum. Solowjew klopfte mit seinem Feuerzeug auf den Tisch. Sein tiefer Baß übertönte die anderen Stimmen:

«Professor Burch scheint die beiden Diskussionsredner vor ihm mißverstanden zu haben. Harriet und Wyndham schlugen nicht vor, die frühe Konditionierung zu verbessern, sondern sie abzuschaffen. Ich würde so sagen: Die erste Suggestion, die der Hypnotiseur seinem Objekt aufzwingt, ist die, daß es für die Suggestionen des Hypnotiseurs empfänglich sei. Das Objekt wird also konditioniert, sich bereitwillig konditionieren zu lassen. Das hilflose Baby befindet sich in derselben Situation. Es wird zu einem willigen Empfänger von Glaubenssätzen gemacht. Das Glaubenssystem, das es dann schlucken muß, bleibt dem Zufall überlassen. Der Zufall der Geburt allein bestimmt die ethnische und religiöse Bindung des Neugeborenen. Ganz egal, auf welcher Zahl die Roulettkugel liegen bleibt, der Mensch muß für diese Nummer leben und sterben. *Dulce et decorum est pro patria mori* — süß und ehrenvoll ist es, für das Vaterland zu sterben, und zwar gleichgültig, in welchem Vaterland der Storch das Baby ablädt. Halder sagt, des Menschen Tragödie sei, daß er ein geborener Killer sei. Harriet meint, seine Tragödie sei, daß er nach Credos lechze, in deren Namen er töten darf und sich töten läßt in selbstloser Hingabe . . .»

«Ich bezweifle», platzte Tony errötend heraus, «daß das Wort ‹Hingabe› die häßliche Bedeutung haben kann, die Dr. Epsom ihm beilegt.»

«Anscheinend hätte ich mich mit Rücksicht auf jugendliche Zuhörer einfacher ausdrücken müssen», schnappte Harriet in Tonys Richtung. «Ich sprach natürlich von *irregeleiteter* Hingabe. Um aber auf die Frage Halders zurückzukommen, wer die Verhaltenssteuerer steuere: Wer entscheidet, wessen Hingabe richtig und wessen Hingabe falsch ist? Die irischen Katholiken oder die irischen Protestanten? Die Inder oder die Pakistani? Trotzkisten oder Stalinisten? Der demütig Gläubige ist der Vater des Fanatikers.»

«Sie meinen», überlegte Tony, «daß die Kriterien des logischen Urteils hier nicht anwendbar sind, weil Loyalität und Hingabe von Emotionen regiert werden und nicht von vernünftigen Argumenten?»

«Ich stelle mit Freude fest, daß der Groschen gefallen ist», antwortete Harriet.

Blood grunzte wie ein Rhinozeros. «Ich wittere Unrat», verkündete er. «Da wird ein ruchloses Komplott ausgebrütet, um ein neugeborenes Wesen gegen den Virus des Glaubens zu impfen. Werden Sie vielleicht noch weitere Vakzine gegen Patriotismus, Fetischismus, Maoismus und womöglich auch den Ästhetizismus brauchen?»

«Komödiant», sagte Harriet verächtlich.

«Ich würde eher denken», kicherte Wyndham, «daß gegen all das eine einzige Impfung genügt.»

«Und was kommt dabei heraus? Roboter ohne Glauben, Loyalität und Leidenschaft.»

«Im Gegenteil, Sir», versicherte Dr. Valenti dem erregten Blood. «Wonach wir emsig suchen, ist eine Methode, die schizophrene Kondition, die unsere beklagenswerte Geschichte widerspiegelt, zu eliminieren, oder, um es in Ihrer Terminologie auszudrücken, die getrennten und feindlichen Bereiche der Vernunft und Leidenschaft wieder zu versöhnen.»

«Sie machen mir Angst», knurrte Blood. «Beim heiligen Priapus, so ist es — obwohl ich zugeben muß, daß ich es leicht mit der Angst bekomme. Nehmen Sie das als eine persönliche Bemerkung oder als eine offizielle Erklärung im Namen der Humaniora, die hier zu vertreten ich die zweifelhafte Ehre habe. Wie dem auch sei, in einem Punkt wenigstens stimme ich mit unserer Dr. Epsom überein: ‹Kriege werden um Worte geführt.› Das war treffend gesagt. Da Worte mein Geschäft sind, bin ich mir bewußt, daß sie die tödlichsten Waffen des Menschen sind. Ich brauche Sie nicht an den Größenwahnsinnigen mit dem Chaplinbärtchen zu erinnern, der in dieser idyllischen Gegend geboren wurde — seine Worte waren mächtigere Vernichtungswerkzeuge als die Atombomben. Ich brauche wohl auch nicht an die Kettenreaktion zu erinnern, die die Worte eines gewissen Kaufmanns aus Mekka von Asien bis zum Atlantik auslösten. Das Wort ‹Allah› besteht aus drei Lauten und hat bis heute den gewaltsamen Tod von schätzungsweise dreißig Millionen Menschen verursacht. Wenn Sie eine Bestandsaufnahme über die Ursachen der menschlichen Misere machen, müssen Sie der Sprache zweifellos den allerersten Platz einräumen. Es ist das berauschende Gift, das unsere Spezies zerstört.»

«Dann müssen wir also die Sprache abschaffen», sagte

Halder und schlug sich voller Heiterkeit aufs Knie. «Diesen Vorschlag sollten wir unbedingt in unsere Botschaft an den Präsidenten der Vereinigten Staaten aufnehmen.»

«Aber diese Botschaft wurde ja schon vor langer Zeit übermittelt», sagte Tony. «‹Eure Rede sei: ja, ja; nein, nein. Was darüber ist, das ist vom Übel.› Matthäus fünf, Vers siebenunddreißig.» Er wurde blutrot, als habe er etwas Obszönes gesagt.

«Gut gebrüllt, Löwe», sagte Blood und sah Tony mit rosa Kaninchenaugen an.

«Tatsache ist», fiel Solowjew ein, «daß die Menschheit die Sprache schon vor langer Zeit aufgegeben hat — nämlich, wenn man unter Sprache ein universales Kommunikationsmittel für die gesamte Spezies versteht. Andere Lebewesen besitzen ein einziges Kommunikationssystem — Zeichen, Töne oder Gerüche, die von allen Artgenossen verstanden werden. Delphine gehen auf weite Reisen, aber wenn sie irgendwo im Ozean auf einen der ihren treffen, brauchen sie keinen Dolmetscher, um sich miteinander zu verständigen. Die Menschheit dagegen ist in dreitausend Sprachgruppen aufgespalten. Jede Sprache wirkt als bindende Kraft innerhalb der Gruppe und als abstoßende Kraft zwischen verschiedenen Gruppen. Marathi haßt Gujarati, das Wallonische haßt das Flämische; Engländer verachten die Aussprache der Amerikaner, und unser Freund Blood kann unseren Fachjargon nicht ausstehen . . .

Die Sprache scheint die wichtigste jener Einrichtungen zu sein, die im Laufe der Geschichte unserer Spezies die zersetzenden Kräfte immer wieder über die bindenden hat triumphieren lassen. Ja, man fragt sich, ob die Bezeichnung ‹Spezies› auf den *Homo sapiens* überhaupt anwendbar ist. Halder hat darauf hingewiesen, daß Tiere eine eingebaute Sperre gegen das Töten von Artgenossen besitzen; doch es mag eingewendet werden, daß die Griechen, die Barbaren töteten, die Mauren, die Christenhunde abschlachteten, und die Nazis, die sogenannte Untermenschen liquidierten, ihre Opfer nicht als Angehörige ihrer eigenen Spezies betrachteten. Der Mensch entfaltet viel mehr Unterschiede in der äußeren Erscheinung und im Verhalten als irgendeine andere Kreatur — ausgenommen die Produkte künstlicher Züchtung —, und die Sprache, statt die Unterschiede zu überbrücken, errichtet nur noch weitere Barrieren. Es ist bezeichnend, daß in einem Zeitalter, da Nachrichtensatelliten es ermöglichen, eine Meldung auf dem ganzen Planeten zur gleichen Zeit zu verbreiten, keine Sprache existiert, die weltweit verstanden werden kann. Und noch paradoxer ist, daß die verschiedenen internationalen Institutionen, die Professor Kaletski erwähnte, niemals bemerkt haben, daß der einfachste Weg zur Völkerverständigung darin bestehen würde, eine Sprache zu schaffen, die von allen Völkern verstanden wird . . .»

Kaletskis rechte Hand schoß in die Luft. «Wenn ich Sie unterbrechen darf, Herr Vorsitzender . . . Wir haben einen Unterausschuß . . .»

«Ja, ja, Sie haben einen Unterausschuß», brauste Solowjew auf, «zum Studium der Möglichkeiten eines verbesserten Esperanto, der vor achtzehn Monaten das letztemal tagte und sich nicht darüber einigen konnte, ob die Verhandlungen in Englisch oder Französisch geführt werden sollten.»

«Dann sind Sie besser informiert als ich», antwortete Kaletski beleidigt. «Ich versichere Ihnen, daß ich über diesen Sachverhalt an zuständiger Stelle Erkundigungen einziehen werde.»

«Viel Glück», sagte Niko.

Blood brachte, wie erwartet, den Einwand vor, daß er keine Lust habe, Verlaine in Esperanto zu lesen; Solowjew beruhigte ihn, daß dies niemand von ihm verlangen werde, und wies als Präzedenzfall auf die friedliche Koexistenz zwischen den Volkssprachen und dem Lateinischen als eine *lingua franca* im Europa des Mittelalters hin.

«Falls tatsächlich eine Botschaft von dieser Konferenz in

die Welt hinausgehen sollte», fuhr Solowjew fort, «so müßte darin gefordert werden, daß dieser Frage auf der Liste der internationalen Probleme ein bevorzugter Platz eingeräumt wird. Selbst die Begriffsstutzigsten in den Vereinten Nationen sollten einsehen, daß eine Weltgemeinschaft auch eine gemeinsame Sprache braucht.»

Und damit endete die Diskussion.

4

«Heute nachmittag ging es etwas besser?» schrieb Claire. «Zumindest nimmt Niko wieder aktiven Anteil an den Dingen, obwohl schwer zu sagen ist, inwieweit er und die anderen das ganze Unternehmen ernst nehmen. Manchmal taucht in der Diskussion ein Bröckchen Vernünftiges auf, kleine Bausteine des Puzzlespiels, das zeigen soll, was uns fehlt, aber viel kommt nicht zusammen, oder ich bin zu blöd? Oder leidet der Patient an so vielen verschiedenen Krankheiten, wie es Ärzte gibt? Niko sprach über die Notwendigkeit einer Sprache, die von allen Nationen verstanden wird, dabei haben wir nicht einmal eine Sprache, in der sich die Fachleute verschiedener Gebiete miteinander verständigen können.

Die neuesten Meldungen aus Asien sind bedrohlich. Wir stehen wieder einmal nahe am Abgrund. Ein kleiner Trost: Die Touristen packen ihre Koffer, und die Berge sind nicht mehr so überlaufen. Man muß an allen Dingen immer das Positive sehen — typisch für Deine treue Claire . . .»

Sie erwähnte in ihren Briefen nie den jungen Grischa, die Sorge, die Niko und sie ständig verfolgte — wie ein Schmerz, den man manchmal vergißt, der aber immer da ist. Sie vermieden es für gewöhnlich, darüber zu sprechen.

Donnerstag

Professor Burchs Referat an diesem Morgen war ein Fiasko. Niko mochte das zwar gehofft haben, aber jetzt bedauerte er doch, daß er ihn überhaupt eingeladen hatte. Immerhin hatte Burch einen der begehrtesten Lehrstühle der USA inne, seine Fachbücher waren Pflichtlektüre der Studenten, und die psychologische Richtung, die er repräsentierte, hatte sich kürzlich bei einer Umfrage unter amerikanischen Studenten als die bei weitem populärste erwiesen.

Sein Thema lautete «Die Technologie des Verhaltens», und die meiste Zeit nahm die Vorführung von Diapositiven in Anspruch. Man sah Ratten, die gelernt hatten, einen Hebel herunterzudrücken, um ein Nahrungskügelchen zu erhalten, und Tauben, die darauf trainiert worden waren, herumstolzierend die Form einer Acht zu beschreiben. Die Belohnung nannte man eine positive Bekräftigung, das Verweigern der Belohnung eine negative Bekräftigung. Die Reaktionsquote der Tiere wurde von einem elektronischen Gerät registriert, und die ganze Prozedur nannte sich «operante Konditionierung». Bei der ersten Erwähnung dieses Ausdrucks gähnte Blood wie ein Löwe, so daß Niko sanft auf den Tisch klopfte. In den letzten drei Minuten seiner Ausführungen behauptete Burch, ohne dies näher zu begründen, daß die Methode, die er vorgeführt habe, mit geringfügigen technischen Modifikationen auf die Steuerung menschlichen Verhaltens übertragbar sei — das den gleichen elementaren Gesetzen gehorche wie das der Tauben und Ratten. Alles, was die Technologie des Verhaltens brauche, um die Probleme der Menschheit zu lösen, seien wissenschaftlich gesteuerte Programme von positiven und negativen Bekräftigungen.

Weiterhin über Gut und Böse, Freiheit und Würde zu debattieren sei völlig überflüssig. Sollte eine Botschaft an das Weiße Haus gesandt werden, so müsse darin nachdrücklich empfohlen werden, daß die Lernmaschinen Professor Skinners, des Begründers der Verhaltenstechnik, international in den Schulen eingeführt und ihre Programme in einer internationalen Sprache verbreitet werden müßten, wie es Professor Solowjew befürworte.

Nachdem Burch geendet hatte, hörte man wieder einmal nur ein einsames Händeklatschen: das von John D. John junior. Blood, der auf seinem Stuhl zusammengesunken war, sagte mit schläfriger Stimme:

«Als ich noch ein kleiner Student war und sehr gefragt, studierte ich so ins Blaue hinein und besuchte auch Vorlesungen in Biologie. Damals war es Mode, die Studenten vor der Ketzerei des Anthropomorphismus zu warnen, also davor, Tieren menschliches Denken und Empfinden zuzuschreiben. Heute predigt Burch uns die entgegengesetzte Ketzerei: Wir sollen dem Menschen keine Gedanken und Gefühle zubilligen, die nicht nachweislich auch Ratten haben. Wie mein Lieblingsschriftsteller an irgendeiner Stelle gesagt hat: Die Koryphäen von Professor Burchs Schule haben die anthropomorphe Erforschung der Ratten durch eine rattomorphe Erforschung des Menschen ersetzt. Es erstaunt mich, daß denen kein Rattenschwanz wächst.»

«Die schroffe Art von Dr. Blood», entgegnete Burch mit löblicher Zurückhaltung, «zeigt deutlich, daß er in jungen Jahren einem Programm negativer Bekräftigungen ausgesetzt war.»

«Aber ich mochte die Rute und verabscheute Belohnungen», sagte Blood. «Was sagen Sie jetzt?»

«Die menschliche Natur ist unergründlich», kicherte Wyndham. Burch zuckte wortlos die Achseln, und damit war zur Erleichterung aller die Diskussion beendet.

2

Während der Mittagspause gab die frisch installierte Sirene Probealarm. Den Schneedorfern schien nicht so recht einzuleuchten, wozu das Ding gut sein sollte, denn sie glaubten nicht, daß irgend jemand daran interessiert sein konnte, ihr Dorf zu bombardieren — ausgenommen die Bewohner des Wintersportplatzes auf der anderen Seite des Tales, die den Schneedorfern Konkurrenz machten und einen ganz anderen, scheußlichen Dialekt sprachen, glücklicherweise jedoch keine Bomben besaßen. Außerdem hatte Schneedorf ja seine mächtig tönenden Kirchenglocken, deren Ruf, wenn es zum Beispiel irgendwo brannte, auch noch im entferntesten Einödhof gehört wurde. Und jedes Gehöft hatte seinen eigenen malerischen Glockenturm, der wieder in Betrieb genommen werden konnte, falls die Kirchenglocken allesamt kaputt sein sollten. Doch die Regierung in ihrer unerforschlichen Weisheit hatte angeordnet, daß jede Gemeinde mit einer Alarmsirene ausgestattet werden mußte, und da war sie nun: auf dem Dach des Spritzenhauses installiert, auf Kosten des Steuerzahlers. Wie dem auch sei: es war ein außergewöhnlicher Anlaß. Die Mitglieder der freiwilligen Feuerwehr waren in ihren schmucken Uniformen angetreten, und der Herr Pfarrer, der Bürgermeister, der Kongreßhaus-Gustav und die übrige Prominenz hatten sich eingefunden. Bürgermeister war der Dorfschmied, ein sturer Riese; da er aber der letzte Vertreter seiner Zunft im ganzen Landkreis war, hatte man ihn, als Touristenattraktion, in dieses Amt gewählt.

Das Geheul der Sirene durchschnitt die Höhenluft, und die kleine Festversammlung auf dem Dorfplatz hörte mit gemischten Gefühlen zu. Als es vorbei war, plärrte der Lautsprecher des Hotels zur Post zum Abschied einer Busladung voll Touristen einen schmalzigen Schlager mit dem Refrain «Auf Wiedersehen». Der letzte Schwung Urlauber der Saison war abgereist. Plötzlich lag der Platz ganz einsam da.

Die Schneedorfer, an die Masse der verachteten Fremden gewöhnt, die den Markt sonst um diese Zeit füllten, kamen
sich verlassen vor und fanden das gar nicht schön.

Niko und Claire machten einen kleinen Spaziergang und
schauten bei Gustav rein, um nach den neuesten Radiomel-
dungen zu fragen. «Sehr schlechte Nachrichten», sagte Gustav ausgesprochen fröhlich. «Die Saison ist kaputt.» In seiner privilegierten Position konnte er es sich leisten, mit Verachtung auf die Zimmervermieter herabzuschauen. «Und in
Asien?» fragte Claire.

Gustav zuckte die Achseln. «Auch sehr schlechte Aussich-
ten. Da schießen sie überall.»

Die Solowjews setzten sich an einen Tisch auf der leeren
Terrasse des Hotels zur Post, bestellten eine Flasche Wein
und zwei Paar Würstchen. Der Senf glänzte in der Mittags-
sonne wie flüssiges Gold. Es war das erste Mal, daß sie die
gemeinsame Mahlzeit im Kongreßhaus schwänzten.

«Ich will gar nicht erst versuchen, dich aufzuheitern», sagte Claire. «Das war ein schreckliches Desaster heute morgen.»

«Das Symposium ist ‹kaputt›», sagte Niko tonlos.

«Wir haben noch Tony und Valenti vor uns», sagte
Claire. «Und dann die allgemeine Diskussion.»

«Das wird auch nichts weiter sein als das übliche Blindekuhspiel. Mich überrascht nur, daß es mir ziemlich wurscht
ist.»

«Dafür bin ich immer gewesen.» Claire erhob ihr Glas:
«Auf Mister Burchs Ratten!»

Plötzlich fühlten sie sich wie im Urlaub. Die Einheimischen hätten das Galgenhumor genannt.

Tonys Vortrag war ebenfalls enttäuschend. Seine Naivität, gepaart mit Impertinenz, mochten Harriet und Blood entzücken; die meisten anderen waren weniger begeistert.

Noch bevor er zu sprechen begann, bat Burch ums Wort und um Auskunft darüber, was es mit Tonys Orden — von dem Burch gestand, noch nie gehört zu haben — «auf sich habe».

Tony stand gern zu Diensten. Der Orden der Kopertiner, erklärte er, habe seinen Namen vom heiligen Joseph von Copertino, einem recht eigenwilligen frommen Mann, der im siebzehnten Jahrhundert lebte und erstaunliche Leistungen der Levitation hervorbrachte, und zwar etwa zur gleichen Zeit, als Isaac Newton die Gesetze der universalen Schwerkraft formulierte. Als der Antrag zur Kanonisierung jenes Joseph aus Copertino von der Ritenkongregation verhandelt wurde, spielte den Advocatus diaboli kein Geringerer als Kardinal Lambertini, der spätere Papst Benedikt XIV., bekannt als der «Papst der Gelehrten». Lambertini, ein notorischer Skeptiker, was alle Arten von Wunder betraf, lauschte den Berichten über Copertinos fliegerische Fähigkeiten mit berechtigtem Mißtrauen. Doch die Aussagen der Augenzeugen müssen ihn schließlich wohl überzeugt haben, denn es war Lambertini selbst, der dann als Papst die Seligsprechung verkündete. Zu den zahlreichen Augenzeugen gehörten übrigens auch der spanische Botschafter beim Heiligen Stuhl und seine Gattin. Als sie einst durch Assisi kamen, wo Copertino lebte, äußerten sie den Wunsch, ihn kennenzulernen, und der Bruder Torhüter sandte einen Novizen zu Josephs Zelle. Kaum aber hatte der Gerufene die Kirche betreten, in der sich die illustren Gäste versammelt hatten, als sein Blick sich auf die Statue der Heiligen Jungfrau richtete, die in einer Nische hoch über dem Altar stand, und er «mit einem Mal ein Dutzend Ellen über die Häupter der Anwesenden sich erhob, um zu Füßen der Mutter Gottes zu verweilen. Nachdem er dort ein kurzes Gebet verrichtet und den ihm eigentümlichen schrillen Schrei ausgestoßen, flog er geradewegs zurück in seine Zelle und ließ seine Exzellenz den Botschafter, dessen Gemahlin und beider Gefolge in sprachlosem Erstaunen zurück.»

«Und das», kommentierte Tony, «ist eher noch eine untertriebene Darstellung dessen, was sich begeben hatte.»

«Glauben Sie etwa an solchen Unsinn?» krächzte Burch.

«Ich habe die Aussagen der Augenzeugen wiedergegeben, ohne daraus Schlüsse zu ziehen — dazu sind wir gehalten», antwortete Tony mit unschuldiger Miene.

Was die Tätigkeit des Ordens betrifft, so könne er sie nur mit traditionellen Begriffen beschreiben: Man widme sich der Kontemplation, bediene sich indessen auch durchaus wissenschaftlicher Methoden und elektronischer Einrichtungen. Dies setze die Brüder instand, Direktverbindung zu jenen tieferen Schichten der Psyche aufzunehmen, die auf andere Weise nicht so leicht erreichbar sind — «es sei denn», räumte Tony verbindlich lächelnd ein, «man wäre bereit, zehn Jahre in einem Zen-Kloster oder in einer Höhle des Himalaja zu verbringen.» Es sei allgemein bekannt, fuhr er fort, daß das Bewußtsein nur wenig Kontrolle über die Affekte habe und keine Ahnung von der Tätigkeit seines eigenen Nervensystems. Vor etlichen Jahrzehnten stellte eine ziemlich primitive und unzuverlässige Erfindung, gewöhnlich Lügendetektor genannt, einen ersten Schritt zu einer solchen Bewußtwerdung dar. Er zeichnete feine Veränderungen in der elektrischen Aktivität der Haut auf, hervorgerufen durch emotionale Reaktionen, zum Beispiel Wut, Angst und Erregung, auf gewisse Worte oder Situationen — flüchtige Reaktionen, deren sich das Subjekt selbst gar nicht bewußt war. Gegen Ende der sechziger Jahre wurden neue, empfindlichere Apparate entwickelt, die es dem Benutzer ermöglichten, als sein eigener Inquisitor zu fungieren und seine Selbsttäuschungen zu entlarven. Diese handlichen kleinen Geräte zeigten die Veränderung des elektrischen Hautwiderstandes durch die Veränderung der Tonstufe eines Klangzeichens an, das ein Lautsprecher übertrug. Diese Töne vermittelten der Versuchsperson intime Informationen über die Aktivität ihres autonomen Nervensystems und über die Spannungen und Ängste in den Untergründen ihrer Psyche. Dieses Feedback-System von Informationen, das den Menschen in die Lage versetzte, Vorgänge in seinem Unterbewußtsein unmittelbar zu erkennen, ermöglichte ihm gleichzeitig, diese bis zu einem gewissen Grad unter willensmäßige Kontrolle zu bringen. Er konnte in kurzer Zeit lernen, seinen Blutdruck zu verringern, seinen Pulsschlag, ja sogar seine innere Sekretion zu verändern und sich in den Zustand der Kontemplation zu versetzen ...

«Was immer das auch heißen mag», warf Burch ein.

«Es bedeutet», sagte John D. John junior, durch die Erwähnung des Terminus «Feedback» versöhnlich gestimmt, «daß Mystisches kybernetisch erfaßt werden kann.»

«Ich wollte nicht von Mystischem sprechen — jedenfalls noch nicht an dieser Stelle», wandte Tony ein. «Dies ist erst ein Anfang, aber er zeigt, daß das Bewußtsein eines Tages vielleicht vollkommene Kontrolle über jene Maschine gewinnen kann, die sein Körper darstellt.»

«Kommen wir zum nächsten Schritt», sagte Harriet, «möglichst ohne kartesianische Spekulationen.»

«Den nächsten Schritt kennen Sie schon», sagte Tony, «aber vielleicht haben Sie die Sache nur als Spielzeug betrachtet, während wir sie für unsere abwegigen Zwecke benutzten. Der nächste Schritt war nämlich die Kontrolle unserer eigenen Hirnströme. Die neuen Apparate, die zu Beginn der siebziger Jahre auf den Markt kamen, machen es dem Menschen möglich, sich der Alphawellen, die das Gehirn aussendet, bewußt zu werden. Unter den verschiedenen Arten von Hirnströmen zeigen die langsamen Alpharhythmen, die eine Frequenz von etwa zehn Schwingungen pro Sekunde haben, wie man seit langem weiß, den Zustand geistiger Ruhe an. Wenn eine Person angespannte geistige Arbeit leistet, zum Beispiel beim Lösen von mathematischen Aufgaben, wird der Alpharhythmus von schnellen, unregelmäßigen Wellen abgelöst; ist die Aufgabe gelöst, setzt wieder der Alpharhythmus ein. Yogis, Jüngern des Zen und anderen Meistern der Kontemplation ist es gelungen, einen wesentlich höheren Durchschnitt an Alphawellen zu erzeugen. Die neuen Geräte arbeiteten nach dem Prinzip des Elektroenzephalographen mit einer Zusatzvorrichtung: Sie sind speziell auf Alphawellen abgestimmt, die über den Lautsprecher als eine Folge von Piep-piep-piep-Tönen hörbar werden. Mit einigen Stunden Training kann man lernen, seine Alpha-Aktivität zu steigern . . .»

«. . . und sich in den Zustand der Kontemplation zu versetzen?» fragte Burch sarkastisch.

«Und sich in den Zustand der Kontemplation zu versetzen», wiederholte Tony.

«Wieso kann man nicht gleich LSD schlucken, ohne den ganzen technischen Kram?»

«Weil wir in die entgegengesetzte Richtung zielen. Wir sind nicht an ‹Trips› interessiert.»

«An was denn sonst?»

«An den Quellen des Nils», antwortete Tony liebenswürdig.

Blood lachte: «Gut gebrüllt, Löwe!»

«Rätsel sind was für Kinder», brummte Burch. «Wann kommen wir endlich zu den Levitationen?»

«Bis jetzt sind wir erst in Omdurman», sagte Tony. «Eine Art Pseudo-Levitation wurde Ende der sechziger Jahre von Dr. Valentis Kollegen, Grey Walter in Bristol, demonstriert. Am Schädel eines jungen Studenten werden zwei Elektroden befestigt. Vor ihm steht ein Fernsehgerät. Wenn er einen Knopf drückt, erscheint auf dem Bildschirm eine aufregende

Szene. Bevor er aber auf den Knopf drückt, sendet sein Gehirn die charakteristischen ‹Bereitschaftswellen› aus, Wellen mit einer elektrischen Aktivität von einigen zwanzig Mikrovolt. Die Elektroden übertragen diese Wellen auf einen Verstärker, der einen Strom aktiviert, welcher wiederum das Fernsehbild einschaltet — und zwar Bruchteile einer Sekunde, *bevor* der Student den Knopf drückt. Bald bemerkt er, daß es gar nicht notwendig ist, den Knopf überhaupt zu drücken. Es genügt, daß er das Bild sehen *will*, um es erscheinen zu lassen. Dann lernt er, das Bild durch einen zweiten Willensakt wieder verschwinden zu lassen . . . Ich denke, das bringt uns einen Schritt näher zu den Quellen des Nils. Grey Walter berichtet, zwei von seinen erwachsenen Versuchspersonen hätten bei der Entdeckung, daß sie allein durch die Kraft ihrer Gedanken und ihres Willens die Bilder auf dem Bildschirm hervorbringen konnten, vor Aufregung ihre Hosen naß gemacht . . .»

Von Halder fuhr sich zum Zeichen des Protests energisch durch die Mähne, dann hob er die Hand. «Und wo ist das Magische? Die Elektroden sind an den Stromkreis angeschlossen — und alles weitere geschieht mechanisch.»

«Genau», sagte Niko. «Bis auf den Willensakt, der die ‹Bereitschaftswelle› hervorbringt. Von da an geschieht alles mechanisch. Davor aber nicht.»

«Sie sehen, worauf ich hinaus will», sagte Tony. «Das Experiment ist eine Art Metapher — ein Gleichnis. Die Leitungsdrähte vertreten die Nerven, der Schalter vertritt die Muskeln, die beim normalen Ablauf einer Handlung den Willensakt durchführen. Doch beim normalen Ablauf der Handlung nehmen wir es als selbstverständlich hin, daß der Wille die Nerven und Muskeln aktivieren kann, und daher sind wir uns des Magischen an diesem Vorgang nicht bewußt. Grey Walters mechanisierte Metapher bringt es schockartig in das Bewußtsein. Kein Wunder, daß die Versuchspersonen die Hosen naß machten. Sie sahen sich plötzlich mit dem nackten Mysterium konfrontiert — mit der Macht des Geistes über die Materie.»

«Mich wird das erst beeindrucken», meinte von Halder, «wenn Sie diesen Fernsehapparat ohne Elektroden und Drähte am Schädel in Gang setzen können.»

«So etwas Ähnliches ist in der Tat der nächste Schritt in unserem kleinen Versuchsspiel», sagte Tony. «Ich hätte gleich sagen müssen, daß wir Kontemplation keineswegs als Selbstzweck betrachten. Vielmehr sehen wir den Zustand für unseren eigentlichen Zweck an, die Macht der Psyche an ihrer Quelle anzuzapfen. Wir begannen an dem Punkt, wo unserer Meinung nach Professor Rhine und die Pioniere der Parapsychologie vom Weg abkamen. Sie setzten ihren Ehrgeiz darein, zu beweisen, wie modern ihre statistischen Methoden waren, und blieben in trister Pedanterie stecken. Tausende von Stunden verbrachten sie mit streng kontrollierten Kartenrate- und Würfel-Experimenten — ein Wunder, daß sie dabei nicht vor Langeweile gestorben sind. Immerhin, die Antizufallswahrscheinlichkeit, die sie erreichten, war astronomisch, und die statistischen Ergebnisse erwiesen schlüssig, daß Telepathie und Psychokinese Tatsachen sind, ob uns das paßt oder nicht.»

Burch zuckte pathetisch die Schultern; von Halder warf die Arme in die Luft, als wolle er den Himmel anflehen. Aber Solowjew intervenierte, bevor sich der Sturm über Tonys Haupt entladen konnte.

«Ich habe diese Statistiken gesehen», sagte er ruhig, «und kann bestätigen, daß sie Beweiskraft zu haben scheinen. Es würde mich nicht stören, daß sie den sogenannten Naturgesetzen, wie wir sie kennen, widersprechen. Das tun Relativitätstheorie und Quantentheorie schließlich auch — sie widersprechen den Naturgesetzen, wie Newton sie formuliert hat. Aber ich stoße mich daran, daß diese Phänomene, wenn auch unleugbar echt, so verdammt kapriziös und unvorhersagbar sind.»

«Hört, hört!» rief von Halder.

«Ein Experiment», sagte Burch, «das nicht jederzeit wiederholbar ist, ist kein wissenschaftliches Experiment.»

«Aber Professor», sagte Tony errötend, «wenn man Sie darum bitten würde, einer schönen Schneedorferin mitten auf dem Dorfplatz und vor der versammelten Feuerwehrbrigade beizuschlafen — meinen Sie nicht, daß dieses Experiment zum Mißlingen verurteilt wäre?»

«Das soll wohl witzig sein», meinte Burch, während man ringsherum das Kichern unterdrückte.

«Ich versuche nur, auf Professor Solowjews Einwand zu antworten. Der Psi-Faktor — oder der sechste Sinn, wie man ihn gewöhnlich zu nennen pflegt — muß seine Wurzel in den tiefsten Gründen der Psyche haben, jenseits der willensmäßigen Kontrolle — wie auch der Sex. Darüber waren sich sogar Freud und C. G. Jung einig. Das Problem ist, wie man zu diesem Wurzelgrund hingelangt. Und da kann der Alphawellen-Apparat, der eine Entspannung des Bewußtseins hervorruft, eine nützliche Rolle spielen.»

«Und wie weit sind Sie an die Wurzeln herangekommen?» fragte Wyndham.

«Wir haben schon einige hinlänglich überzeugende Ergebnisse erzielt», sagte Tony mit unschuldigem Lächeln.

«Überzeugend für was?» wollte Harriet wissen.

«Demonstrieren Sie doch mal Ihre Telepathie», verlangte Burch. «Lesen Sie meine Gedanken!»

«Das ist einfach: ‹Mumpitz!›» sagte Tony.

Es gab einige Heiterkeit.

«Mit Demonstrationen ist es eine verflixte Sache», fuhr Tony fort. «Werner Heisenbergs physikalischer Wudu, die Unbestimmtheitsrelation, läßt sich auch auf unser Gebiet anwenden: Der Beobachter steht in Wechselbeziehung zu dem beobachteten Phänomen, und dadurch wird die ganze Situation unscharf. Wir haben einen lieben alten Bruder in unserem Kloster, Jonas heißt er, der, wenn er in der richtigen

Stimmung ist und die Alphawellen im richtigen Rhythmus schwingen, mit ziemlicher Unfehlbarkeit vorhersagen kann, auf welcher Nummer die Roulettkugel liegen bleiben wird. Vielleicht bewirkt er sogar, daß sie auf der vorhergesagten Nummer zum Stillstand kommt. Er weiß es nicht, und er denkt auch nicht darüber nach. In Monte Carlo würde er aber sicherlich versagen. Es ist das gleiche wie mit der Feuerwehrbrigade.»

«Verzeihen Sie», sagte Wyndham, «aber wenn Sie nicht imstande sind, die Ergebnisse ihrer Experimente zu demonstrieren, können Sie nicht erwarten, Ihre Zuhörer zu überzeugen.»

«Das ist leider so, und wir erwarten auch nicht, daß sie überzeugt sind — *noch* nicht. Zur Zeit betreiben wir nur Spiele, wie der Gaukler von Notre-Dame, der seine Tricks in der leeren Kathedrale vorführte, um die Heilige Jungfrau auf dem Altar zum Lächeln zu bringen.»

«Tatsache ist», sagte Niko langsam, «daß ich einige Experimente von Tonys Freunden gesehen habe — sowohl telepathische als auch psychokinetische —, und ich glaube, daß sie einiges bewiesen haben. Diesen Glauben teilen selbst ein paar meiner — sowie Dr. Valentis — skeptischen Kollegen. Es ist verständlich, daß Tonys Orden an vorzeitiger Veröffentlichung dieser Resultate nicht gelegen ist. Im übrigen fürchten sie natürlich auch Einmischung von militärischer Seite. Sie müssen wissen, daß sowohl die NASA als auch die Sowjetische Akademie der Wissenschaften in dieser Richtung höchst aktiv arbeiten. Und die wissen, was sie tun!»

«Das alles zeigt nur —» meinte Burch.

«Zeigt was?» fragte Blood.

«— die Macht des Aberglaubens.»

«Der monumentalste Aberglauben unseres Jahrhunderts», entgegnete Blood akzentuiert, «ist jene Wissenschaft, die den Menschen als sabbernden Pawlowschen Hund oder übergroße Skinner-Ratte betrachtet oder als einen Automaten, der durch seinen genetischen Code programmiert ist. Ihre Wissenschaft ist eine methodische Form von Paranoia.»

«Und was ist Ihre Alternative?» schrie von Halder. «Astrologie, transzendentale Meditation, Hippie-Trips, Hasch und Mischmasch?!»

«Ich habe ja versucht, zu erklären», sagte Tony, «daß wir uns einem harten Training unterziehen müssen, um uns gegen Leichtgläubigkeit und die gegenwärtige Abart der *nostalgie de la boue* — dem Schwelgen in schlüpfrigem Mystizismus — zu schützen. Nicht der Nebel zieht uns an, sondern das Licht. Indem wir uns zum Licht vorantasten, erkennen wir erst, wie tief die Finsternis um uns herum ist. Wir sind bemüht, uns zunutze zu machen, was die Wissenschaft bieten kann, um einen Schimmer von jener Wirklichkeit zu erlangen, die jenseits der Wissenschaft liegt. Die größten Wissenschaftler von Pythagoras bis Einstein sind sich immer der Tatsache bewußt gewesen — ja, haben sie sogar als eine Binsenwahrheit betrachtet —, daß unser Forschungsdrang nur einen begrenzten Radius der Wirklichkeit erhellen kann und den größten Teil im Dunkeln beläßt — so wie das menschliche Auge nur einen kleinen Bruchteil des Strahlenspektrums wahrnimmt, das uns umgibt und durchdringt . . .»

An diesem Punkt kam Tony so richtig in Fahrt. Er verglich den Spott, der die Pioniere der Parapsychologie traf, mit dem Hohngelächter, das in der Geschichte der Wissenschaften immer dann erscholl, wenn ein Ketzer zu neuen Ufern vorzustoßen versuchte. Sie hörten sich seinen herausfordernden Sermon nur deshalb weiter an, weil er überraschend gut beschlagen in der Wissenschaftsgeschichte war, von der die meisten Wissenschaftler nur nebulose Vorstellungen haben. Er betonte, daß im Gegensatz zum Volksglauben der Domherr Kopernikus zu seinen Lebzeiten ein Liebling des Klerus gewesen sei und nur seine akademischen Kollegen zu fürchten hatte; daß Galilei ein enger Freund Papst Urbans VIII. war — bis er sich in theologische Fragen einmischte —, aber vom wissenschaftlichen Establishment seiner Zeit verfolgt und denunziert wurde; und daß schließlich Keplers Hypothese, daß die Gezeiten von der Anziehungskraft des Mondes hervorgerufen würden, sogar von besagtem Galilei als eine Ausgeburt okkulter Phantasterei angeprangert wurde. Und so ging es weiter mit Harvey, Pasteur, Max Planck und Einstein ...

«Ja, ja, schon gut», unterbrach ihn Halder. «Alle Genies und Pioniere hatten zunächst eine harte Zeit. Aber auf ein echtes Genie kommen nun einmal eine Million Wirrköpfe.»

«Gewiß», sagte Tony. «Aber leider kann erst die Nachwelt feststellen, ob der arme Hund ein Genie oder ein Verrückter war.»

«Und manchmal war er beides», kicherte Wyndham. «Sogar unser lieber Nikolai, mit allem schuldigen Respekt gesagt, scheint heute den Eindruck zu erwecken ...»

«Ihr lieber Nikolai», unterbrach ihn Solowjew, ohne zu lächeln, «ist kein Galilei, aber er weiß zumindest etwas von der modernen Physik ... Und sogar ein Student im ersten Semester kann Ihnen sagen, daß die Devise der modernen Physiker lautet — ich zitiere Niels Bohr: ‹Je verrückter, desto besser.› Ich gebe zu, daß die Experimente, von denen Tony berichtet, einem die Haare zu Berge stehen lassen können. Aber sie klingen schon ein bißchen weniger absurd im Lichte der ebenso abenteuerlichen Lehren der subatomaren Physik. Ich möchte Sie nochmals daran erinnern, daß wir heute nicht mehr mit der Wimper zucken, wenn wir hören, daß ein Elektron an zwei Stellen auf einmal sein kann, daß es sich eine Weile in der Zeit rückwärtszubewegen vermag, daß der Raum Löcher hat, daß Masse negativ sein kann und daß die Materie des Materialisten letzten Endes aus Schwingungen besteht, die von nichtexistenten Saiten ausgehen. Ich bin manchmal versucht, Eddingtons Epigramm, daß der Stoff der Welt Geistesstoff ist, für bare Münze zu nehmen; oder auch James Jeans Aperçu, daß das Weltall mehr einem

Gedanken als einer Maschine gleiche. Warum reagiert Ihr Haar also anders, wenn Sie Tony zuhören, als wenn Sie mir zuhören?»

«An Ihnen ist ein Dichter verlorengegangen», sagte Blood.

«Verzeihen Sie meine Begriffsstutzigkeit», kicherte Wyndham, «aber selbst wenn Sie mich überzeugen würden, daß diese höchst merkwürdigen Phänomene echt sind, so kann ich doch absolut nicht einsehen, inwieweit sie für das Thema ‹Methoden des Überlebens› oder für die Botschaft, die von diesem Symposium ausgehen soll, relevant sein könnten.»

Tony sah Niko fragend an, der nur mit seinen massigen Schultern zuckte. Also mußte er selbst weitermachen. «Ich muß Ihnen eine präzise Antwort auf Ihre präzise Frage vorerst noch schuldig bleiben», sagte er. «Auch wenn es uns gelingen sollte — was wir sehr hoffen —, diese Phänomene zu stabilisieren und sie bewußt zu steuern, würden die Auswirkungen eines solchen Durchbruchs dennoch ganz unvorhersehbar sein. Statt einer Antwort kann ich Ihnen nur eine Analogie anbieten. Die alten Griechen wußten, daß, wenn sie ein Stück Elektron — das heißt Bernstein — an einem Seidenstoff rieben, es die seltsame Eigenschaft annahm, kleine Objekte anzuziehen. Sie betrachteten dies als eine bizarre Erscheinung, die sich nicht in den Rahmen der orthodoxen Aristotelischen Physik einordnen ließ und daher keine Beachtung verdiente. Damit war die Elektrizität für die nächsten zweitausend Jahre ad acta gelegt. Erst gegen Ende des achtzehnten Jahrhunderts gewährte man ihr Zutritt zu den respektablen wissenschaftlichen Laboratorien, und das führte schließlich zu einer Revolution, die die Welt umwandelte. Doch niemand konnte damals die Konsequenzen voraussehen. Wenn Dr. Wyndham seine Frage an Galvani oder Volta gerichtet hätte, wären sie um eine Antwort verlegen gewesen und hätten wahrscheinlich gesagt, daß Froschschenkel und Leidener Flaschen amüsantes Spielzeug seien. Nicht in ihren kühnsten Träumen wäre es ihnen eingefallen, daß die bizarren Phänomene, denen sie nachspürten, sich als die elementarsten Bestandteile der Materie entpuppen würden und als die Quelle aller Energie und allen Lichtes . . .»

«Sie hegen also den kühnen Traum, junger Mann, daß dieser Psi-Faktor die Welt verändern und das Geheimnis des Universums offenbaren wird?» Halders Haare schienen sich mit statischer Elektrizität aufzuladen.

«Träume», sagte Tony mit schöner Bescheidenheit, «sind Privateigentum. Doch wie dem auch sei», fuhr er fort, «man kann die Möglichkeit nicht a priori ausschließen, daß wir in einem Ozean von Psi-Kräften leben — in einer Art von psychomagnetischem Feld —, ohne uns dessen bewußt zu sein; genausowenig, wie wir die elektrischen Felder um uns herum bewußt wahrnehmen. Wenn wir eines Tages dieses Feld beherrschen können, mag das zu einer neuen kopernikanischen Wende führen — zu einem Wandel in unserer Weltanschauung. Ich dachte, wir stimmten alle überein, daß ein solcher Wandel dringend nottue.»

«Wollen Sie damit sagen», sagte John D. John junior, «daß es zur Erschließung neuer Systeme von Kommunikationskanälen führen wird? Vom Standpunkt der Informationstheorie her gesehen wäre es in der Tat ein höchst willkommenes Projekt, vorausgesetzt, daß es nicht unproduktiv ist.»

«Amen», sagte Tony. «Wenn Sie es so ausdrücken wollen.»

«Und ich möchte es so ausdrücken», sagte Solowjew. «Unser Hauptproblem ist, daß wir kein kohärentes, umfassendes Weltbild mehr besitzen — weder die Theologen noch die Physiker. Gott ist tot, aber der Materialismus ist ebenso tot, seit Materie ein leeres Wort geworden ist. Kausalität, Determinismus, das Uhrwerk-Universum Newtons sind ohne große Zeremonie begraben worden. Tonys Freunde spinnen vielleicht, aber gerade deswegen gefallen sie mir. Und vielleicht entpuppt sich diese Alphawellen-Maschine eines Tages als eine neue Leidener Flasche.»

«Sie würden also vorschlagen», sagte Harriet trocken, «daß wir den amerikanischen Kongreß um eine Forschungshilfe bitten, um eindeutig feststellen zu können, ob der Heilige — wie war doch gleich sein Name? — tatsächlich über dem Kopf des spanischen Botschafters schwebte?»

In Anbetracht ihrer allseits bekannten Verehrung für Niko war Harriets Sarkasmus besonders frappierend — und besonders verletzend: er brachte die allgemeine Verlegenheit angesichts Nikos unerwartet spleeniger Seite zum Ausdruck.

«Das wäre keine schlechte Idee», meinte Niko gelassen. «Um so mehr als, wie schon gesagt, das Militär mit ähnlichen Ideen kokettiert. Auf alle Fälle ist jetzt erst mal Cocktailstunde.»

Die Callgirls erhoben sich allesamt so verlegen, als hätte man ihnen gerade einen Pornofilm gezeigt.

4

Bruno Kaletski war nach Washington zurückgerufen worden. Er hatte Tonys Vortrag zu seinem größten Bedauern fernbleiben müssen und die meiste Zeit des Nachmittags in der gläsernen Telefonzelle des Kongreßhauses zugebracht, auf Gespräche gewartet, die nicht durchkamen oder gleich wieder unterbrochen wurden von Fräuleins vom Amt, die allesamt einem Nervenzusammenbruch nahe zu sein schienen. Immerhin schaute er noch einmal schnell zur Cocktailstunde herein, um auf Wiedersehen zu sagen, bevor ihn Gustav ins Tal hinunterfuhr, von wo er den Nachtzug zum nächsten Flughafen nehmen wollte. Er bekam es fertig, jedem einzelnen die Hand zu schütteln, das heißt, meistens gleich zweien auf einmal, wobei er das Hauspersonal nicht vergaß. Die Arme überkreuz Hände fassend, hüpfte er herum, als tanze er eine Quadrille, ohne dabei die dicke Aktentasche zu verlieren, die er zwischen Ellbogen und Hüfte geklemmt hatte. Und dann war er auch schon weg — eine kleine, quirlige Erscheinung, rührend in seiner Selbstüberschätzung, enervierend und entwaffnend zugleich.

Alle anderen amerikanischen Teilnehmer hatten von ihrem Konsulat telegrafisch den Rat erhalten, im Hinblick auf die angespannte weltpolitische Lage ihren Auslandsaufenthalt nicht unnötig zu verlängern, zumal es zu Verkehrsstörungen kommen könnte.

Durch die Glasfront sah das Dorf finster und öde aus. Nun, nachdem die Touristen weg waren, fingen die Einheimischen an, Strom zu sparen. Das Kongreßhaus hob sich aus der Dunkelheit wie ein einsamer Leuchtturm.

Die Callgirls standen betreten im Cocktailraum herum und warteten darauf, daß sich die gedrückte Stimmung mit dem zweiten oder dritten Martini wieder aufhellen würde. Einige — vor allem das Personal — hörten Rundfunknachrichten, aber die meisten schienen nicht sehr interessiert zu sein. Die Solowjews standen in einer Ecke; man ließ sie ausnahmsweise unbehelligt, da niemand darauf erpicht war, die Diskussion über Tonys verrückten Orden fortzusetzen oder über Nikos Abfall und Flucht in die okkulte Finsternis.

«Glaubst du, daß es diesmal ernst wird?» fragte Claire.

Solowjew zuckte vielsagend die Schultern.

«Ich habe Bruno die gleiche dumme Frage gestellt, bevor er abfuhr. Weißt du, was er antwortete? Er faßte meinen Arm mit energischem Griff, direkt über dem Ellbogen — wie er es immer tut —, sah mir tief in die Augen und sagte: ‹Es hängt ganz davon ab — mehr kann ich Ihnen nicht sagen.›» Solowjew nahm ein neues Glas Martini vom Tablett, das Hansie herumreichte, und stellte das vorige halb ausgetrunken zurück.

«Habe ich dich jemals gefragt, ob du Bruno ernst nimmst?»

Niko zog eine Grimasse. «*Es hängt ganz davon ab*», flüsterte er geheimnisvoll. «Sie haben hier so einen kleinen Nationalhelden, den ‹kleinen Moritz› nennen sie ihn. Er ist eine Art Pendant zu unserer Alice im Wunderland. Und sie haben ein Sprichwort: Die Geschichte wird genauso gemacht, wie der kleine Moritz es sich vorstellt.»

«Aber was *ist* denn nun wirklich ernst?»

«Weiß du's nicht? Zahnschmerzen sind ernst. Wenn sie wirklich schlimm sind, vergißt du, dich um die Zukunft der Menschheit zu sorgen. Leider funktioniert das nicht in umgekehrtem Sinn.»

«Dann bin ich eher für Zahnschmerzen. Hast du welche?»

Manchmal mußte man ihn wie ein Kind behandeln, und dann bemühten sich beide, ihre Rollen so gut zu spielen, wie sie konnten.

Zur Abendbrotzeit hatten sich die Lebensgeister wieder etwas erholt. Gustav und der Besitzer des Hotels zur Post, in dem kein einziger Gast mehr logierte, hatten einen Heimatabend arrangiert, als Sondervorstellung für die Kongreßteilnehmer. Es war wirklich ganz lustig. Die Feuerwehrbrigade jodelte und schuhplattelte, was das Zeug hielt. Herr von Halder stieg auf die Bühne, um mitzumachen, und erntete begeisterten Applaus. Er stampfte und schwitzte und schlug sich auf die Hinterbacken, beinahe wie ein Profi; jedenfalls nahm er die Sache wirklich ernst.

Freitag

Die letzte Vormittagssitzung des Symposiums war Dr. Cesare Valentis Darbietung gewidmet. Man erwartete etwas Dramatisches, und man wurde nicht enttäuscht.

Valenti besaß jene Selbstsicherheit, die für berühmte Chirurgen charakteristisch ist, und er war ein vollendeter Showmann. Sein Selbstvertrauen wirkte beruhigend auf Patienten, und dank seines freundlich ermutigenden Lächelns fühlte sich jeder als Patient.

Er begann mit einem artigen Kompliment für Tony, dessen Beherrschung einer so heiklen Materie wie Alpharhythmen und «Bereitschaftswellen» ihm höchst beachtenswert erschien. Er sei voller Anteilnahme für Tonys Forschungsrichtung, die, wenn er richtig verstanden habe, darauf abziele, Bewußtseinsebenen oder psychische Bereiche zu erschließen, die jenseits der banalen Routine des Alltagslebens liegen. Sein eigenes Bemühen als Neurochirurg habe dagegen ein bescheideneres Ziel: nämlich Patienten, die an psychischen oder zerebralen Störungen leiden, wieder in genau diese normale, banale Routine zurückzubringen. Er wolle allerdings von vornherein seinen starken Verdacht gestehen, daß eine bestimmte Art geistiger Störungen endemisch in der Spezies Mensch sei und daß es, falls nicht in allernächster Zeit eine wirksame Methode der Massentherapie entwickelt würde, mit der besagten Spezies zu Ende gehen würde. Zunächst werde er nun einige der jüngsten Fortschritte auf dem Gebiet der individuellen Therapie demonstrieren «und die Probleme der Menschheit als Ganzes erst am Ende meines Geredes erörtern». (Valentis Englisch war ebenso sorgfältig poliert wie seine Fingernägel, aber es blieben doch gelegentlich kleine Unebenheiten wie etwa die mangelnde Unterscheidung zwischen «Gerede», «Rede» und «Geplauder».)

«Zu Beginn möchte ich Ihnen einen Film über einen sehr merkwürdigen Stierkampf vorführen, obwohl ihn manche von Ihnen vielleicht schon gesehen haben. Er wurde Mitte der sechziger Jahre von und mit meinem hochgeschätzten Kollegen Dr. José Delgado von der Yale-Universität gedreht. Das Tier, das Sie gleich sehen werden, ist ein sogenannter *toro bravo*, das Musterexemplar einer bestimmten Rasse, die speziell ihrer ungestümen Angriffslust wegen gezüchtet wird. Im Gegensatz zu einem zahmen Stier, der sich Menschen gegenüber gleichgültig verhält, geht der ‹tapfere Stier› sofort zu mörderischer Attacke über. Wie Sie sogleich sehen werden . . .»

Mit graziöser Handbewegung gab Valenti dem allgegenwärtigen Gustav, der im Hintergrund bereitstand, ein Zeichen. Der ließ darauf die Leinwand und die automatischen Jalousien vor der Fensterfront herunter und schaltete den Projektor ein. Eine Stierkampfarena lag leer und verlassen im prallen Sonnenlicht da. Dann betrat ein einzelner Mann in Jeans und Rollkragenpullover die Arena. Statt einer Waffe trug er einen kleinen Apparat, der wie ein tragbares Transistorradio mit ausgezogener Antenne aussah. Gleich darauf wurde ein äußerst bösartig aussehender Stier in die Arena getrieben. Kaum hatte er den Mann, Professor Delgado, erblickt, trottete er auf ihn zu und setzte dann plötzlich zu seinem charakteristischen Blitzangriff an. Der Stier war höchstens noch ein paar Meter von Delgado entfernt; es schien, als könne ihn nur ein Wunder retten — und das Wunder geschah. Die Kamera zeigte in Großaufnahme die Finger des Professors, die verschiedene Knöpfe an seinem Radiogerät drückten. Die Hörner nur noch ein paar Zentimeter vor dem Unterleib seines Gegners, stoppte der Stier abrupt ab, als wäre er gegen eine unsichtbare Wand angerannt; dann wandte er sich gemächlich ab, als fühle er sich auf einmal höchst gelangweilt. Der Professor drückte einen anderen Knopf, und der Stier machte «muuuh». Dieser Vorgang wurde zehnmal wiederholt, und jedesmal muhte der Stier wieder los. Er war sanft wie ein Lamm geworden.

Valenti machte Gustav ein Zeichen, und wie durch einen weiteren Zaubertrick gingen die Jalousien in die Höhe; das Alpenpanorama nahm seinen angestammten Platz wieder ein, und Valenti fuhr in seinem Vortrag fort.

«Sie haben soeben eine der vielen Anwendungsmöglichkeiten einer Technik gesehen, die als elektrische Stimulierung des Gehirns bekannt ist. Man hat dem Stier eine Reihe Elektroden — feine Platinnadeln — in unterschiedlicher Tiefe in spezifischen Bereichen seines Gehirns eingesetzt. Diese Elektroden sind mit einem Mikro-Radiosender und -empfänger verbunden — einem sogeannten ‹Stimo-Empfänger› —, der mit Dentalzement am Schädel des Tieres befestigt ist. Dieser Apparat übermittelt dem Forscher Informationen über die Gehirntätigkeit des Stiers, vor allem aber erlaubt er ihm jeden gewünschten Bereich des Gehirns zu aktivieren, und zwar durch winzige elektrische Impulse, die durch den Sender dosiert und gesteuert werden. In dem kleinen Schauspiel, das Sie soeben beobachten konnten, brachte Professor Delgado den Stier mit einem Ruck zum Stehen und ließ ihn seitlich abdrehen; beides durch Aktivierung der Elektroden im motorischen Kortex, also im obersten Teil des Gehirns, und er stimulierte zugleich jene Zentren tief im Mittelhirn des Tieres, die aggressive Emotionen unterbinden. Delgado war nicht nur imstande, die Bewegungen des Stiers zu steuern, sondern ebenso schlagartig dessen Affektzustand von Aggressivität in Friedfertigkeit zu verwandeln . . .»

In den letzten zehn Jahren, fuhr Valenti fort, sei die elektrische Stimulierung des Gehirns durch radiogesteuerte Elektroden bei Ratten, Katzen, Affen, Delphinen, Heuschrecken und Stieren angewandt worden. Es habe sich erwiesen, daß diese Methode es ermögliche, die Bewegungen und Körperhaltung der Tiere zu lenken; Wut hervorzurufen, Angst und Gehorsam, amouröses oder mütterliches Verhalten und so fort.

Gustav wurde gebeten, wieder in Aktion zu treten, denn Valenti wollte nun in einer Serie kurzer Szenen demonstrieren, was diese raffinierten Elektroden alles vermochten. Verspielte Katzen verwandelten sie von einem Augenblick zum andern durch Stimulierung ihres lateralen Hypothalamus in wilde Tiger und dann ebenso plötzlich wieder in schnurrende Kätzchen. Man sah einen Affen, der mit offensichtlichem Genuß eine Banane verspeiste. Als er sie zur Hälfte gefressen hatte, sah man den Experimentator einen Knopf drücken. Der Affe hörte sofort auf zu kauen, nahm die Banane aus dem Mund und warf sie weg. Valenti kommentierte: «Diesmal wirkte der Impuls auf den Nukleus caudatus ein»; und er deutete mit dem Zeigestock auf die anatomische Karte an der Wand, auf der dieses kleine Gebilde wie ein Orangenkern tief eingebettet im Fruchtfleisch erschien. Dann sah man eine Katze Milch schlabbern und abrupt damit aufhören. Die Zunge weit herausgestreckt, war das Tier in der Haltung erstarrt, in der es von dem Stromimpuls überrascht worden war. Affen wurden gezeigt, die zunächst weiblichen Verführungskünsten gegenüber gleichgültig waren, sich auf einmal aber als Wüstlinge mit erstaunlicher Leistungskraft aufführten. Quicklebendige Schimpansen wurden innerhalb von dreißig Sekunden durch Stimulierung ihres Septumbereiches in Schlaf versetzt. Weibliche Rhesusäffchen, die die meiste Zeit damit verbrachten, liebevoll ihren Nachwuchs zu hätscheln und zu lausen, verloren plötzlich ihr Interesse an den Kleinen und wiesen deren mitleiderregende Annäherungsversuche zurück, so daß sie sich zu irgendeiner anderen Mutter flüchten mußten. Die Unterbindung des Mutterinstinkts hielt etwa zehn Minuten nach jeder Mittelhirnstimulierung an.

Der letzte Film war eine heitere Folge mit dem Titel DIE ZÄHMUNG EINES DIKTATORS. Der Diktator, um den es ging, war eine bösartige Kreatur namens Nero, der unumstrittene Boß einer Kolonie von etwa einem Dutzend Affen, die in einem weiträumigen Käfig zusammenlebte. Die Hälfte des Raumes war Neros persönlicher Bereich, den kein gewöhnlicher Sterblicher betreten durfte — die anderen mußten zusammengedrängt in der äußersten Ecke des Käfigs leben. Der Boß genoß auch die üblichen Privilegien, was Sex und Nahrung betraf. Jedes noch so geringe Zeichen von Insubordination nahm er zum Anlaß, durch drohende Gesten und Laute seine Autorität zum Ausdruck zu bringen. Oft genügte schon ein Blick, um den Sünder in Schrecken zu versetzen, während die anderen Untertanen nur verstohlene Blicke auf den Boß zu werfen wagten.

Es kam der Tag, da Nero aus dem Käfig geholt wurde, um ihm, nach einer Betäubungsspritze, Elektroden einzusetzen. Als er wieder erwachte, war das einzige, was ihm auffiel, daß aus seinem Schädel ein kleiner Kasten gewachsen war, wie eine Beule, die er nicht wegbringen konnte und an die er sich schnell gewöhnte; die Elektroden in seinem Gehirn spürte er nicht. Aber innerhalb einer Stunde, nachdem sie zu arbeiten begonnen hatten, wurde Nero gezwungen, seine Alleinherrschaft aufzugeben. Die Radiostimulierung des Nukleus caudatus erfolgte fünf Sekunden pro Minute. Mit jeder Reizung dieser Zone wurde Neros Gesichtsausdruck friedlicher und gütiger, die drohenden Gesten und Blicke hörten auf, sein Grollen erstarb — und seine Untertanen machten sich die Wandlung schnell zunutze. In dieser einen Stunde verloren sie alle Furcht vor ihrem Boß, drangen in sein Revier ein und tummelten sich dort, ohne ihn zu beachten.

Es schien zu schön, um wahr zu sein. «Dies war der erste Akt des Dramas», erklärte Valenti. «Sehen Sie nun den zweiten.»

Er war kurz und traurig. Die Radiosignale in Richtung

Neros Nukleus caudatus hörten auf, und innerhalb von zehn Minuten war er wieder an der Macht. Da die Elektroden inaktiv waren, wurde Nero von Minute zu Minute aggressiver; er ließ wieder seine wilden Blicke schweifen, fletschte die Zähne und trommelte mit der Pfote auf den Boden. Die Folge war, daß die Bürger dieser kurzlebigen Demokratie zum Zeichen ihrer Unterwürfigkeit wieder den Buckel krummmachten und sich in ihre sichere Ecke zurückzogen.

«Aber nun sehen Sie sich den dritten Akt an», kündigte Valenti an. «Er ist der interessanteste von allen.»

Obwohl Neros scheinbare Charakterverwandlung stufenweise vor sich gegangen war, hatte jeder dramatische Wandel seines Verhaltens während einer der kritischen Fünf-Sekunden-Perioden der Stimulierung in Abständen von einer Minute stattgefunden. Solange die Elektroden-Einwirkung anhielt, sah er wie ein Yogi im Zustand der Versenkung aus. Nach Neros erneuter Machtübernahme spielte ihm der Experimentator einen Streich. Er installierte an einer auffälligen Stelle im Käfig einen Hebel. Wurde er niedergedrückt, löste er automatisch eine Fünf-Sekunden-Aktivierung der Elektroden in Neros Gehirn aus und machte ihn vorübergehend wieder sanftmütig. Ein besonders gewitzter Affe — ein Weibchen, das Dolores hieß — entdeckte sehr bald, daß ein Druck auf den Hebel diese wunderbare Wirkung auf den Boß ausübte. Von da an drückte sie, sooft Nero sie bedrohte, nur den Hebel, und im nächsten Moment war seine Aggressivität verschwunden. Sie maß sich sogar an, Nero offen in die Augen zu starren, was vor Beginn der Hebel-Ära eine glatte Majestätsbeleidigung gewesen wäre. Nero blieb zwar der Boß, aber er war nicht mehr der absolute Herrscher, denn Dolores lernte nicht nur, die gegen sie selbst gerichteten Angriffe zu stoppen, sondern auch die gegen andere Familienmitglieder, und sie betätigte den Hebel fortan jedesmal, wenn Nero übel gelaunt war.

«Von da an lebte die kleine Affenkolonie glücklich bis

ans Ende ihrer Tage. Und damit endet mein kleines Gleichnis, um Tony Casparis Ausdruck zu gebrauchen. Aber nun ist es Zeit, von den Tieren zu den Menschen zu kommen. In ein paar Minuten werde ich das Vergnügen haben, Ihnen das radiogesteuerte Verhalten eines menschlichen Versuchsobjekts direkt vorzuführen. Doch zunächst muß ich die üblichen Vorkehrungen zur Beruhigung der Gemüter treffen — wie eine Stewardeß, die den Passagieren beim Anschnallen behilflich ist —, obwohl in dieser illustren Gesellschaft kaum Anlaß dazu bestehen wird . . .»

Valenti begann mit leicht gelangweilt klingender Stimme zu erklären, daß das Einpflanzen von Elektroden in das menschliche Gehirn ausschließlich zu therapeutischen Zwecken geschehe; die neuen wissenschaftlichen Erkenntnisse, die durch dieses Verfahren gewonnen worden seien, wären bloß ein zusätzlicher Bonus. Tausende von Patients in aller Welt gingen bereits mit zwanzig bis vierzig Elektroden, die permanent in ihren Gehirnen verankert seien, ihren normalen Geschäften nach. Die Elektroden seien unter örtlicher Betäubung implantiert worden und könnten jahrelang an ihrem Platz bleiben, ohne irgendwelche Beschwerden zu verursachen. Das Gehirn ist unempfindlich gegen Berührung, es kann geschnitten, vereist oder geätzt werden, ohne daß der Patient etwas spürt. Unter der soliden Schädeldecke ist es so gut geschützt, daß es keiner sensorischen oder schmerzempfindlichen Rezeptoren bedarf. Die Neurochirurgen operieren schon seit langer Zeit ihre Patienten bei vollem Bewußtsein und unterhalten sich mit ihnen, während sie ihnen Teile des Gehirns völlig schmerzlos entfernen. Aber die bisherigen Methoden der Lobotomie, Leukotomie oder Elektroschocktherapie waren reine Schlächterei, verglichen mit der Anwendung der feinen Elektrodennadeln. Sie werden mit einer Art Steckdose verbunden, die mit Dentalzement auf dem Schädel des Patienten befestigt worden ist und unter einer Bandage, einer Perücke oder einer hochaufgetürmten Frisur leicht verborgen werden kann. Zu den auf diese Weise behandelten Störungen gehören die Epilepsie, zentrale Schmerzzustände, Schlaflosigkeit, Angstzustände und Depressionen, unkontrollierbare Gewalttätigkeit und einige Abarten der Schizophrenie. Gewisse Fälle werden in den Ambulanzstationen neurochirurgischer Kliniken behandelt, wo die Patienten in regelmäßigen Abständen elektrische Gehirnstimulation erhalten; andere tragen in ihrer Rocktasche transportable Stimulatoren bei sich, mit deren Hilfe sie die Elektroden aktivieren können, sooft sie Schmerzattacken oder Anfälle von Jähzorn herannahen fühlen. Nadeln, die in den sogenannten Lustzentren des Hypothalamus implantiert werden, vermitteln dem Patienten ein euphorisches Gefühl oder erotische Erregung, die manchmal bis zur psychischen Empfindung eines Orgasmus führt.

«Dient das etwa auch einem therapeutischen Zweck?» grunzte Blood.

«In gewissen Fällen ist das durchaus denkbar», antwortete Valenti vorsichtig. Er merkte, daß er mit seiner Erwähnung gewisser heikler Forschungsrichtungen zu weit gegangen war.

«Was haben Sie gegen die gute alte O-na-nie?» wollte Blood wissen. «Für die braucht man keine Platinnadeln.»

Valenti lächelte noch höflicher als zuvor, ignorierte aber Bloods Frage. «Wir haben auch erfolgreiche Experimente durchgeführt, bei denen Elektroden benutzt wurden, um zweigleisige Funkverbindung zwischen dem Gehirn einer Versuchsperson und einem Computer herzustellen. Der Computer ist so programmiert, daß er Störungen in der elektrischen Aktivität des Gehirns erkennt, die das Herannahen eines epileptischen Anfalls oder eines Ausbruchs von Gewalttätigkeit ankündigen. Erhält der Computer nun ein Alarmsignal, so aktiviert er über Funk die Nadeln in den Hemmungszentren und blockiert damit den Anfall . . . Und nun, denke ich, können wir mit der Demonstration beginnen.» Er wandte sich zu Gustav. «Rufen Sie bitte Miss Carey herein.»

Die meisten Anwesenden hatten der Tatsache keine Bedeutung geschenkt — oder gar nicht bemerkt —, daß Miss Carey an der Sitzung bisher nicht teilgenommen hatte und daß das Tonbandgerät von Claire bedient wurde.

«Als man Miss Carey zu mir schickte», erklärte Valenti, während man auf ihr Erscheinen wartete, «litt sie unter schweren Angstzuständen, die abwechselten mit Perioden der Gewalttätigkeit, in denen sie Familienangehörige tätlich angriff, vor allem ihre jüngere verheiratete Schwester . . .»

Es entstand eine unbehagliche Stille. Man saß wie im Wartezimmer des Zahnarztes, solidarisch in der Erwartung einer unangenehmen Erfahrung, die allen bevorstand. Schließlich stieß Gustav mit einem Schwung die gläserne Pendeltür auf und hielt sie höflich auf, um Miss Carey hindurchgehen zu lassen. Sie lächelte und fingerte an ihrem grauen Dutt auf dem Hinterkopf herum. Alle Blicke richteten sich auf diesen Dutt, um sich dann gleich wieder auf die Schriftstücke und Schreibblöcke auf dem Tisch zu senken.

«Guten Morgen, Miss Carey.» Valenti lächelte sie an. «Würden Sie bitte hier drüben Platz nehmen?»

Er deutete auf einen Stuhl abseits von den andern in einer Ecke des Raumes, wo man ihn vor Beginn der Sitzung auf seine Anweisung hin gestellt hatte. Miss Carey setzte sich etwas steif und geziert hin, offenbar gefiel ihr die Rolle. Die Hälfte der Anwesenden mußte ihre Stühle herumdrehen, um die Versuchsperson sehen zu können.

«Nun, Miss Carey», wandte Valenti sich an sie, während er an seiner auffallend großen Armbanduhr herumfummelte, «es macht Ihnen hoffentlich nichts aus, an dieser kleinen Demonstration teilzunehmen?»

«Mach ich gern. Wie alles, was Sie sagen, Doktor.»

«Bevor Sie zu mir in Behandlung kamen, ging es Ihnen nicht allzu gut, nicht wahr?»

«Es ging mir schrecklich», sagte Miss Carey.

«Was machte Ihnen denn zu schaffen?»

«Alle möglichen verrückten Sachen.»

«Möchten Sie uns vielleicht etwas mehr darüber erzählen?»

«Ich war eben ein einfältiges Ding», kicherte Miss Carey.

«Wovor hatten Sie Angst?»

«Ich erinnere mich nicht gern daran. Es waren lauter dumme Sachen.»

«Aber Sie müssen uns davon erzählen. Sie sind jetzt völlig in Ordnung, und Sie wissen ja, daß Sie durch Ihre Mitwirkung bei solchen Demonstrationen anderen Patienten helfen, gesund zu werden.»

Miss Carey nickte und kicherte noch immer vor sich hin. «Ich weiß, Doktor, aber ich erinnere mich nun einmal nicht gern daran.»

«Soll ich Ihnen helfen, sich zu erinnern?» Wieder stellte Dr. Valenti irgend etwas an seiner komplizierten Armbanduhr. «Nun, Eleanor, erzählen Sie uns, wie sich diese Angstzustände bemerkbar machen.»

Eine unheimliche Verwandlung ging in Miss Carey vor. Ihr Gesicht wurde aschfahl, ihr Atem kam stoßweise, als habe sie einen Asthmaanfall; ihre spindeldürren Finger umklammerten die Armlehne ihres Stuhls, als sitze sie in einem Flugzeug, das im Begriff war abzustürzen.

«Lassen Sie das!» keuchte sie. «Bitte, hören Sie auf damit!»

«Wovor fürchten Sie sich?»

«Ich weiß es nicht. Ich spüre, daß etwas Schreckliches passieren wird.» Sie drehte und wand sich auf ihrem Stuhl und musterte den Winkel des Raumes hinter ihr. «Ich spüre, daß ein Mann hinter mir steht.»

«Hinter Ihnen ist nur die Wand.»

«Ich weiß, aber trotzdem spür ich es ... Bitte, hören Sie auf damit. Ich bitte Sie. Um der Liebe Christi willen.»

«Sie haben sich auch gefürchtet, Ihrer Sünden wegen in die Hölle zu kommen, nicht wahr? Dabei wissen Sie, daß es keine Hölle gibt.»

«Woher wollen Sie das wissen? Ich habe Bilder gesehen...!» Ein Zittern lief durch ihren Körper und schien nicht aufzuhören.

«Was für Bilder?»

«Schluß damit!» schrie sie plötzlich.

Blood erhob sich geräuschvoll und watschelte aus dem Raum. Miss Carey schrie ein zweites Mal auf und war offenbar am Rande eines hysterischen Anfalls.

Valenti fingerte an seiner Armbanduhr. Miss Careys Körper entspannte sich sogleich, sie holte ein paarmal tief Luft, und ihr Gesicht bekam wieder Farbe.

«Da sind Sie wieder, Eleanor», sagte Valenti. «Alles gut überstanden?»

Sie nickte. Beide lächelten.

«Es ist Ihnen doch nicht unangenehm, dieses Experiment mitgemacht zu haben?»

«Nicht im geringsten, Doktor. Ich habe mich nur wieder mal einfältig benommen.»

«Hegen Sie irgendwelche feindseligen Gefühle gegen mich?»

Miss Carey schüttelte energisch den Kopf. Sie wurde zusehends munterer. «Ich könnte Ihre Hände küssen, Doktor», kicherte sie. «Sie sind mein Retter!»

Sie beobachtete, wie er wieder an seiner Uhr stellte. «Ah», seufzte sie. «Das ist ein wunderbares Gefühl. Es muß diese ungezogene Nadel sein. Oh, diese schlimme, schlimme Nadel. Wie Sie das machen...»

Ihr Ausdruck wurde ekstatisch. Plötzlich rief Harriet dazwischen:

«Stuß! Sofort aufhören! Das ist ja obszön!»

Solowjew klopfte auf den Tisch. «Ich denke, Sie haben gezeigt, was Sie zeigen wollten, Doktor Valenti.»

Aber Miss Carey war schon wieder in ihren normalen Zustand zurückgekehrt. Arzt und Patient lächelten sich wieder an. «Einige dieser Herren — und Damen — schienen irritiert zu sein», sagte Valenti zu ihr. «Wissen Sie, weswegen, Miss Carey?»

Sie schüttelte den Kopf. Ihr faltiges Gesicht nahm wieder die Züge einer gütigen, ältlichen Nonne an. «Nein, Doktor, ich merkte nur, daß Sir Evelyn hinausging.»

Valenti machte eine artige Verbeugung vor ihr. «Haben Sie vielen Dank, Miss Carey. Und damit, meine Damen und Herren, wäre ich am Ende meiner kleinen Vorführung. Wie Sie bemerkt haben werden, ist es unseren Elektronik-Zauberern gelungen, den Stimulator auf die Größe einer Armbanduhr zu reduzieren.» Er legte den kleinen Apparat auf den Tisch. «Falls jemand von Ihnen interessiert sein sollte, bin ich gern bereit, den Mechanismus zu erklären. Und nun, um mit meinem Gerede zu Ende zu kommen, sollten wir aus diesen Forschungsergebnissen vielleicht einige Schlüsse ziehen, die nicht nur den einzelnen Patienten betreffen, sondern die Menschheit als Ganzes . . .»

Aber nach dem Experiment mit Miss Carey stießen Dr. Valentis weitere Ausführungen auf einen gewissen Widerstand, um nicht zu sagen auf Feindseligkeit. Er wies darauf hin, daß Miss Carey sich offenbar klar bewußt war, was unter der Einwirkung der Elektro-Stimulation mit ihr vorging, und daß sie sich hinterher an alles erinnerte, jedoch ohne den mindesten Affekt zu verspüren. Sie erinnerte sich an ihre *Vorstellungen*, aber dadurch wurden ihre *Gefühle* nicht wieder wach, die diese Vorstellungen begleitet hatten. Ebenso nannte sie jene Hirngespinste — zum Beispiel das der ewigen Verdammnis —, die sie während ihrer Krankheit heimgesucht hatten, jetzt, da sie geheilt war, nur noch «lauter dumme Sachen». Doch auch jetzt noch, nach erfolgreicher Behandlung, konnten solche Attacken von gräßlicher Furcht durch Stimulierung der tiefen archaischen Schichten, in denen sie entstehen, immer wieder hervorgerufen werden. Aus anderen Bereichen dieses ältesten und primitivsten Teils des Gehirns, den der Mensch mit seinen tierischen Vorfahren gemeinsam hat — dem Sitz der Instinkte, Leidenschaften und biologischen Triebe —, ließen sich Gefühle freudiger Erregung oder Liebe und Ergebenheit entlocken. Diese urzeitlichen Strukturen im innersten Kern des Gehirns sind von der Evolution nicht einmal leise angetastet worden. Im Gegensatz zu diesem atavistischen Kern haben sich die jüngeren Strukturen des menschlichen Gehirns — die äußere Hirnrinde oder Neokortex — in den letzten fünfhunderttausend Jahren mit wahrhaft explosionsartiger Geschwindigkeit ausgedehnt, eine Entwicklung, die in der Geschichte der Evolution ohne Vorbild ist. So vehement war dieses Wachstum, daß einige ältere Anatomen es mit dem eines Tumors verglichen haben. Aber Explosionen haben es an sich, die Natur aus dem Gleichgewicht zu bringen, und die Explosion des Gehirns in der Mitte des Pleistozän-Zeitalters führte denn auch zur Geburt einer psychisch unausgeglichenen Spezies. Bevor jemand diese Behauptung anzweifle, möge er nur die Geschichte der Menschheit mit den Augen eines leidenschaftslosen Zoologen von einem anderen Planeten aus betrachten. Die unheilvolle Bilanz der Geschichte läßt auf eine biologische Störung schließen, genauer gesagt, sie deutet darauf hin, daß die Gehirnschichten, die sich erst vor relativ kurzer Zeit entwickelt haben und die den Menschen mit Sprache und Logik ausstatten, niemals richtig integriert bzw. koordiniert worden sind mit jenen archaischen emotionsgeladenen Schichten, die sie im Verlauf ihres explosiven Ausdehnungsprozesses überlagerten. Dank dieser evolutionären Fehlentwicklung leben das alte und das neue Gehirn, Emotion und Logik, Gefühl und Vernunft in ständiger Spannung, wenn nicht in akutem Konflikt. Auf der einen Seite «des Gedankens Blässe», der logische Verstand, der an einem dünnen Faden hängt, welcher allzu leicht reißt; auf der

anderen Seite die archaisch verwurzelten irrationalen Überzeugungen — die, wie Dr. Epsom ausführte, verantwortlich
sind für die Massenmorde in der vorangegangenen und gegenwärtigen Menschheitsgeschichte. Man hat den Neokortex mit einem Computer verglichen; aber wenn ein Computer mit subjektiv beeinflußten Daten programmiert wird,
können die Ergebnisse nicht anders als unheilvoll sein . . .

«Mein lieber Mann», unterbrach ihn Blood, der nach
Beendigung der Demonstration am lebenden Objekt wieder
auf seinen Platz gewatschelt war, «da sagen Sie nichts Neues.
Ich kann Ihnen hundert wohlklingende Sätze zitieren, geschrieben von den besten berufsmäßigen Diagnostikern, die
es gibt — nämlich den Dichtern —, die uns versichern, daß
der Mensch verrückt ist und es schon immer war.»

«Bitte um Vergebung», lächelte Valenti, «aber Dichter
nimmt man nicht ernst, und sie sind noch nie ernst genommen worden. Heute indessen besitzen wir aus der Anatomie,
der Psychologie und der Hirnforschung den Beweis, daß
unsere Spezies als Ganzes paranoide Züge trägt, und zwar
nicht im metaphorischen, sondern im klinischen Sinn, und
daß diese Neigung auf einen evolutionären Konstruktionsfehler in unserem Gehirn zurückgeht. Mein hochgeschätzter
Kollege Dr. Paul McLean hat dafür den Terminus ‹Schizophysiologie› geprägt, und er definiert ihn, ich zitiere, ‹als eine
Dichotomie in den Funktionen der phylogenetisch alten und
jungen Kortex, und diese Dichotomie mag die Widersprüche
zwischen unserem emotionalen und unserem rationalen Verhalten erklären. Während unsere intellektuellen Funktionen
von dem jüngsten und am höchsten entwickelten Teil des
Gehirns gesteuert werden, wird unser gefühlsmäßiges Verhalten nach wie vor von einem relativ groben und primitiven System beherrscht, von archaischen Schichten des Gehirns, dessen fundamentale Struktur im Verlauf der Entwicklung von der Ratte bis zum Menschen kaum eine
Veränderung durchgemacht hat . . .›

Und das bringt mich nun zum Schluß meines Geredes. Der Evolution sind viele Fehler unterlaufen. Die Bilanz der Urzeitfunde ergibt, daß auf jede überlebende Spezies Hunderte kommen, die ausgestorben sind. Schildkröten sind schöne Tiere, aber sie sind so topplastig, daß sie, wenn sie durch ein Mißgeschick auf den Rücken gefallen sind, nicht mehr auf die Beine können. Viele wunderschöne Insekten sind Opfer der gleichen technischen Fehlkonstruktion. Wenn die Evolution tatsächlich unter göttlicher Leitung stattfindet, scheint der liebe Gott sehr gern herumzuexperimentieren. Falls es aber ein natürlicher Prozeß ist, muß er durch Versuch und Irrtum voranschreiten. Doch der Mensch, obwohl er verrückt ist, hat sich nun mal in einen Dialog mit Gott eingelassen; er hat die Macht erlangt, biologische Grenzen zu überschreiten und die Konstruktionsfehler in seiner arteigenen Erbanlage zu korrigieren. Der erste Schritt jedoch ist eine korrekte Diagnose. Die, meine lieben Freunde, kann die moderne Hirnforschung liefern. Und wenn die Diagnose richtig ist, wird die Therapie folgen. Wir haben bereits die Macht, Einzelpatienten zu heilen — Extremfälle der generellen Störung, unter denen unsere Spezies leidet. Bald werden wir auch die Macht haben, diese an ihren Wurzeln anzugreifen und mit Hilfe der Neurotechnik eine künstliche Mutation zu bewirken. Wie ich neulich schon sagte, eine verzweifelte Situation verlangt nach verwegenen Heilmitteln. Um einen weiteren hochgeschätzten Kollegen zu zitieren, nämlich Professor Moyne: ‹Es scheint, daß der mit der Erforschung des Gehirns beschäftigte Wissenschaftler auf einer Schwelle steht, die derjenigen gleicht, auf der die Atomphysiker zu Anfang der vierziger Jahre standen.› Und damit wäre ich am Ende meines Geredes.»

Wie die anderen Callgirls hatte auch Valenti etwas schleppend und langatmig begonnen, mit abgenutzten Klischees und rhetorischen Floskeln, sich aber dann allmählich für sein Thema erwärmt und es mit allen Zeichen der Engagiertheit, ja, der Leidenschaft, zu Ende geführt. Aber ging nicht auch diese Leidenschaft von den archaischen Schichten tief unten im schwammigen Zellengewebe seines Gehirns aus, und waren die anscheinend so rationellen Folgerungen nicht ebenfalls von ihnen beeinflußt?

2

Die Diskussion, die sich an Valentis Vortrag anschloß, war, wie gewöhnlich, chaotisch, aber sie sollte einen ungewöhnlich dramatischen Abschluß finden. Halder sprach als erster und wiederholte nochmals, was er zuvor schon gesagt hatte: daß Aggressivität eine endemische Eigenschaft des *Homo homicidus* sei und individuelle Therapie, wie raffiniert die Verfahren von Dr. Valenti und seinen Kollegen auch sein mochten, nicht ausreiche; dringend notwendig sei daher M.A.T., Massen-Abreaktions-Therapie auf internationaler Basis.

Harriet wollte wissen, ob Valentis Nadeln nicht nur Aggressionen blockieren könnten, sondern auch mißbrauchte Hingabefähigkeit — ob sie imstande waren, den Menschen immun zu machen gegen die tödliche Betörung durch eine Circe oder einen Duce.

John D. John junior brachte einen Einwand gegen den Vergleich des Neokortex mit einem Computer vor, dem man subjektiv beeinflußte Daten eingibt. Vom Standpunkt des Kybernetikers aus war das gesamte Nervensystem ein Computer, der nicht so programmiert werden konnte, daß er sich selbst täuschte, andernfalls würde er nämlich kaputtgehen.

«Vielleicht tut er's ja», kicherte Wyndham.

«Die Kommunikationstheoretiker teilen diese Ansicht nicht», antwortete John D. John junior trocken.

Burch wandte sich gegen Valentis Unterscheidung zwischen sogenannter Vernunft und sogenannter Emotion und seine Annahme einer sogenannten Psyche, jenem hypothetischen Gespenst in der Maschine, das noch nie jemand gesehen habe. Alle diese Begriffe gehörten zum Vokabular einer längst überholten Psychologie; die moderne Wissenschaft betrachte als legitime Materialien der Forschung nur meßbare Daten des offenkundigen Verhaltens; sie allein lieferten die Grundlagen für die Sozialtechnik.

Als Petitjacques an die Reihe kam, holte er mit einer dramatischen Bewegung eine Rolle Tesafilm hervor und klebte einen Streifen quer über seine Lippen. Keiner verstand, was diese symbolische Geste bedeuten sollte, und so verfehlte sie ihre Wirkung. Die Stimmung war gereizt; es war schon längst Zeit fürs Mittagessen. Besonders Halder schien äußerst ungnädig; seine Verdauungssäfte revoltierten, wenn eine Mahlzeit auf sich warten ließ.

Wyndham gestand, daß Valentis Demonstrationen ihn zutiefst beeindruckt hätten, aber er war sich nicht darüber im klaren, ob sie wirklich zu einer möglichen Therapie führten. Deshalb neige er auch weiterhin zu dem Glauben, daß die Zukunft unserer Spezies durch jene Faktoren entschieden werden würde, die Gegenstand seines Vortrags gewesen seien: «Kampf um den Mutterleib» und «die Revolution in der Wiege».

Tony entschuldigte sich im voraus für eine frivole Bemerkung, zu der er sich veranlaßt sehe. Das Mittelalter habe scharf — und vielleicht weise — unterschieden zwischen weißer und schwarzer Magie. Am heutigen Morgen sei ihm in gewissen Augenblicken bewußt geworden, daß derselbe Unterschied wohl auch zwischen denjenigen Experimenten gemacht werden könnte, über die er gestern gesprochen habe, und denen, die Valenti in etwas beängstigender Weise demonstriert habe.

Während ein kritischer Einwand dem anderen folgte, rutschte Miss Carey immer nervöser auf ihrem Stuhl herum.

Sie fixierte indessen nicht den jeweiligen Sprecher, sondern Claire, die noch immer Miss Careys rechtmäßigen Platz am Tonbandgerät besetzt hielt. Claire bemerkte den starren Blick und versuchte Miss Carey freundlich anzulächeln, was jedoch keinerlei Eindruck auf sie zu machen schien. Vielmehr erinnerte dieses heuchlerische Lächeln Miss Carey nur noch stärker an ihre verheiratete Schwester. Einen Augenblick nestelte sie an ihrem Dutt herum, dann holte sie einen halbfertigen Wollpullover in grellen Farben aus ihrer Tasche und fing an zu stricken.

Valenti antwortete auf die Diskussionsbeiträge nur kurz und mit belegter Stimme. Er erklärte, daß er sich wegen der vorgeschrittenen Zeit auf die Punkte konzentrieren wolle, die ihm am wichtigsten schienen. Er war zuversichtlich, daß die Neurophysiologie bald eine Lösung finden würde — falls sie von einem der zahlreichen Forschungsteams auf diesem Gebiet nicht bereits gefunden worden sei —, nicht nur aggressive Impulse zu unterbinden, sondern auch solche, die Dr. Epsom als «tödliche Betörung» bezeichnet habe — die Hörigkeit gegenüber einer Person, einem Totem oder einem Dogma. Was Halders Einwand beträfe, so stimme er von ganzem Herzen mit ihm darin überein, daß individuelle Therapie nicht ausreiche. Dagegen erlaube er sich, mit Halders Konzept einer Abreaktionstherapie nicht einverstanden zu sein. Die Methoden, die Halder vorgeschlagen habe, seien nicht dazu angetan, Aggressionen zu unterbinden, sondern sie eher noch zu forcieren. Seine eigenen Methoden dagegen sowie die seiner Kollegen zielten in die entgegengesetzte Richtung: die hemmende Kontrolle zu verstärken, die die jungen Areale des Gehirns über die archaischen Schichten ausüben. Dies könne getan werden und sei bereits getan worden, sowohl bei Tieren als auch bei Menschen. Aber man stehe noch am Anfang. Die Wissenschaft habe ja eben erst begonnen, diesen unbekannten Kontinent «Gehirn» zu erforschen und zu kartieren. Im gleichen Maße wie das Wissen über ihn wachsen und die Karte genauer würde, würden sich auch unsere Methoden der physiologischen Kontrolle verbessern. Wir seien vom Messer des Chirurgen zur radiogesteuerten Elektrode fortgeschritten. Der nächste Schritt werde vielleicht von der elektrischen zur biochemischen Steuerung führen. Gewisse Aggressionszentren und Aggressions-Blockierungszentren im Gehirn reagieren auf gewisse Schwankungen des Hormonpegels sehr empfindlich. Schon in den sechziger Jahren wurde gezeigt, daß der wild lebende Rhesusaffe durch Verabreichung von Librium in ein freundliches Haustier verwandelt werden könne — nicht etwa nur beruhigt, sondern gezähmt. Andere Präparate hatten einen vergleichbaren Effekt bei gewalttätigen Psychopathen . . .

Er machte eine kleine Pause und fuhr dann mit einer Stimme, die unbekümmert klingen sollte, fort: «Möglicherweise wird man in einigen Jahren und nach einigen weiteren Kriegen und Massakern endlich einsehen, daß die einzige Rettung für unsere Spezies darin besteht, spezifische anti-aggressive Zusätze der Wasserversorgung beizugeben, zusätzlich zum Chlor und den anderen erprobten Antigiften. Es ist wohl überflüssig, zu sagen . . .»

Valenti war schon beinahe am Ende seiner Ausführungen, als Halder den Fehler beging, ihn zu unterbrechen, obwohl er die leidigen Folgen freilich nicht voraussehen konnte. Mit einer Hand gewohnheitsmäßig seine weiße Mähne durchwühlend und mit ausgestreckten Arm auf Miss Carey deutend, rief er aus:

«Aha! Zuerst haben Sie das Gehirn dieser armen Frau in ein Nadelkissen verwandelt, und jetzt wollen Sie uns allesamt zu Zombies machen. Ich will nicht . . .»

Niemand sollte je das Ende dieses Satzes erfahren. Denn nun langte es Miss Carey. Zuerst hatte sie im Mittelpunkt der Aufmerksamkeit gestanden, und dann war sie auf ihrem Stuhl in der Ecke vergessen worden. Alle diese abscheulichen Leute kritisierten und attackierten ihren Doktor, statt die

Hand des Retters zu küssen. Der Vergleich mit einem Nadelkissen und mit Zombies gab ihr den Rest. Miss Carey sprang von ihrem Stuhl auf und fuchtelte bedrohlich und grotesk mit ihrer Stricknadel herum. Mit der anderen Hand griff sie nach der Armbanduhr, die Dr. Valenti nach der Demonstration auf dem Konferenztisch liegengelassen hatte. So bewaffnet, schoß sie nicht etwa auf Halder los, sondern auf die unschuldige Claire, die ihr Tonbandgerät gestohlen hatte und sie so sehr an ihre verheiratete Schwester erinnerte.

Der ganze Vorfall spielte sich so rasch ab, daß ihn hinterher jeder ein bißchen anders darstellte. Die Wunde an Claires Arm, wo die Stricknadel hineingestochen hatte und wieder herausgerissen worden war, sah böse aus, aber Claire hatte keinen Laut von sich gegeben. Miss Carey, die schrie und um sich schlug, wurde von dem kräftigen Halder, der sie als erster packen konnte, mit festem Griff überwältigt, indem er ihr die Ellenbogen auf dem Rücken zusammendrückte, während Valenti mit bleichem Gesicht sie dazu zwang, ihre Fäuste zu öffnen, und ihr dann die Nadel und die Armbanduhr abnahm. Aber das empfindliche Instrument hatte unter der brutalen Behandlung seine magische Wirkung eingebüßt. Miss Carey wurde auf ihr Zimmer gebracht; halb zog man sie, halb sank sie hin, wobei sie durchaus nicht gesellschaftsfähige Worte des Protests von sich gab und spitze Schreie hervorstieß, bis es Valenti nach erneutem peinlichem Handgemenge mit seiner Patientin gelang, ihr eine einschläfernde Spritze zu geben. Entgeistert beobachteten diese Szene Hansie und Mizzie, sowie Gustav und drei Männer der freiwilligen Feuerwehr, die in der Küche des Kongreßhauses ein Bier getrunken hatten. Als endlich der Krankenwagen aus dem Tal eintraf, brauchte man ihn gar nicht mehr, denn Miss Carey war fest eingeschlafen und lächelte im Schlaf wie die fromme Nonne, die sie zweifellos geworden, wenn da nicht diese schizophysiologische Mißbildung in ihrem Nukleus caudatus gewesen wäre.

3

Nach einem in Eile eingenommenen Mittagessen, bestehend aus einer kaltgewordenen, mit einer glitschigen Haut überzogenen Suppe, einem Gulasch, das sich im Wärmerohr aufgelöst hatte, und Fruchtsalat aus einem Restposten Konservenbüchsen der amerikanischen Besatzungstruppen, versammelten sich die Callgirls im Konferenzraum zur Abschlußdiskussion. Auf der Tagesordnung stand das Schlußreferat Solowjews, allgemeine Diskussion und der Entwurf einer Resolution oder Botschaft. Nikos Vorschlag eines «Aktionskomitees» war unterwegs still und unbemerkt unter den Tisch gefallen.

Die Teilnehmer saßen etwas zerknirscht, fast andächtig auf ihren Stühlen. Wie Gangster bei einem Begräbnis. Jeder hatte seine Akten, Schreibblock und Kugelschreiber säuberlich auf dem Tisch mit der polierten Bergkiefernholzplatte geordnet. Claire, die Kopfhörer über ihrem glatten kastanienbraunen Haar, war wieder für die Tonbandaufzeichnung verantwortlich. Sie hatte einen sauber gewickelten Verband um ihren Arm und trotz ihres Protestes gegen dieses unnötige Aufheben eine Penicillinspritze bekommen — im Grunde war sie aber ganz froh darüber, denn die Vorstellung, Bakterien von Miss Careys Stricknadel in ihrem Blut zu haben, machte sie schaudern. Miss Carey selbst schlief in ihrem Zimmer, vollgepumpt mit Beruhigungsspritzen.

Bevor Solowjew mit seiner Zusammenfassung beginnen konnte, erhob sich Valenti und bat verbindlichst alle, die der peinlichen Szene am Vormittag beigewohnt hatten, um Verzeihung, «insbesondere unsere charmante Gastgeberin, die beinahe eine Märtyrerin der Wissenschaft geworden wäre». Der spaßige Ton kam nicht sehr gut an. Valenti hatte zwar seine Nonchalance wiedergefunden, aber während der Vormittagssitzung hatten sie alle die Brüchigkeit seiner eleganten Fassade bemerkt, die haarfeinen Risse in seiner Selbstsicherheit. Er nahm die volle Verantwortung für den Vorfall auf sich und erklärte, daß Miss Carey in den beiden letzten Jahren unter ständiger Kontrolle gestanden hätte und an einer Anzahl von ähnlichen Demonstrationen teilgenommen hatte, ohne daß die geringste Panne passiert wäre. Das Unglück sei auf einen winzigen Fehler in dem Stimo-Empfänger zurückzuführen, der glücklicherweise inzwischen behoben werden konnte. Er schloß seine wiederholten Entschuldigungen mit der etwas überflüssigen Bitte, man möge doch nett zu Miss Carey sein, wenn sie aus ihrem Schlummer erwache, und so tun, als sei nichts geschehen. Sie selbst würde aller Wahrscheinlichkeit nach das Vorkommnis höchstens als «einfältiges Benehmen» betrachten — und weder Erregung noch Reue empfinden.

Valentis Erklärung wurde schweigend entgegengenommen. Solowjew dankte ihm ziemlich trocken und ging dann an die beschwerliche Aufgabe heran, die Verhandlungen des Symposiums zusammenzufassen.

Er erinnerte die Zuhörer an sein Eröffnungsreferat, in dem er die allgemein bekannten Tatsachen angeführt hatte, die das Überleben des Homo sapiens als eine fragwürdige These scheinen ließen. In dieser Einführung hatte er vorgeschlagen, Aufgabe der Konferenz möge sein, nach den Gründen der Gefährdung der Menschheit zu forschen, versuchsweise eine Diagnose zu formulieren und nach möglichen Heilmitteln zu suchen.

Was nun den ersten Punkt betreffe, so seien von verschiedenen Teilnehmern einige Kausalfaktoren vorgeschlagen worden, die einander zwar ergänzen mögen, aber noch kaum eine logische Synthese ergeben. Da habe zum Beispiel Dr. Wyndham auf die Möglichkeit hingewiesen, daß die Schwierigkeiten des Menschen mit der bedrückenden Lage des Embryos im Mutterleibe, mit dem Trauma einer mühseligen Geburt beginnen und vor allem auf die lange währende Hilflosigkeit und Beeinflußbarkeit des Säuglings zurückzuführen seien. Eine andere Theorie gibt die Schuld dem dramatischen Anwachsen der gegenseitigen Abhängigkeit und der zwangsläufigen Stammessolidarität während der kritischen Periode, als die hominiden Vorfahren des Menschen aus den Urwäldern ins offene Land vordrangen und — in einem ersten Ausbruch von Hybris — sich als Jagdbeute stärkere und schnellere Wesen als sie selbst aussuchten. Beide Faktoren zusammengenommen könnten den Menschen zu der demütigen, verängstigten und fanatischen Kreatur geformt haben, die aus ihm geworden ist. Andere Primatengesellschaften werden ebenfalls durch soziale Bindungen zusammengehalten, aber die Primatenfamilie brütet keine Neurosen aus, die Solidarität der Sippe nimmt nicht die Intensität und Leidenschaft von Stammes- oder Nationalgefühlen an; und gelegentliche Spannungen zwischen den einzelnen Gruppen führen nicht zu Krieg und Völkermord.

«Laut Dr. Epsom wurden diese brudermörderischen Tendenzen noch verstärkt, anstatt vermindert, durch die Errungenschaft der Sprache, insbesondere durch ihre Macht, innerhalb der Spezies Barrieren zu errichten, dogmatische Glaubenssätze aufzustellen und mitreißende Schlachtrufe zu artikulieren. Ein vierter Kausalfaktor war die gleichzeitige Anerkennung des Todes durch den Intellekt und seine Zurückweisung durch den Instinkt, wodurch sich im Kollektivgeist die unheilvolle Doppel-Helix der Angst und Schuld festsetzte. Schließlich hat Dr. Valenti versucht, den physiologischen Defekt zu definieren, der für die in der ganzen Menschheitsgeschichte nachweisbaren paranoiden Züge verantwortlich ist — für den chronischen Konflikt zwischen Gefühl und Vernunft, Instinkt und Intelligenz; für den Zwang zu leben, zu sterben und zu töten für irrationale Glaubenssätze, die von der Logik unbeeinflußt sind und sich sogar über den Selbsterhaltungstrieb hinwegsetzen.»

Niko machte eine Pause. Er sah immer wieder zu Claire hinüber, besorgt um die Möglichkeit einer Infektion ihrer

Wunde. Sie wiederum bemerkte mit Kummer, wie müde Niko aussah. Er mußte sich fortwährend räuspern, um seine Kehle freizubekommen, was sonst nicht seine Gewohnheit war.

«Soviel über die pathogenen Faktoren», fuhr Niko fort, «die uns zu dem gemacht zu haben scheinen, was wir sind. Ich bin mir darüber im klaren, daß ich vieles übergangen habe, was zu diesem Punkt gesagt worden ist — aber wir haben ja die Tonbänder, die sicherstellen, daß in dem gedruckten Tagungsprotokoll alles hier Vorgetragene enthalten sein wird.»

Das war zweifellos richtig, aber es hinderte einige Zuhörer nicht — besonders Halder und Burch —, übel zu vermerken, daß Niko sie bisher nicht namentlich erwähnt hatte. Die Hauptaufgabe des Vorsitzenden, der ein Symposium zum Abschluß bringt, ist nun einmal, Bonbons zu verteilen.

Aber Niko war da anderer Meinung: Und wenn dies auch ein Zirkus ist, so bin ich noch immer der Zirkusdirektor. Er mußte eine letzte Anstrengung machen und versuchen, den anderen ihre Verantwortung vor Augen zu halten. Er senkte den Kopf, gewann seine frühere Kampflust zurück, und seine Stimme bekam wieder ihre volle Resonanz.

Er erklärte sich im wesentlichen einverstanden mit der Anschauung, daß der Mensch eine evolutionäre Mißgeburt sei — ein großartiges Monstrum, das Kathedralen bauen und Sinfonien komponieren konnte, aber doch auch ein Monstrum mit fixen Zwangsvorstellungen, die ihn letztlich zur Selbstvernichtung trieben. Halder hatte daran erinnert, daß Tiere harmlose Duelle um Geschlechtspartner und Revieransprüche miteinander ausfechten, der Mensch aber das Gegenteil tue: er kämpfe für Hirngespinste mit flüssigem Phosphor und für Schlagworte mit Atombomben.

Dr. Kaletski hatte die Konferenzteilnehmer wiederholt gewarnt, aus den jüngsten Entwicklungen katastrophale Folgerungen zu ziehen. Niko empfahl die entgegengesetzte Haltung als die einzige realistische Antwort auf eine Situation, die in der Geschichte ohne Beispiel sei. In allen vorangegangenen Generationen mußte der Mensch sich mit der Vorstellung seines persönlichen Todes versöhnen; die jetzige Generation sei die erste, die den möglichen Tod der gesamten Spezies vor Augen habe. Der Homo sapiens habe die Weltbühne vor rund hunderttausend Jahren betreten, und hunderttausend Jahre seien nach dem Zeitmaßstab der Evolution nur so lange wie ein Augenzwinkern. Wenn der Mensch jetzt wieder abtreten müsse, so sei sein Aufstieg und Fall nur eine kurze Episode gewesen, unbesungen und unbeweint. Andere Planeten in der Weite des Weltraums seien ohne Zweifel voll blühenden Lebens; die kurze Episode unserer Existenz würde ihnen nie bekannt werden . . .

«Herr Vorsitzender», unterbrach ihn Halder mit betrübter Stimme, «was tragen Sie eigentlich vor, eine Zusammenfassung oder ein Requiem?»

«Eine Zusammenfassung», sagte Niko trocken, «und ich komme nun zu meinem letzten Punkt: die Auswege oder Heilmittel, die wir vorschlagen sollten. Wenn wir das Recht beanspruchen, uns Wissenschaftler zu nennen, müssen wir den Mut aufbringen, die radikalen Mittel vorzuschlagen, die der Menschheit eine Chance zu überleben bieten. Wir können nicht weitere hunderttausend Jahre warten und auf eine vorteilhafte Mutation hoffen, die unsere Unzulänglichkeiten behebt. Wir müssen diese Mutation selbst herbeiführen, und zwar durch biologische Verfahren, die im Bereich unserer Möglichkeiten liegen — oder bald liegen werden . . .»

«Was verstehen Sie unter ‹biologische Verfahren›?» rief Halder. «Valentis Nadeln? Librium im Leitungswasser? Herumbasteln an den Chromosomen?»

Solowjew warf ihm einen eisigen Blick zu. Seine zottigen Brauen schienen sich zu sträuben. «Nicht genau das, aber etwas in dieser Richtung. Ich bin mir bewußt, daß die Sache furchterregend klingt, aber wir haben noch Schlimmeres zu befürchten, wenn wir nichts tun und den Ereignissen ihren Lauf lassen.»

Blood fragte mit ungewöhnlich ruhiger Stimme: «Wollen Sie in die Wasserleitungen der Inder Antikonzeptionsmittel schütten?»

Solowjew machte sichtlich Anstrengung, seinen inneren Widerstand zu überwinden, bevor er antwortete: «Ja.»

«Da mache ich mit», rief Burch, und John D. John junior pflichtete ihm bei: «Ich auch.» Die anderen schwiegen. Claire erinnerte sich an das alte Soldatenwort: «Gott schütze mich vor meinen Freunden; mit meinen Feinden werd' ich selber fertig.»

Blood sagte jetzt wieder in seiner üblichen Sprechweise: «Also *mir* wäre das recht. Ich hasse das kleine Kroppzeug sowieso.»

Wyndham wandte sich an Niko. Er kicherte weder, noch lächelte er; selbst seine Grübchen schienen verschwunden zu sein.

«Wollen Sie das etwa in die Empfehlungen dieser Konferenz aufnehmen? In diesem Fall — tut mir sehr leid, das sagen zu müssen — können Sie nicht mit mir rechnen.»

«Ja, ich schlage vor, das zu beantragen», sagte Niko nachdenklich, «mit einigen wesentlichen Einschränkungen allerdings. Alle Regierungen sollten ersucht werden, eine letzte energische Anstrengung zu machen, um die Bevölkerungsexplosion durch Aufrufe zur freiwilligen Geburtenbeschränkung zu stoppen. Schlägt dieser Appell fehl — wie bisher stets und ohne Zweifel auch in Zukunft —, so sollen die Regierungen aufgefordert werden, die Geburtenbeschränkung als Zwangsmaßnahme einzuführen, um die Katastrophe abzuwenden. Ich denke dabei an alle Nationen, ohne Rücksicht auf ihre Geburtenrate; ich erwarte eine Geste globaler Solidarität. Experten sollen beauftragt werden, einen Plan für ein Geburtenmoratorium auszuarbeiten für festgesetzte Geburtensperre-Perioden in festgesetzten Abständen, bis der Zuwachs unter Kontrolle gebracht worden ist. Danach könnte man versuchsweise zu freiwilliger Geburtenbeschränkung zurückkehren und würde vielleicht bessere Ergebnisse erzielen . . .»

«Oder genau das Gegenteil», sagte Harriet. «Denn nach dem Moratorium werden alle verrückt nach Babys sein.»

«Kann sein. In diesem Fall sollten die Perioden erzwungener Unfruchtbarkeit — nennen wir sie Fastenjahre — als eine mehr oder weniger ständige Einrichtung des menschlichen Daseins auferlegt werden, als eine Art sozialer Kalender, der den biologischen, von der Natur auferlegten Kalender ergänzt.»

«Und Millionen Ungeborener werden uns ewig dankbar sein, daß wir sie vor dem Hungertod bewahrt haben», sagte Blood. Es war unmöglich, zu entscheiden, ob er das ernst oder ironisch meinte.

Niko zuckte die Achseln. «Hat irgendein Experte, der mit der Situation vertraut ist, eine Alternative vorgeschlagen?»

«Nein!» brüllte Halder. «Und wissen Sie auch, warum? Weil Anthropologen und Soziologen vor den natürlichen Rechten des Menschen und seiner persönlichen Freiheit Respekt haben! Sie aber sind Physiker und gewöhnt, Atome zu zertrümmern.»

Wieder zuckte Niko die Achseln. Er dachte, daß Otto von Halder als Verteidiger der Freiheit ein wunderbares Beispiel für das sei, was Valenti «Schizophysiologie» genannt hatte. Übrigens war Valenti während dieser Diskussion bisher auffallend schweigsam gewesen. Plötzlich fiel Niko ein möglicher Grund für diese Schweigsamkeit ein, und er lächelte: Das wäre ja ein noch besseres Beispiel . . .

Er straffte seine Schultern und kam auf den nächsten Punkt in seinen Notizen, der, wie er wußte, von noch heiklerer Natur war. Schon bei dem weniger gefährlichen Thema der zwangsweisen Geburtenbeschränkung hatte sein alter

Freund Wyndham ihn im Stich gelassen, und Harriet war zumindest ungewöhnlich zurückhaltend gewesen. Nun aber mußte er mit echtem Dynamit hantieren: mit dem Problem der zwangsmäßigen Aggressionssteuerung ... Er hatte keine Hoffnung, seine Zuhörer zu überzeugen, aber er mußte die Sache durchstehen. Er nahm wieder den Faden auf, wo Valenti ihn mit seinen Bemerkungen über biochemische Methoden fallengelassen hatte. Es war kein Problem, dessen Lösung man der Zukunft überlassen konnte, denn die Mittel zu einer solchen Kontrolle gab es ja schon ...

«Der Fortschritt der Erkenntnis kann nicht gestoppt werden, und im gleichen Maße, in dem unser Verständnis der Funktionen des Gehirns zunimmt, werden auch entsprechende Methoden zur Steuerung dieser Funktionen entwickelt werden. Die Frage ist heute nicht mehr, ob uns das gefällt oder nicht, sondern wie wir den besten Nutzen aus dieser Entwicklung mit all ihren unbegrenzten Möglichkeiten ziehen können. Nervengase und Halluzinogene zur Herbeiführung von Massenpsychosen stehen bereits zur Verfügung. Doch jeder Vorschlag, von dieser neuen Alchimie zu Nutz und Frommen der Allgemeinheit Gebrauch zu machen, löst empörte Aufschreie aus. Das gleiche Protestgeschrei begrüßte Doktor Jenner, als er vor hundertsiebzig Jahren die Pockenschutzimpfung empfahl.»

«Funken Sie meinetwegen den Bazillen dazwischen, aber nicht dem da!» schnaubte Blood und hämmerte mit den Fäusten gegen seinen Schädel.

Niko machte seine Geste nach. «Aber das da ist genau der Ort, wo alle unsere Schwierigkeiten entstehen», erwiderte er. «Das ist gerade da, wo die Evolution Unsinn gemacht hat.»

«Und das hier», sagte Valenti, der die Sprache wiedergefunden hatte, und deutete auf die Stelle, wo die Schilddrüse sitzt, «ist die Stelle, wo sich die Tendenz zum Kretinismus und die Anlage zum Kropf ausbildet. Deshalb reichern die zuständigen Stellen das Tafelsalz mit Jod an, ohne uns vorher um Erlaubnis zu fragen.»

«Ich behaupte, daß dies falsche Analogieschlüsse sind», sagte Wyndham. «Krankheiten heilen oder verhüten ist eine Sache, Beeinflussung der Psyche — falls Burch dieses Wort noch einmal verzeiht — ist eine völlig andere.»

«Aber wenn die Krankheit der Psyche unserer Spezies endemisch ist — was dann? Das war doch wohl unser Ausgangspunkt.» Solowjew drückte abrupt seine Zigarre im Aschenbecher aus. «Darf ich Sie daran erinnern, daß wir hier nicht ein abstraktes, akademisches Thema diskutieren — lesen Sie doch um Gottes willen die Schlagzeilen von heute früh!» Er schrie jetzt beinahe.

«Gefühlserregungen führen uns nicht weiter», meinte Halder mit lammfrommer Miene.

«Stuß», sagte Harriet. «Was Niko und Valenti sagen wollen, ist, daß Erregungen durchaus legitim sind, solange sie im Einklang mit der Vernunft stehen. Aber sie sagen auch, daß in den Windungen *hier oben*» — mit dem Finger an den Schädel tippen schien sich als eine ansteckende Krankheit zu erweisen — «ein Konstruktionsfehler vorliegt, der daran schuld ist, daß Gefühl und Vernunft sich ständig in den Haaren liegen.»

«Und deshalb», schrie Halder, «wollen Sie irgendwelche Hormone oder Enzyme ins Trinkwasser tun, damit wir alle wie die Lämmer werden — wie kastrierte Lämmer . . .»

«Oder umgekehrt», bemerkte Blood, «wir werden Zentauren — Kreaturen, die die Weisheit der alten Griechen mit der Leidenschaft eines Hengstes vereinigen.»

Die Vorstellung, daß Blood sich in einen Zuchthengst verwandeln könnte, hatte eine beruhigende Wirkung auf Niko.

«Es scheint», sagte er, «daß Halders affektive Reaktionen auf Leitungswasser eine moderne Form der archetypischen Furcht vor Brunnenvergiftung darstellen. Valenti hat uns daran erinnert, daß wir schon längst allen möglichen Epidemien erlegen wären, wenn wir nicht Chlor und anderes Zeug ins Trinkwasser getan hätten. Gleichzeitig haben wir höchst wirkungsvoll unsere Flüsse und Seen mit Blei, Schwefel, Kadmium, DDT und anderen Giften verseucht. Aber man braucht nur die Möglichkeit zu erwähnen, der langen Liste noch einen weiteren segensreichen Zusatz hinzufügen — nicht einen Tranquilizer, sondern einen psychischen Stabilisator —, und schon geratet ihr alle in Harnisch.»

«Würden Sie eine Volksbefragung durchführen, ehe Sie sich auf eine so heikle Sache einlassen?» fragte Wyndham in ungewöhnlich scharfem Ton.

«Wird das Volk vor einer Kriegserklärung befragt? Oder bevor man um Frieden ersucht? Fragen wir die Kinder, bevor wir ihnen Vitamintabletten geben?»

Wyndham schüttelte den Kopf, ohne zu antworten. Er war bekümmert über Nikos Zynismus — oder über Nikos tiefe Verzweiflung. Oder über beides.

Blood amüsierte sich. «Ich sehe, daß wir um eine Predigt über Demokratie offenbar nicht herumkommen. Lassen Sie mich Ihnen ins Gedächtnis rufen, daß das Volk Hölderlins und Rilkes seinerzeit auf vollkommen demokratischem Wege Adolf Hitler an die Macht rief. Demokratie ist eine zu ernste Angelegenheit, um sie den Wählern zu überlassen.»

Burch horchte beeindruckt auf. «Wer hat das gesagt?»

«Ich sage das!» trompetete Blood. Etwas widerwillig fügte er hinzu: «Dennoch bin ich bereit, anzuerkennen, daß Demokratie das kleinere Übel ist, verglichen mit anderen Alternativen — jedenfalls, solange man sie nicht zum Fetisch erhebt.»

«Wie dem auch sei», fuhr Niko ungeduldig fort, «Sie überspringen da ein paar Stufen. Niemand hat vorgeschlagen, daß wir schon morgen damit beginnen sollten, dem Salz — oder dem Wasser — psychische Stabilisatoren zuzusetzen, wenngleich ich glaube, daß es eines Tages dazu kommen wird, ob wir es nun empfehlen oder nicht. Die erste

Stufe muß sein, mit einer beträchtlichen Zahl von Freiwilligen zu experimentieren. Gestern abend erzählte mir Valenti von einem Versuchsprojekt, das ihm vorschwebt. Vielleicht möchte er uns erkären . . .»

Valenti erhob sich und rückte seine Fliege gerade.

«Die Sache ist ganz einfach, meine lieben Kollegen. Man bringt rund tausend Freiwillige zusammen. Man honoriert sie. Man verrät ihnen nicht, um was es bei dem Experiment geht. Man sagt ihnen nur, die Pillen würden angenehme Träume bewirken. Während der Dauer des Experiments sorgt man dafür, daß verschiedene Zwischenfälle passieren. Der Chef ist unfreundlich zu einer Versuchsperson. In der U-Bahn wird sie von einer Art *agent provocateur* angerempelt. Die Gattin fängt einen Flirt mit seinem besten Freund an. Sie sehen, ein abwechslungsreiches Menü von Situationen, die normalerweise Aggressivität und Gewalttätigkeit provozieren. Dazu kommen noch ein oder zwei halbseidene Damen, die die Rolle der Circe übernehmen, sowie eine Gebetsstunde im Ashram eines kalifornischen Guru. Überstehen die Versuchspersonen all diese Teste mit stoischer Widerstandskraft, dann kann man das Produkt auf den Markt bringen. Wenn die Wirkungen der Pille im Fernsehen gezeigt werden, wird sich ihr Gebrauch schnell durchsetzen. Auch der Eiserne Vorhang und die Chinesische Mauer werden ihr nicht Einhalt zu gebieten vermögen. Von da an kann der ‹Eingriff in die menschliche Natur›, wie Sie es nennen, mit Zustimmung der Öffentlichkeit erfolgen. Wenn nicht, muß es ohne sie geschehen.»

«Meinen Sie das im Ernst?» fragte Harriet.

Valenti richtete alle Strahlen seines Lächelns auf sie. «Vielleicht hört es sich nicht so an, aber das ist genau die herkömmliche Methode, ein neues Verfahren zu testen — die sogenannte Doppelblind-Methode. Es gibt Kontrollpersonen, die Placebos, also Leerpräparate, bekommen. Weder der Arzt noch die Versuchspersonen wissen, wer was bekommt.»

Plötzlich platzte Petitjacques, der den Ausführungen schweigend, höchstens einmal verächtlich grinsend, gefolgt war, heraus: «Diese Idee gefällt mir. Sie ist surrealistisch, sie ist absurd, und deshalb ist sie gut.»

«Wie Sie vielleicht bemerkt haben werden», sagte Niko, «gab uns Valenti eine bewußt parodistische Darstellung seines Versuchsprojekts, möglicherweise, weil er sich sagte, daß ernst darüber zu sprechen verlorene Liebesmüh sein würde. Ausnahmsweise stimme ich in einem Punkt mit Petitjacques überein: Die surrealistische Welt, die wir geschaffen haben, schreit nach surrealistischen Lösungen. Biologisch gesprochen ist der Mensch ein künstliches Erzeugnis, lebensfähig nur in einer künstlichen Umwelt. Ich meine, uns bleibt keine andere Wahl, als sie noch künstlicher zu machen — in einem positiven Sinn natürlich. Um als Spezies zu überleben, müssen wir in die chemische Beschaffenheit, in den Stoffwechsel der gesamten Biosphäre eingreifen. Alles andere wird nichts helfen. Zumal Predigten werden nichts ausrichten.»

«O nein!» rief Halder. «Was wir brauchen, sind mehr Predigten, aber nicht über Nadelkissen, Alchimie und Pillen für den Erdgeist. Predigten über den Frieden, über bessere Erziehung, mehr Ab-reaktion und mehr Ko-operation. Es ist ein Jammer, daß Kaletski uns im Stich gelassen hat. Was wird nun aus unserer Resolution? Kaletski sollte doch einen Entwurf vorbereiten . . .»

Halder war offensichtlich so erzürnt über die Ablehnung seiner Therapie des Hasses, daß er sogar seine Aversion gegen Bruno vergaß. Die Arme zu einer gekonnt prophetischen Geste emporgereckt, rief er aus: «Ach, wenn doch nur, wenn doch nur die Völker auf die Stimme der Vernunft hören würden . . .»

«Der springende Punkt ist, daß sie es nicht wollen», unterbrach ihn Niko nüchtern. «Wenn sie wollten, wären wir ja nicht hier und würden unsere Zeit nicht damit vergeuden, im Kreis herumzureden. Ich habe die Nase voll von dieser

‹Wenn doch nur›-Philosophie. Wenn doch nur der Löwe mit dem Lamm schlafen würde, wäre alles in Ordnung. Es gibt eine alte Redensart: ‹Wenn meine Oma vier Räder hätte, wär' sie 'n Omnibus.› »

«Herr Vorsitzender», sagte Halder, zitternd vor Erregung, «ich beantrage, daß Sie Ihre Zusammenfassung jetzt beenden und wir dann mit der Diskussion über die Resolution oder die Botschaft, die man von uns erwartet, beginnen.»

Niko versuchte sich zusammenzureißen. Wann hatte bei ihm das nüchterne Urteil ausgesetzt? Wann hatte er sich von der Idee des «biologischen Eingriffs» mitreißen lassen? *Falls* es überhaupt einen Weg gab, zu überleben, dann führte er in diese Richtung. Aber glaubte er wirklich an dieses «falls»? Der vertraute nagende Schmerz machte ihm wieder zu schaffen. Er fuhr sich mit der Hand übers Gesicht, als wolle er ein Spinngewebe wegwischen.

«Ich muß um Nachsicht bitten», fuhr er mit ruhigerer Stimme fort, «falls ich zuviel Betonung auf diesen einen, noch hypothetischen Weg aus der Sackgasse gelegt habe, in die der Mensch sich hineinmanövriert hat. Von anderen Referenten sind andere Auswege vorgeschlagen worden, die in unserer Erinnerung noch lebendig sind, so daß ich sie nicht damit ermüden muß, sie zu rekapitulieren. Einigen dieser Vorschläge, zum Beispiel denen von Herrn von Halder und von Mister Burch, vermag ich nicht zuzustimmen, während ich andere uneingeschränkt befürworte, zum Beispiel die von Tony und Wyndham eingebrachten. Aber es sind Lösungen auf lange Sicht, und die historische Zeit ist eine tückische Dimension — sie fließt nicht in gleichmäßigem Tempo dahin; sie beschleunigt sich wie ein Fluß, der sich einem Katarakt nähert. Es dauerte zweitausend Jahre, bis der Traum des Ikarus durch den ersten Flug der Brüder Wright Wirklichkeit wurde, aber nur fünfundsechzig Jahre vergingen von diesem Zeitpunkt bis zur ersten Mondlandung. Wenn die Gefahr für unsere Spezies tatsächlich so groß ist, wie wir in unseren seltenen Augenblicken der Klarsicht erkennen, aber in der Routine des Alltags zu vergessen pflegen, dann müssen wir den Mut haben — und die Einbildungskraft —, Lösungen in globalem Maßstab zu suchen . . .» Er machte eine Pause, und fuhr dann rasch und sachlich fort:

«Zum Abschluß darf ich Sie an jenen berühmten Brief Albert Einsteins erinnern, den ich in meinem Eröffnungsreferat erwähnte und der dieser Konferenz als Vorbild dienen sollte . . .» Der gefürchtete Moment war gekommen. «Und darum bitte ich Sie, jetzt Vorschläge für die beabsichtigte Botschaft zu machen.»

Er lehnte sich in seinem Stuhl zurück. Er hatte getan, was er konnte. In die nun folgende Stille hinein begannen wieder einmal die Glocken zu läuten, mit dumpfer Ironie. Der Himmel über den Berggipfeln war von reinstem Blau, die Gletscher wirkten menschenfeindlicher denn je.

Schließlich ergriff Harriet das Wort.

«Herr Vorsitzender, ich beantrage, daß wir keine Botschaft verlautbaren.»

Burch sagte mit krächzender Stimme: «Herr Vorsitzender, ich beantrage, daß wir ein Redaktionskomitee beauftragen, eine prägnante und unparteiische Zusammenfassung der verschiedenen Vorschläge zu erarbeiten, die hier diskutiert worden sind, und ein Gesuch um großzügige finanzielle Unterstützung für Forschungszwecke vorbereiten.»

«Burch hat recht», meinte Blood, «das Ersuchen um Forschungsgelder beweist, daß wir wissen, was sich gehört.»

«Herr Vorsitzender, ich beantrage, daß wir alle miteinander aufhören, schlechte Witze zu machen», sagte Halder.

«Herr Vorsitzender», sagte John D. John junior, «ich pflichte Professor Burchs Vorschlag bei.»

Petitjacques wiederholte seine Pantomime mit dem Klebestreifen. Niko fühlte sich versucht, ihm Recht zu geben. Abermals entstand eine Pause. Dann wurde die Pendeltür

aufgestoßen, und Gustav hatte wieder einen seiner dramatischen Auftritte. Er grüßte zackig und händigte dem Vorsitzenden ein Telegramm aus. Wyndham kicherte: «Hermes,
der Götterbote.»

«Antwort bezahlt — tausend Worte», verkündete Gustav
feierlich und trat ab.

Niko überflog den Text, und sein Gesicht verzog sich zu
einer ungläubigen Grimasse. «Antwort bezahlt — tausend
Worte», wiederholte er. «Unser Hermes hat ganz richtig
verstanden. Und was für ein perfektes Timing! Das Telegramm ist von Bruno. Sein Entwurf für unsere Botschaft.
Also hören Sie . . .»

Niko fing an, den Wortlaut zu verlesen.

«Herr Präsident . . .»

Petitjacques sprang auf, markierte eine militärische Eh-
renbezeigung und setzte sich wieder, das Gesicht von der
Nase bis zum Kinn mit Tesafilm beklebt.

«‹Herr Präsident, in dieser schicksalsschweren Stunde, da
die kampferprobten Streitkräfte Ihres Landes auf den Ein-
satz warten, die Freiheit Ihres Volkes, ja die der ganzen
Welt zu verteidigen, möchten wir, Repräsentanten der ver-
schiedensten Forschungsgebiete und der Künste, Sie und Ihre
Regierung einmütig und uneingeschränkt unserer Unterstützung versichern . . .› In diesem Ton geht es weiter, aber das
ist jedenfalls des Pudels Kern.»

«Herr Vorsitzender», sagte Burch feierlich, «ich beantrage, daß dieser Entwurf akzeptiert wird.»

«Ich schließe mich diesem Antrag an», sagte John D.
John junior. Petitjacques riß sich den Klebestreifen herunter
und sagte inbrünstig: «*Merde!*»

Nikos Gefühl, daß dies alles ganz unwirklich sei, wurde
immer stärker. Unwillkürlich sprach auch er plötzlich französisch: «*Mais ce n'est pas sérieux!*»

«Herr Vorsitzender, ich lege gegen diesen Entwurf Veto
ein», sagte Harriet. «Es ist eine rein politische Erklärung

und liegt daher außerhalb der Zuständigkeit dieser Konferenz.»

Lautes Beifallsgemurmel war zu hören. «Ich bin der gleichen Meinung», sagte Niko frostig. «Damit ist dieser Entwurf von der Tagesordnung gestrichen. Was nun?»

Mit Ausnahme von Burch und John D. John junior waren die Callgirls so erleichtert, nicht politisch Stellung beziehen zu müssen, daß sie sich kaum der vollen Tragweite von Brunos Botschaft bewußt waren. Die Atmosphäre entspannte sich. Wyndham hob seine Patschhand — sie hatte sich schon so oft in ähnlich kritischen Momenten akademischer Geheimdiplomatie mit besänftigender Wirkung erhoben.

«Es sieht so aus, Herr Vorsitzender, daß wir zwei Vorschläge vor uns haben: Dr. Epsoms ‹keine Botschaft› und Professor Burchs Redaktionskomitee. Aber man braucht mindestens drei Personen, um ein Komitee zu bilden, und ich zweifle, daß es unter uns drei Leute gibt, die der gleichen Meinung sind hinsichtlich der Bewertung der verschiedenen Vorschläge, die hier unterbreitet wurden, und welchem von ihm die Priorität vor anderen zukommt. Wenn Sie genauso denken, bleibt scheinbar als einzige Alternative: keine Botschaft. Aber in Wirklichkeit existiert unsere Botschaft ja schon — welchen Wert sie auch immer haben mag —, nämlich in den Tonbandaufzeichnungen unserer Sitzungen. Herr Vorsitzender, ich beantrage daher, daß diese Publikation als die einzige authentische Botschaft betrachtet wird, die von dieser Konferenz ausgehen kann, zumal sie dem interessierten Leser erlaubt, unter den verschiedenen ‹Methoden des Überlebens›, die wir anzubieten haben, seine eigene Wahl zu treffen.»

Es folgte ein einmütiger Seufzer der Erleichterung. Wyndhams Vorschlag wurde ohne weitere Diskussion angenommen. Und damit war der Einstein-Brief endgültig begraben; die sachte Diplomatie Wyndhams hatte ihn schmerzlos getötet. Niko vermied es, Claire anzuschauen; er fühlte sich zu benommen, um so etwas wie Bedauern zu empfinden. Er hatte ja von Anfang an gewußt, daß diese Konferenz eine Schnapsidee war und daß sich ein Einstein-Brief nicht ein zweitesmal verwirklichen lasse. Wie dumm, vor Claire über konspiratorische Mitternachtssitzungen zu faseln wie ein Schuljunge. Es war ihm jetzt alles egal. *C'est pas sérieux* . . .

Es war kurz vor sechs, und das magnetische Feld des Cocktailraums nebenan begann seine Wirkung auszuüben. Niko hatte nur noch ein paar technische Dinge anzusagen, was die Honorarschecks und die Abreise betraf. Am anderen Morgen um elf Uhr würde ein Sonderbus ins Tal runterfahren. Davor würde in der Dorfkirche eine Messe gelesen werden — falls irgend jemand interessiert sei, teilzunehmen. Dann erklärte er das Symposium ohne weitere Zeremonie für beendet.

4

Es war eine Nacht der privaten Abgesänge.

Otto von Halder hatte Hansie und Mizzie ins Hotel zur Post zu einem Glas Bier eingeladen. Zuerst hatte er versucht, Hansie, die fesche Blonde, allein zu kriegen, aber sie wollte nur mitgehen, wenn auch Mizzie dabei wäre. Halder war in aufgeräumter Stimmung, sogar voller Lebensfreude. Brunos Resolution war abgelehnt worden, Valenti hatte sich selbst zum Narren gemacht, und Niko war ein kranker alter Mann. Während des Abendessens in der Kongreßhaus-Cafeteria war das Radio auf volle Lautstärke gestellt, und alle hatten die Nachrichten hören können. Die widerspruchsvollen Berichte über den Konflikt in Asien und die Möglichkeiten seiner Eskalation erfüllten Halder mit der vertrauten, schuldbewußten Erregung. Aber warum sollte er sich schuldig fühlen? Es handelte sich da um eine natürliche Abreaktion, und schließlich hatte er diese Situation ja nicht herbeigeführt. Er unterhielt die beiden Mädchen mit jener Art gewagter Geschichten, die in seiner Studentenzeit so beliebt gewesen waren. Hansie kicherte pflichtschuldigst, während Mizzie, die Brünette, mürrisch wie stets dreinschaute. Beide konnten erstaunlich viel Bier vertragen. Als sie auf die Toilette verschwanden — zusammen, wie es sich gehört —, nickte Halder kurz ein, dann rief er ziemlich brummig nach der Rechnung und schwankte hinter den beiden Mädchen heim, die drei Schritte vor ihm Arm in Arm gingen und vergnügt den genauen Bericht besprachen, den sie Gustav vom Verlauf des Abends geben wollten. Sie hingen sehr an Gustav, der vor einer Reihe von Jahren bei beiden von ihnen sozusagen den Rahm abgeschöpft hatte.

Horace Wyndham und Hector Burch waren wieder einmal die letzten an der Bar und ließen sich vollaufen; Burch mit dem Elan und der Entschlossenheit eines Pioniers auf vorgeschobenem Posten, Horace nach der Devise, je langsamer du gehst, desto weiter kommst du. Sie sprachen, schon etwas unzusammenhängend, über den Krieg. Burch vertrat den patriotischen Standpunkt, Wyndham den philosophischen — unter der stillschweigenden Voraussetzung, daß, was immer auch geschehen mochte, die akademischen Haine von Oxford und Harvard niemals entlaubt werden würden. Nach dem dritten Whisky-Soda kam Burch unvermittelt wieder auf Klein-Jennys Sammlung von Plastikabdrücken zurück. «Sie als Kinderarzt», sinnierte er, «ich meine, es ist doch nur natürlich . . .»

Aber Wyndham war nicht in der Verfassung, ihn moralisch zu unterstützen. Er hatte Gewissensbisse wegen Niko. Er fragte sich, ob Niko nicht vielleicht doch recht hatte mit seinen brutalen Vorschlägen, in die Biosphäre einzugreifen — als ob das nicht schon längst geschehen sei! Aber Instinkt und Erziehung ließen es nicht zu, daß er seine Unterschrift unter ein so verwegenes Dokument setzte. Und im übrigen: Was würde das schon ändern!

Harriet Epsom saß vor ihrem Frisiertisch und schminkte sich ab mit der Gründlichkeit eines Bildrestaurators, der eine antike Landschaft reinigt. Auch sie plagten Schuldgefühle gegenüber Niko. Sie war in der Tat halbwegs überzeugt von seinen Argumenten — aber warum hatte sie dann ihr sonst so großes Mundwerk gehalten? Vielleicht, weil seine Vorschläge für ihren liberalen humanen Geist allesamt zu sehr nach Orwell klangen? Aber wenn es doch keinen anderen Ausweg gab? Zum Teufel mit dem liberalen humanen Geist! Man sieht doch, wohin er uns geführt hat . . .

Es klopfte und Helen Porter trat ein — oder richtiger gesagt: schwebte auf einer Parfümwolke herein. Sie trug einen halbdurchsichtigen violetten Pyjama, und ihr Nacken war frisch ausrasiert. Sie ging direkt auf Harriets Bett zu und legte sich unter die üppige Eiderdaunendecke.

«Na, endlich», sagte Harriet und vollendete in aller Ruhe ihre Renovierungsarbeit. «Hättest du nicht eher darauf kommen können?»

«Und was ist mit diesem Wildhüter mit dem gewichsten Schnurrbart?»

«Das war ein Fehlgriff», gestand Harriet freimütig. «Der beeilte sich so, als müsse er den nächsten Zug erwischen. Bevor du bis drei gezählt hattest, war es schon vorbei.»

Raymond Petitjacques hatte sich fest in die Bettdecke eingewickelt und gab sich seinen geheimen Lastern hin: Er kaute eine Schokoladenpraline — zum Glück hatte er noch einen großen Konfektkarton auf dem Nachttisch stehen — und las Alexander Dumas' *Drei Musketiere*.

Nachdem John D. John junior seine zwanzig Liegestütze auf dem Schlafzimmerteppich absolviert hatte, zog er aus

Valentis Experimenten geistige Bilanz. Besonders beeindruckt war er von den Auswirkungen der in die Lustzentren des Hypothalamus implantierten Elektroden und von den Möglichkeiten, die sich daraus für die erotische Selbststimulierung ergaben — für Sex ohne Reue. Auf der einen Seite beraubte man den Liebesakt des Elements der zwischenmenschlichen Beziehung, die angeblich zum Vergnügen beitragen soll. Andererseits waren gerade diese zwischenmenschlichen Beziehungen die Ursache zahlloser Komplikationen und neurotischer Verwicklungen, die sich auf die Arbeit eines Menschen äußerst störend auswirken. Nun erlaubten die Elektroden jenen Liebespaaren, die auf zwischenmenschliche Beziehungen großen Wert legten, sich gegenseitig per Funk über Entfernungen hinweg zu stimulieren, ohne miteinander das Bett teilen zu müssen. Zudem eröffneten sich ungeahnte Möglichkeiten für ehebrecherische Stimulierungen. John hatte so etwas wie eine Vision: Er sah Claire vor sich mit einer ganzen Pflanzung von Elektroden in ihrem kastanienbraunen Haar, und schlief mit dieser Vorstellung selig ein.

Valenti hatte seinen Seelenfrieden wiedergefunden. Er stellte sein zusammenklappbares Betpult auf, hängte das silberne Kruzifix übers Bett und sprach sein Abendgebet. Er erinnerte sich an das flüchtige Lächeln auf Nikos Gesicht während der Diskussion über die Geburtenbeschränkung. Niko hatte begriffen. Aber was soll's! Sir John Eccles, Nobelpreisträger für Physiologie und Medizin, war schließlich auch gläubiger Katholik.

Er machte sich leichte Vorwürfe, daß er das Experiment mit der psychischen Stabilisator-Pille in so mokantem Ton beschrieben hatte. Aber schließlich war er bis an den Rand des Erträglichen provoziert worden. Und er fühlte sich nicht befugt, den Anwesenden zu sagen, daß das Experiment bereits in vollem Gange war. Bald nach seiner Rückkehr würde das Team die ersten Resultate ausgewertet haben. Dann wird man ja sehen . . . Dennoch muß man sich vor der Sünde des intellektuellen Hochmuts hüten. Er sehnte sich danach, wieder zur Beichte zu gehen. Pater Vittorio hörte für sein Leben gern über diese Elektroden und hoffte, eines Tages seiner ganzen Herde Jesusnadeln implantieren zu können. Heutzutage hat anscheinend jeder Nadeln im Kopf . . .

Tony konnte nicht einschlafen. Die friedespendenden Alphawellen wollten sich nicht einstellen. Er hatte so viel von diesem Symposium erwartet und war nun bitterlich, kindlich enttäuscht. Er hatte kein Recht zu urteilen — aber was für ein Jahrmarkt der Eitelkeiten! Und die schmerzlichste Enttäuschung war Solowjew selbst gewesen, auf den Tony so große Hoffnungen gesetzt hatte. Seine Argumente waren klar und logisch gewesen, aber irgendwie hatten sie Tony doch nicht überzeugt. Vielleicht, weil sie Niko selbst nicht überzeugt hatten. Vielleicht war der Einfluß des archaischen Althirns zu stark, als daß sich die dünne Stimme von oben durchsetzen konnte.

Er sehnte sich danach, in die Geborgenheit seines Ordens zurückzukehren, hoch oben im Atlas — auf den kühlen Berg in jenem heißen Land —, und zuzuschauen, wie Bruder Jonas sachte, sachte die Roulettkugel auf der vorhergesagten Nummer zur Ruhe kommen ließ und den Gesetzen Newtons ein Schnippchen schlug. Zu welchem Zweck? Zu welchem Zweck hatte jener Kameenschneider in Pompeji, von dem Blood während des Abendessens gesprochen hatte, an seiner kleinen Figur weitergeschnitzt, während die Lavamassen sich heranwälzten und die Asche ihn allmählich umfing?

Sir Evelyn Blood, den Elefantenrücken gegen einen Kissenberg gelehnt, eine viktorianische Schlafmütze auf seinem fast kahlen Schädel, blätterte in einem Magazin mit Fotos von nackten athletischen Männerkörpern und versuchte gleichzeitig ein Gedicht zu machen. Zwei vage Bilder gingen ihm durch den Kopf, die er in einer Art Kollage miteinander zu verbinden suchte. Das erste war jener Kameenschneider, der fortfuhr, an einem Werk zu schaffen, für das es keinen Käufer geben würde. Doch siehe, die Kamee hatte wohlbehalten überdauert und war nun von unschätzbarem Wert, und auch der mumifizierte Künstler, den man aus der Asche ausgegraben hatte. Das zweite Bild war eine aktuelle Version von Belsazars Gastmahl. Während des Abendessens in der Kongreßhaus-Cafeteria hatte es einen Augenblick gegeben, da sie plötzlich alle froren und auf den Lautsprecher an der Wand starrten, der das Menetekel verkündete. Dann verbanden sich die beiden Bilder zu einer Karikatur: Der Lautsprecher barst entzwei, spuckte Feuer und Schwefel und begrub die ganze Callgirl-Versammlung bei lebendigem Leibe. Aber es war eben eine Karikatur und kein Gedicht.

Half nichts. Statt dessen dichtete er ein Haiku.

> Nach dem Donnerschlag
> klatschen die Regentropfen —
> zerreden den Fall.

Haikus schreiben war erholsam wie Kreuzworträtsellösen. Er würde ihn an eine Wochenzeitschrift senden und behaupten, es sei die Übersetzung eines Zen-Meisterwerks aus dem sechzehnten Jahrhundert. Sagen wir zwanzig Pfund.

Die Solowjews saßen auf ihrem vom Mondlicht silbern plattierten Balkon. Niko erklärte die Gesetze der Lichtbrechung am Beispiel des Mondes, wenn man ihn durch die zylindrische Linse eines mit Scotch und Wasser gefüllten Glases betrachtete, während Claire mehr Gefallen an den Farbeffekten fand. Sie sprachen weder über das Symposium noch über den Jungen im Niemandsland oder über Nikos Schmerzen. Sie warteten auf Mr. Hoffman, den Programmdirektor der

Akademie. Er hatte während des Symposiums bescheiden auf einem der an der Wand stehenden Stühle ohne Armlehne gesessen. Jetzt war er noch mit administrativen Angelegenheiten beschäftigt, aber er hatte angefragt, ob er die Solowjews danach auf einen «zwanglosen» Drink besuchen dürfe.

«Ich finde es herrlich, was die Amerikaner unter ‹zwanglos› verstehen», sagte Niko. «Sie laden dich zu einem ‹zwanglosen Essen› ein, und es stellt sich heraus, daß ein Bankett für fünfzig Personen mit drei Tischreden gemeint ist. Bald wird das Oberste Gericht Einladungen zur Teilnahme an einer ‹zwanglosen› Hinrichtung auf dem elektrischen Stuhl verschicken.»

«Oder zu einer ‹zwanglosen› Sexorgie», ergänzte Claire.

«Ich kann ihm kaum ins Gesicht sehen.»

«Er ist ein netter, harmloser Kerl.»

«Und ich habe ihn im Stich gelassen.»

«*Die* haben ihn im Stich gelassen!»

«Ich habe, sie haben, wir haben, ihr habt. Der Fehler, mein lieber Brutus, liegt nicht in unseren Sternen, sondern in den Grenzen unserer Vorstellungskraft. Wenn ich einen Kater habe, vermag ich mich nicht an das Vergnügen zu erinnern, mich zu betrinken. Wenn ich betrunken bin, denke ich nicht an den Kater, den ich am anderen Morgen haben werde. Im Ernst, Claire, wenn du dich mit Knödln vollgestopft hast, kannst du dir dann unter Aufbietung all deiner großartigen Einbildungskraft das Gefühl vorstellen, hungrig zu sein?»

Claire schauderte es. «Hör auf, von Knödln zu reden!»

«Die gleiche Unfähigkeit unserer Phantasie macht es uns unmöglich, an den Weltuntergang von morgen zu glauben, selbst wenn wir schon die apokalyptischen Pferde mit ihren Hufen stampfen hören. Als 1939 der Krieg begann, bekam jeder eine Gasmaske ausgehändigt, aber die Leute benutzten den Behälter als Frühstücksbüchse und ließen die Gasmaske zu Hause. Und jeder mußte seine Fenster verdunkeln, aber man machte das, als wolle man Blindekuh spielen. Das Trägheitsgesetz gilt auch für die Vorstellungskraft — wir können uns einfach nicht vorstellen, daß das Morgen anders sein wird als das Heute. In dieser Hinsicht sind Weise nicht besser dran als Narren. Wie unser Symposium so glänzend bewiesen hat . . .»

«Ich bin froh», sagte Claire, «daß du dir nicht allein die Schuld gibst.»

«Aber ich bin dafür verantwortlich.»

«Jeder andere wäre ebenso gescheitert.»

Es klopfte laut an der Schlafzimmertür, und einen Augenblick später erschien Hoffmans hochgeschossene, wohlgepflegte Gestalt auf dem Balkon.

«Hallo, wie geht's?» begrüßte er sie, ließ sich in einen Liegestuhl sinken und nahm das Glas, das Claire ihm reichte. «Ich möchte Sie nicht aufhalten, aber ich muß Ihnen was sagen, Niko, und es macht nichts, wenn Claire zuhört.»

«Schießen Sie los», sagte Niko müde. Er hatte sich entschlossen, nichts zu seiner Verteidigung vorzubringen, ganz egal, was Hoffman auch sagen würde.

«Mein lieber Nikolai, ich möchte Ihnen sagen, daß ich in Wahrnehmung meiner Pflichten bereits den Vorzug hatte, an einer ganzen Reihe von interdisziplinären Kongressen und Konferenzen teilzunehmen, aber noch nie hatte ich das Glück, dabei so brillante, anregende und tiefgründige Überlegungen zu hören wie während Ihres Symposiums. Es war ein überwältigendes Erlebnis, eine Konfrontation wie die zwischen Bruder Tony und Professor Burch mitzuerleben . . .»

«War das eine Konfrontation?»

«Aber gewiß war das eine! Und ich bin sicher, wenn die Vorträge in Buchform erscheinen, werden sie den Leser ebenso aufrütteln wie mich, den kleinen Moritz und schlichten Verwaltungsmann. Im Namen der Akademie möchte ich

Ihnen unseren Dank und unsere aufrichtige Bewunderung aussprechen . . .» Feierlich erhob er sein Glas und nahm einen wohlbemessenen kleinen Schluck.

Darauf herrschte einen Augenblick verlegenes oder vielleicht auch «zwangloses» Schweigen.

Schließlich sagte Claire: «Das war sehr nett von Ihnen, Jerry.»

Und Niko fragte: «Haben Sie das vorher geübt?»

«Sie sind wirklich ein hoffnungsloser Fall», sagte Hoffman und verstand nicht, warum Claire zusammenzuckte. «Immer frivol. Man kann sich gar nicht vorstellen, daß Sie überhaupt etwas ernst nehmen.»

«Ich bin nun mal ein hoffnungsloser Playboy», sagte Niko. «Aber jetzt müssen Sie mich bitte entschuldigen; ich möchte zu Bett gehen. Es war ein denkwürdiger Tag.»

5

Aber der denkwürdige Tag war noch nicht zu Ende. Kurz vor Mitternacht gab es im Kongreßhaus Unruhe. Gustav, der im Souterrain schlafende Zerberus, erwachte von undefinierbaren Geräuschen, die aus dem Konferenzraum kamen, und vom Geruch nach beißendem Rauch. Er warf sich einen alten Soldatenmantel über, der einen eindrucksvollen Schlafrock abgab, und eilte in den Konferenzraum, wo sich ihm ein grausiger Anblick bot. Der große Stapel von Tonbändern, den Claire säuberlich aufgeschichtet hatte, brannte lichterloh, und die Flammen drohten soeben auf die Vorhänge überzugreifen. Von ihrem Stuhl in der Ecke aus betrachtete Miss Carey das Schauspiel mit frommem Lächeln. Ein Rinnsal von Blut kam unter ihrem Dutt hervor; auf ihrem Schoß lagen kleine Stücke elektronischer Bestandteile und Brocken von Dentalzement. Neben ihr standen ein paar mit einer Flüssigkeit gefüllte Büchsen. Als sie merkte, daß Gustav sie anstarrte, erklärte sie ihm sanft, als spreche sie zu einem Kind, sie wäre nicht sicher gewesen, ob die Tonbänder brennbar seien, und habe sie deshalb mit Paraffin tränken müssen.

«Wir nennen es Petroleum», korrigierte Gustav sie, während er die Vorhänge herunterriß, bevor sie Feuer fangen konnten.

«Aber nein — ‹petrol› ist doch das, was man ins Auto tut», erklärte ihm Miss Carey geduldig. «Das wäre eine Dummheit gewesen.»

Glücklicherweise gelang es Gustav, die beiden Feuerwehrmänner aus Hansies und Mizzies Zimmern zu holen. Fachmännisch und behende löschten sie den Brand, aber die Aufzeichnungen des Symposiums «Methoden des Überlebens» hatten sich bereits in schwarze Asche verwandelt.

Samstag

Die Solowjews hatten sich entschlossen, noch einen Tag zu bleiben, um noch ein bißchen in den Bergen zu wandern. Die andern sollten mit dem Bus um elf Uhr abreisen. Gustav würde sie bis zur Bahnstation bringen, von wo sie mit dem Zug zum Flughafen fahren konnten. Harriet und von Halder mußten nach Sydney zu einem Symposium über das Thema «Der Mensch und seine Umwelt», Petitjacques hatte zu einem Gruppen-«Live-in» in Big Sur, Kalifornien, zugesagt; auf Valenti wartete ein Neurologenkongreß in Rio und auf Blood eine Penklubtagung in Bukarest. Da man ihm das Flugticket von London zahlen würde, er aber gleich von hier aus weiterfuhr, blieb ihm einschließlich der unbenutzten Rückfahrkarte von Schneedorf nach England ein Reingewinn von über fünfzig Pfund.

In Anbetracht der internationalen Lage konnte allerdings niemand ganz sicher sein, daß er sein nächstes Ziel erreichen würde. Dadurch kam zu der Melancholie, die alle Callgirls im Augenblick des Abschieds zu befallen pflegt, noch eine gewisse Nervosität. Wie sehr sie auch gegenseitig ihre Nerven strapaziert hatten, so wurde doch aus jedem Symposium in den letzten Tagen so etwas wie ein Klub oder eine Familie, mit ihren eigenen Gewohnheiten, Klatschgeschichten und Anspielungen für Eingeweihte. Nun hatte das alles ein Ende, und jeder ging wieder seinen einsamen Weg. Im Grunde hätten sie nichts dagegen gehabt, wenn es noch eine Woche so weitergegangen wäre.

Es waren nur noch zehn Minuten bis zur Abfahrt. Der gelbe Bus wartete vor den Stufen zur Kongreßhausterrasse. Die Solowjews saßen auf ihrem Balkon und sahen zu, wie das Gepäck der Abreisenden eingeladen wurde. Gleich würde Niko hinuntergehen müssen, um allen Lebewohl zu sagen.

«Ich habe eben nachgedacht», sagte Niko.

«Schon wieder?»

«Ich habe mir eine Rätselfrage ausgedacht. Nenne mir den einzigen wirksamen Trost, den man einem Mann bieten kann, der weiß, daß er morgen früh punkt neun Uhr gehängt werden wird.»

«Nenn du ihn mir.»

«Der Gefängnisdirektor betritt die Zelle des Todeskandidaten und sagt zu ihm: Es tut mir sehr leid, aber wir müssen Ihre Exekution um dreißig Minuten vorverlegen. Wir wurden soeben davon informiert, daß die Erde um neun Uhr mit einem Kometen zusammenstoßen und explodieren wird.»

«Das ist kein sehr hübsches Rätsel.»

«Aber ein treffendes.» Er zögerte einen Augenblick, dann sagte er zärtlich: «Ich wollte dir damit nur zu verstehen geben, daß ich jetzt darüber hinweg bin.»

Gustav setzte sich hinters Steuer und hupte dreimal. Er überlegte, ob er den Bus nicht absichtlich in einer der «Eisernen Jungfrauen» steckenbleiben lassen sollte, um den Gästen ein letztes aufregendes Erlebnis zu vermitteln.

Claire berührte leicht Nikos Handrücken. «Du mußt jetzt hinuntergehen.»

«Um einem jeden — natürlich ganz zwanglos — für seinen unschätzbaren Beitrag zum Gelingen dieses Symposiums zu danken.»

Niko stapfte die Treppe hinunter und postierte sich vor der vorderen Glastür, wo er sechs Tage zuvor aufgetaucht war, um die ankommenden Gäste zu begrüßen. Wirklich erst vor sechs Tagen? Immerhin, für den Herrgott war es Zeit genug gewesen, aus dem Chaos einen Kosmos zu schaffen, und für die Menschheit Zeit genug, durch den Druck auf ein paar Knöpfe und Schalthebel den Prozeß in umgekehrter

Richtung ablaufen zu lassen. War es schon losgegangen? Und wenn — ihm war es egal.

Einer nach dem andern kam heraus, bepackt mit Handkoffern, Kameras, Aktenmappen. Otto von Halders Rocktasche beulte eine Tonbandkassette aus: Es war das Band mit seinem Vortrag — das einzige, das von den Flammen wie durch ein Wunder verschont geblieben war. Er hatte es aus der Asche herausgeklaubt.

Einer nach dem andern schüttelte Solowjews Hände und hatte für die Dauer der Zeremonie das Gepäck auf den Zementboden gestellt.

Harriet küßte Niko mit Elan auf beide Wangen. «Judas küßte nur auf eine», meinte Niko.

«Stuß», sagte Harriet. Und zu seiner Verwirrung vergoß sie ein paar überdimensionale Tränen.

Halder wandte seinen schraubstockartigen Händedruck an, der die Hände der meisten Leute für Minuten gefühllos machte, aber er hatte vergessen, daß Niko ehemaliger Pianist war.

Wyndham kicherte; Tony errötete; Petitjacques legte den Zeigefinger auf die Lippen, wohl, um zu besagen, daß Worte bedeutungslos seien — Niko begann, seinen Standpunkt zu verstehen. Blood sah ihn mit blutunterlaufenen Augen an und sagte unerwartet milde gestimmt: «Es war kein ganz so schlechter Zirkus, wie Sie denken.»

Eine Hand unter ihren Ellbogen geschoben, geleitete Dr. Valenti Miss Carey durch die Tür, aber es sah mehr wie eine galante Geste aus, als daß er sie wirklich stützte, denn Miss Carey schien ihren früheren Seelenfrieden wiedergefunden zu haben, und ihr grauer Haarknoten am Hinterkopf war so straff wie eh und je — Valenti führte wohl Ersatzteile, einschließlich Dentalzement, in seiner eleganten Ledertasche mit sich.

Burch und John D. John junior kamen in angeregter Diskussion heraus und hielten kaum an, um Niko mechanisch die Hand zu reichen. Sie kamen als letzte — mit der Bescheidenheit, die den Siegern geziemt.

Als Harriet und Wyndham in den Bus stiegen, wandten sie sich noch einmal um und winkten der massigen Gestalt zu, die in zerknittertem dunklem Anzug in der Kongreßhaustür stand.

«Er sieht krank aus», meinte Wyndham.

«Er sieht aus wie der Kapitän eines sinkenden Schiffes», sagte Harriet, «der entschlossen ist, mit ihm unterzugehen.»

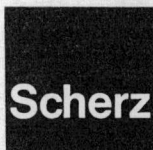

Eckhard Henscheid

»Man kann sagen, daß von diesem Autor,
von diesem Werk ausgehend eine neue Form
von literarischer Hochkomik in die Welt geht.«
Der Rabe

**Beim Fressen beim Fernsehen fällt der Vater
dem Kartoffel aus dem Maul**
[Roman.] Band 8130

Eckhard Henscheid entlarvt hier auf satirisch-unter-
haltsame Weise die gar nicht so harmlosen Auswirkungen des Fernsehkonsums auf das Familienleben.

Immanuel Kant / Eckhard Henscheid
Der Neger (Negerl)
Band 8131

Mit seiner verdrehten Logik und den bizarren Assozia-
tionsketten entlarvt Henscheid die Dummheit rassisti-
scher Klischees ebenso wie die verharmlosende Anpas-
sungstendenz der »Black is beautiful«-Mentalität.

Eckhard Henscheid / Chlodwig Poth /
Elsemarie Maletzke / Carl Lierow
Dummdeutsch
Ein satirisch-polemisches Wörterbuch
Fischer Boot Band 7583

Dummdeutsch sammelt, bewertet, löst auf, erklärt,
kritisiert, verulkt dummdeutsche Wörter wie: Erleb-
nisinhalt, Friedenskampf, Denkanstoß, Erlebnisbüh-
ne und vieles andere, was sich in den Sprachgebrauch
eingeschlichen hat.

Fischer Taschenbuch Verlag

fi 393/1